Die Macht der Engel

Herstellung und Verlag:
BoD - Books on Demand, Norderstedt
ISBN 978-3-8482-1782-3

Für meine Schwester Hanna

Im Marmorpalast

Es war eine Nacht im Juli. Im Marmorpalast war es still. Nur wenn man ganz leise war und angestrengt lauschte, hörte man doch etwas - Das leise Platschen nackter Füße auf Marmor. Isai musste sich beeilen. Er verstand nicht, was geschehen war. War überhaupt etwas passiert? Es musste sich etwas zugetragen haben, etwas Furchtbares. Warum sonst sollte Raphael ihn, Isai, vor den Rat der Engel zitieren? Was hatte Isai getan? - Er wusste es nicht.

Er rannte durch die langen Gänge des Palastes, bis seine Lungen brannten. Er hatte Angst. Er hätte nicht sagen können wovor, doch sie war da. Ein unbekanntes Gefühl. Sie schnürte ihm die Kehle zu, benetzte seine Handflächen mit kaltem Schweiß. Isai wurde schneller. Seine Füße taten weh, doch er achtete nicht darauf. Er rannte an den marmornen Säulen vorbei, die bis zur Decke reichten. Sie waren so hoch, dass man schon hätte fliegen müssen, um sie berühren zu können. Zwischen den Säulen standen Engelsskulpturen aus Marmor.

"Sie zeigen die größten Engel der Vergangenheit", hatte man Isai einmal erzählt. "All diejenigen, die Großes getan haben."

„Großes?", hatte Isai damals ehrfurchtsvoll geflüstert.

„Ja, Großes. Gutes wie Schlechtes", hatte die Antwort gelautet. Das hatte Isai ins Grübeln gebracht. Auch die Engel, die Schlechtes getan hatten, waren verewigt worden? Großes hatten sie getan, Schreckliches, aber Großes. Warum man auch diese Engel verehrte, indem man sie in Stein haute, konnte Isai sich nicht erklären.

Du verstehst so vieles nicht.

Das spärliche Licht der hohen Kerzen, die zu beiden Seiten im Korridor standen, warf unheimliche Schatten auf die Gesichter der Statuen. Die Kerzen waren teilweise schon sehr weit heruntergebrannt, aber dennoch, oder vielleicht auch gerade deshalb, wirkten die Engelsstatuen bedrohlich groß. In dieser Nacht wurde Isai zum ersten Mal bewusst, wie groß sie wirklich waren, und ihm lief ein kalter Schauer über den Rücken.

Eine besonders muskulöse Statue mit hochmütigem Gesicht, schien ihn direkt anzusehen. Isai war sie nie aufgefallen. Er wusste auch nicht wen sie darstellte, und es war ihm in diesem Moment auch egal. Er beschleunigte seine Schritte. Die Flammen der Kerzen flackerten auf, als er vorbeilief, und heißes Wachs tropfte auf den kühlen Marmorboden.

Dann regte sich etwas im Schatten vor ihm. Erschrocken blieb Isai stehen.

Hast du Angst, Isai?

Sein Herz klopfte hart gegen seine Brust. Eine Gestalt trat aus der Dunkelheit heraus ins Licht der Kerzen, und Isai erkannte Jesus.

„Warum erschreckst du mich so?", Isai schnappte empört nach Luft. Sein Herz hämmerte gegen seine Rippen, als versuchte es seinen Brustkorb zu sprengen. „Was machst du hier?", fuhr er seinen besten Freund an, „und wieso versteckst du dich?"

„Ich will nicht, dass man uns zusammen sieht!", antwortete Jesus mit einem gehässigen Grinsen auf den Lippen. Er packte Isais Arm und zog ihn grob in den schützenden Schatten zweier Statuen.

„Weißt du Bescheid?", raunte er in die Dunkelheit, ohne Isais Arm loszulassen, „Ich meine... weißt du was jetzt passiert? Warum...? Weißt du über die Geschichte Bescheid?"

Ja – weißt du Bescheid über die Geschichte, Isai?

Beinahe hätte Isai über das Gestammel seines Freundes gelächelt. Das war so gar nicht Jesus´ Art.

„Welche Geschichte? Wovon redest du?", entgegnete Isai wütend und versuchte seinen Arm loszureißen, aber Jesus´ Hand zog sich wie ein Schraubstock nur noch fester.

„Du weißt es also nicht", stellte Jesus fest, „ich stehe immer hinter dir, versprochen. Aber da musst du jetzt wohl alleine durch, Kumpel."

„Was soll das, Jesus? Wenn du mir helfen willst, dann sag mir wovon du da redest", begann Isai, doch sein Gegenüber hörte nicht zu, blickte nur nervös den langen Korridor hinunter.

Warum so verunsichert?

Isai meinte in Jesus´ Augen ein erregtes Blitzen zu entdecken, als dieser sich ihm wieder zuwandte. „Sie werden dich runterschicken, für die Zweite Chance."

Isai konnte in der Dunkelheit nur die Umrisse seines Freundes ausmachen, doch meinte er zu wissen, dass dieser alles für einen aufregenden Scherz hielt. Außerdem drückte Jesus seinen Arm jetzt so fest, dass es weh tat.

„Jesus, bitte, wovon redest du?", sagte Isai mit zittriger Stimme, bevor Jesus weitersprechen konnte. Isai war sich nicht sicher, ob

Jesus sich nicht gerade einen Scherz mit ihm erlaubte. Er kannte ihn doch so gut, wieso war er sich jetzt nicht sicher? Kaum einmal hatte Jesus etwas wirklich ernst genommen. Warum ging er so leichtfertig durch das Leben? Vielleicht, so dachte Isai, gab es etwas in Jesus Vergangenheit von dem er seinem Freund nichts erzählt hatte. Etwas, dass ihn geprägt hatte, sogar abgestumpft gegen den Ernst der Welt.

„Das kann ich dir nicht sagen", die Enttäuschung in Jesus´ Stimme war deutlich herauszuhören. Sie war echt. Endlich ließ er Isais Arm los. „Du wirst es schon noch verstehen...", er wandte sich ab und ließ Isai allein in der Dunkelheit stehen.

Wie meint er das? Was wirst du verstehen, Isai?

Er rieb sich seinen schmerzenden Arm und lauschte dem leisen Platschen von Jesus´ Füßen, das sich allmählich immer weiter entfernte und schließlich verstummte.

Wovon hatte Jesus da nur gesprochen? Was für eine Geschichte hatte er gemeint?

Es war nicht mehr weit zu dem Saal, in dem Raphael bereits auf Isai wartete.

Isai atmete einmal tief ein und ging dann mit schnellen Schritten die letzten Meter bis zu der großen Tür, hinter der Raphael saß und ungeduldig wartend die Türklinke anstarrte. Isai konnte seinen Blick spüren. Raphael konnte ihn sehen, auch wenn er auf der anderen Seite der vertäfelten Tür saß. Isai hob gerade seinen Arm um anzuklopfen, als Raphael von drinnen mit kalter Stimme rief, er solle eintreten. Isai drückte gegen die schwere Tür und diese schwang nach innen auf und gewährte ihm Eintritt. Zögernd tat er einen Schritt in den großen Saal. Tische und Stühle standen an Wänden, die über und über mit Karten bedeckt waren. Karten, Zeichnungen. Es waren Landkarten, von Hand gezeichnet, die alle einen anderen Ort der Erde zeigten. Der Fußboden war – natürlich - aus Marmor und an einem langen Holztisch am anderen Ende des Saals, saßen im Schein hunderter von Kerzen, wie sie auch in den Korridoren standen, Raphael und eine Schar weiterer Engel, die unter Raphaels Führung den Vorstand des Marmorpalastes und der ganzen Stadt der Engel bildeten. Der Vorstand entschied, wie die Dinge zu laufen hatten, und achtete streng, aber gerecht darauf, dass alles seine Ordnung hatte. Es waren allesamt Männer. Keine gewöhnlichen wie du sie kennst, es waren geflügelte und weisere Männer als die, die auf der Erde leben. Sie waren Engel, trugen lange Gewänder und einen Bart. Dieser war grau oder weiß, bei einigen jüngeren noch braun oder schwarz. Raphael, der wohl älteste und weiseste Engel unserer und vieler vergangener Zeiten, war der einzige der keinen Bart trug. Sein Gesicht war runzelig, wie das eines alten Mannes, auch wenn er älter war, als viele der Ältesten auf Erden. Sein Antlitz schien gezeichnet von all den Erlebnissen, die die Jahrhunderte mit sich gebracht hatten, und die an ihm genagt hatten, wie nur die Zeit es vermag. Eine lange Narbe zierte seine rechte Wange. Isai und Jesus hatten sich oft gefragt, wie Raphael sich eine solche Verletzung zugezogen haben konnte. Sie kannten keinen anderen Geflügelten, den eine Narbe verunstaltete. Isai fand, dass Raphaels Gesicht etwas Faszinierendes hatte. Das helle Mal machte ihn noch geheimnisvoller, als er es ohnehin schon war.

Nein – Narben passen nicht zu Engeln. Sie sind menschlich!

Es gab Einzelne, die wussten woher Raphaels Narbe stammte, aber keiner von ihnen verlor je ein Wort darüber.

Ein Gefühl riss Isai aus seinen Gedanken. Er konnte fühlen, wie Raphael ihn musterte, von oben herab.

„Nicht so schüchtern, Isai, tritt näher", forderte Raphael ihn mit einer herrischen Handbewegung auf. Seine Stimme war kalt und klar wie Eiskristall. Auch wenn von seinen Augen etwas erstaunlich Warmes ausging, fröstelte Isai beim Klang dieser Stimme. Er wusste nicht, ob er Raphael besonders leiden konnte.

Wahrscheinlich nicht. Niemand mag seine Feinde.

Isai trat bis vor den großen Tisch und schaute die schweigenden Engel hilfesuchend an. Er hoffte, dass sie in seinen Augen die Unschuld entdecken würden, die in ihm steckte. Hoffte, dass sie verstanden, dass er nicht wusste, was geschehen war und nichts getan hatte, was man ihm nun vorwerfen konnte. Doch vielleicht zweifelte er selbst schon daran, dass er unschuldig war.

„Es gibt noch keine Erklärungen, Isai", sagte Raphael mit einer Stimme, die sich anhörte, als trete man in dichten Schnee. Ein eisiges Knirschen schien darin enthalten. Das, und ein kalter Wind, der sie überall dahin trug, wo sie gehört werden sollte, dachte Isai.

„Ehrlich gesagt, waren wir uns nicht ganz einig darüber, ob es für dich wirklich der richtige Zeitpunkt ist", fuhr Raphael mit bedauerndem Blick auf Isai fort, „einige von uns befürchten, dass du dem nicht gewachsen bist."

Der richtige Zeitpunkt wofür?

Isai wollte etwas erwidern, wusste jedoch nicht, was die richtigen Worte waren. Was konnte er sagen? Er hatte doch nicht die leiseste Ahnung wovon alle plötzlich redeten. Er hatte das ungute Gefühl etwas nicht mitbekommen zu haben, wovon er eigentlich Bescheid wissen müsste. Schließlich beließ er es bei einem kaum vernehmbaren Kopfnicken. Betreten schaute er zu Boden, von wo aus eine ungemütliche Kälte in seine nackten Füße kroch.

Alle wissen es, nur du nicht, Isai.

Durch das einzige Fenster im Raum, hinter dem Rücken des Vorstandes, vielen die ersten Sonnenstrahlen in den Saal, und warfen bunte Muster auf die Engel herab. Bunt, wie das gläserne Mosaik, dass eine Szene der Bibel zeigte, und vielmehr ein Kunstwerk, als ein Fenster sein wollte.

„In Ordnung", sagte Raphael. Er suchte Isais Blick. Isai spürte es, doch er starrte nur auf seine frierenden Füße. Er wollte ihn nicht ansehen. Wollte die Autorität in seinen Augen nicht sehen, das Wissen in seinem alten Gesicht.

Ein Raunen ging durch die Schar der Engel, als Raphael aufstand und an den hohen Wänden entlang schritt. Er hatte sehr große Flügel. Viel größer als die von Isai. Die von Raphael reichten bis zum Boden. Er hatte etwas majestätisches, wie er da so durch den Saal schritt, in seinem weißen Gewand - weiß wie die Wolken am Himmel - das ebenfalls bis auf den Boden reichte. Raphael musterte die Karten an der Wand. Isai hätte nicht einmal sagen können, welche Farbe die Wände unter all den Karten hatten, so über und über waren sie von Darstellungen fremder Landschaften bedeckt.

Isai spürte, dass Raphael ihn weiterhin musterte, obwohl sein Blick die Wand abtastete, als würde er nach etwas suchen. Wie sehr Isai diesen Blick hasste. Man spürte ihn so offensichtlich, und doch war er so gut versteckt, dass kein Auge ihn sah. Nur Engel können diese Blicke spüren, Menschen nicht.

„Du wirst nach unten gehen", sagte Raphael schließlich. Isai hielt es nicht für nötig zu antworten. Was hätte er auch sagen sollen? Raphael würde ihm nichts erklären. Nicht einmal Jesus hatte es getan.

Niemand wird dir etwas erklären!

Bei diesem Gedanken bohrte sich ihm eine kleine Nadel ins Herz. Jesus - Er war nicht Jesus, er hieß nur so. Er war weder ein Heiler noch ein besonders kluger Mann. Wenn Isai so genau darüber nachdachte, war Jesus immer ein ziemlicher Störenfried gewesen. Er hatte nie etwas Böses im Sinn, aber er brachte sich dauernd in Schwierigkeiten.

Trotz alledem war er immerhin Isais bester Freund.

Verräter haben keine Freunde.

Isai versuchte seine Füße zu wärmen, indem er den einen auf die kalten Zehen des anderen stellte. Er nahm die Berührung kaum war.

Raphael schien schließlich gefunden zu haben, wonach er gesucht hatte, denn er riss eine Karte von der Wand, unter der himmelblauer Putz zum Vorschein kam, und trat mit zügigen Schritten auf Isai zu. Erschrocken blickte er zu Raphael auf, als dieser vor ihm stehen blieb und ihm die leere Hand entgegenstreckte. Er bedeutete ihm, die seine hineinzulegen. Nach einem kurzen Zögern und einem verständnislosen Blick auf Raphael, tat Isai unsicher, was man von ihm verlangte.

Da erhob sich ein weiteres Vorstandsmitglied vom Tisch. „Herr", sprach er mit unsicherer Stimme, „ich denke nicht, dass es richtig ist Isai wegzuschicken."

Raphael lies Isais Hand los und wandte sich um. Alle Blicke waren auf den sprechenden Engel gerichtet. Niemand sonst hätte es gewagt, in der Gegenwart des Erzengels unaufgefordert zu sprechen. Der Mutige - oder vielleicht auch Törichte - war nicht sehr alt, nicht sehr jung, jedoch war sein Rücken gebeugt und sein Blick starr, wie der eines alten Mannes. Nervös rang er seine Hände. Dennoch konnte Raphaels missbilligende Miene ihn nicht davon abhalten weiterzusprechen. „Der Junge wird es nicht schaffen! Denkt doch nur an damals... Ich habe ihn und seinen Freund schon lange im Auge. Isai hat sich im Grunde nicht geändert!" Er brach ab, als Raphael vielsagend eine Augenbraue hob.

„Sprich weiter", forderte dieser ihn auf und verschränkte geduldig die Arme vor der Brust. Diese Geste hatte nichts herablassendes oder überlegenes, eher tat sie Raphaels Belustigung kund.

„Nun ja, ich glaube nicht, dass Isai im Stande ist, allem zu einem guten Ende zu verhelfen. Er hat versagt, ich denke..."

„Inwiefern habe ich versagt?", entrüstete sich Isai, der nun nicht mehr innehalten konnte. „Was soll ich denn getan haben?"

Der Engel im Vorstand stützte sich mit den Fingerknöcheln auf die Tischplatte vor ihm. „Es ist zu Ernst, als dass *du* es wieder richten könntest!" - Er war noch nicht fertig, machte nur eine kurze Pause um Luft zu holen, doch Raphael schnitt ihm mit einem Kopfnicken das bereits auf der Zunge liegende Wort ab.

„Verzeiht wenn ich Euch unterbreche, Kosam."

„Oh nein, Herr, ich wollte nicht zu forsch erscheinen. Entschuldigt", entgegnete Kosam und sackte kaum merklich in sich zusammen.

„Jeder", fuhr der Erzengel mit einem schweifenden Blick, der jeden einzelnen im Saal streifte, fort „jeder hat eine zweite Chance verdient. Ich denke, daran muss ich euch nicht erinnern."
So wie er diese Worte sagte, klangen sie, als würde er mehr sagen wollen. Er tat es jedoch nicht.

Hast du es verstanden, Isai? Er hat von dir gesprochen!

Der Erzengel blickte erneut zu Isai. Raphaels warme Augen schienen ihn zu durchleuchten, zu hypnotisieren. Er konnte einfach nicht wegsehen, so sehr er es auch versuchte. Der Schein der Sonne schien in ihnen eingefangen zu sein, so warm waren sie.
Als der alte Engel Isai in die Augen sah, füllte sich sein Herz plötzlich mit einer wohltuenden Wärme. Raphael schien nicht ihn anzusehen, sondern ihm direkt ins Herz zu blicken.

Es ist wie das Mosaik, man muss es durchleuchten, um klare Linien   zu erkennen.

Konnte Raphael sie sehen? Wie konnte jemand, mit einem solchen Blick überhaupt irgendetwas Böses in ihm oder irgendeinem anderen sehen?
Raphaels Augen und seine Stimme wollten nicht so recht zu einander passen, sie ließen ihn unnatürlich, ja direkt unheimlich

wirken. Seit einigen Minuten jedoch, befand Isai die ganze Welt als unheimlich. Sich selbst eingeschlossen. Er war sich nicht mehr sicher, wer er genau war, was er wusste und was nicht, was er je getan hatte... Ihm war zum Heulen zu Mute.

Raphael griff ein zweites Mal nach Isais Hand. Dieser hörte, wie der Erzengel die Karte in seiner linken Hand zusammenknüllte, während er mit der Rechten fester zupackte.

„Ich weiß, dass du es schaffen wirst", sagte er aufrichtig und blinzelte.

Was meint er, Isai? Wovon reden sie alle?

Das Band, das Isai an Raphaels warmen Blick gefesselt hatte riss, und es gelang ihm endlich wegzusehen. Er starrte auf seine Hand, die von Raphael fast zerdrückt wurde, wie sein Arm einige Minuten zuvor von Jesus. Angst schlich sich in Isais Brust, vertrieb all die Wärme, die eben noch in ihr geruht hatte, und nistete sich dort ein wie ein wildes Tier. Er war gespannt auf das, was passieren würde und hatte gleichzeitig schreckliche Angst davor.

„Wir sehen uns wieder, wenn alles vorbei ist", sagte Raphael und klang dabei beinahe besorgt. Er drückte Isai mit einer schnellen Bewegung die zerknüllte Karte in die Hand.

Ein stechender Schmerz schnitt in dessen Kopf und ein Brennen, so heiß wie Feuer, breitete sich zwischen seinen Schulterblättern aus. Er versuchte gegen die Ohnmacht anzukämpfen, die sich wie dunkler Nebel immer weiter in seinem Kopf ausbreitete. Er konnte an nichts anderes mehr denken als an seine Schmerzen. Er krümmte sich, fiel auf die Knie, versuchte das zerknüllte Stück Papier fallen zu lassen, das ihm wie tausend Messer in die

17

Handfläche schnitt. Doch er konnte nicht. Er war nicht länger Herr über seinen Körper und fiel schließlich in den dicken schwarzen Nebel der Ohnmacht, der sich wie eine Decke über ihn legte...

Ivy

Die Sonne ging allmählich unter, als Ivy sich durch die
Menschenmasse zwängte, die jetzt erst richtig
unternehmungslustig wurde. Sie schwamm gegen den Strom,
wollte einfach nur raus aus dem Getümmel. Es wurde langsam
kühl, der Abend ließ den Schweiß auf Ivys Haut trocknen. Sie hatte
gesungen. Sie sang auf den Straßen der Toskana, um sich etwas
Geld zu verdienen. Sie war immer noch ein wenig außer Atem.
Diesen Nachmittag hatte sie ohne Pause durchgesungen, aber viel
hatte sie nicht eingenommen.
Als sie sich endlich aus der Menge zwängen konnte, war die
Sonne bis auf einen winzigen, roten Rest verschwunden. Ivy
sprang von der Straße in den weichen Sand, der den Strand von
Marina di Massa zudeckte, und beobachtete das blutrote Meer, in
das die Sonne hinein tauchte und langsam erlosch. Ivy ging näher
ans Wasser, wobei sie bei jedem Schritt mit dem kühlen Sand
zwischen ihren Zehen spielte. Sie liebte den Strand.
Mit müden Füßen trat sie ins kalte Nass, das aufgewühlt vom Wind
an dem Teppich aus dunklem Sand leckte. Wann war der Wind so
rau geworden?
Ivy wartete. Sie wartete lange. Der Wind griff ihr ins Haar
und wurde mit jeder Sekunde rauer und kälter.
Schließlich ließ Ivy sich in den Sand fallen und streckte Arme und
Beine von sich. Sie schloss für einen Moment die Augen, öffnete

sie dann wieder und blickte in den Himmel über sich. Hier und da versperrten dicke Wolken die Sicht in die Unendlichkeit. Sie verbrannten sich an der untergehenden Sonne und glühten wie ausgehendes Feuer. Die ersten Sterne hatten sich schon frech in das enzianblaue Gesicht der Nacht gesetzt und blitzten auf Ivy herab. Sie stellte sich gerne vor, dass Sterne lebten und nachts am Himmel fangen spielten oder auf sie und all die anderen Menschen aufpassten. Sie wusste, dass es albern war, aber der Gedanke gefiel ihr dennoch. Der Gedanke daran, dass es etwas gab, das sie nicht verstand und dennoch wichtig war. Etwas Größeres, als das Gesicht der Gegenwart.

Von der Sonne war nichts mehr zu sehen, als Monster endlich kam. Lautlos rannte er auf sie zu und sprang ihr auf den Bauch. Ivy setzte sich auf, und Monster kletterte auf ihre Schulter. Dann hielt sie die Hand auf und er warf ihr drei schimmernde Münzen hinein.
„Sehr schön", lobte sie den kleinen Affen mit dem weißen Schnurrbart, „gut gemacht!" Sie streichelte ihm mit dem Zeigefinger die pelzige Brust. Monster grinste zufrieden. Er grinste. War er glücklich? Er musste es sein, seit er bei ihr war. Ivy hatte ihn von einem Tierhändler aus Deutschland. Monster hatte so traurig ausgesehen. Klein war er noch gewesen. Kleiner als jetzt, obwohl er seitdem kaum fünf Zentimeter gewachsen war. Damals, in Deutschland, hatte er in einem kleinen Käfig gesessen und gequietscht und gefiept, dass es Ivy das Herz zerrissen hatte und sie ihn schließlich einfach mitnehmen musste. Monster liebte sie dafür und wich ihr seitdem kaum von der Seite.

Es wäre bereits stockdunkel gewesen, wenn das Lärmen, das von der Straße her zu ihr drang, nicht auch die vielen Lichter mit sich getragen hätte.

Ivy stand auf und Monster verkroch sich in ihrem Nacken unter das weiche,

braune Haar an dem der Wind zerrte. Einige Minuten ging sie den Strand entlang auf der Suche nach einem geeigneten Schlafplatz - das Rauschen der Wellen in den Ohren und den salzigen Geschmack der Gischt auf den Lippen. Sie fand ihn unter einem Steg, der wie eine Straße über den weichen Sand hinaus aufs Wasser führte und so plötzlich endete, als wollte er, dass jeder, der ihn betrat, dort hineinfiel und ertrank.

Sie breitete die Decken aus, die sie in ihrem Rucksack immer bei sich trug, wie alles was sie besaß und legte sich schlafen. Monster schnarchte bereits. Sie fragte sich immer wieder, wie der kleine Affe, der für sie stahl, wenn ihre Singerei nicht genug einbrachte, solche Geräusche von sich geben konnte.

Er ist halt ein kleines Monster, dachte sie sich und lächelte.

Das Stimmengewirr, das der Wind von der Straße her zu ihr trug, machte sie müde, und, als das Schwarz der Dunkelheit sie in ihre Decke hüllte, schlief sie ein.

Ivy schreckte aus dem Schlaf, als von der Straße her ein empörtes Hupen zu ihr drang. Die Sonne stand noch tief am Himmel, aber die Italiener stritten sich bereits. Das war typisch. Sie konnte die lauten Stimmen zweier Männer hören, die sich gegenseitig anschrieen. Monster war schon wach. Aufgeregt hüpfte er im Sand herum, nahm so viele feine Körner in seine

Hände, wie er nur konnte, warf sie in die Luft und rollte sich hindurch. Ivy sah ihm dabei zu und lächelte. *Albernes Tier*, dachte sie. Als er bemerkte, dass sie wach war, rannte er auf sie zu, sprang ihr auf die Schulter, drückte sein Gesicht an ihre Wange und rannte wieder davon. Ivys Lächeln wurde noch eine Spur breiter. Sie wusste nicht genau warum er dies manchmal tat, jedoch glaubte sie zu wissen, wo er diese Geste aufgeschnappt hatte. Monster hatte sie sich bei einem Kind abgeguckt, das seinem Vater einen Kuss auf die Wange gegeben hatte, weil dieser ihm ein Pflaster auf das, von einem Sturz aufgeschürfte Knie geklebt hatte.

Ivys Vater hatte so etwas nie getan. Sie konnte sich nicht daran erinnern, überhaupt viel von ihren Eltern umsorgt worden zu sein.

Ihre Eltern waren erfolgreiche Turniertänzer. In London hatten sie gewohnt, doch dank ihres weltweiten Erfolges waren sie nur selten zu Hause gewesen. Kaum hatte Ivy Laufen gelernt, hatte sie auch schon ihre erste Tanzstunde bekommen, obwohl sie sich nie viel aus Standardtänzen gemacht hatte. Sie konnte sich mehr für Gesang begeistern, für das Musizieren. Wie gerne hätte sie ein Instrument spielen gelernt. Sieben Jahre alt war sie gewesen, als sie die Musik neu für sich entdeckt hatte, und seitdem hatte sie jede Tanzstunde gehasst, in der sie Tango oder Wiener Walzer hatte lernen müssen.

Als Ivy zehn wurde und ihre Eltern gemerkt hatten, dass ihre Tochter, ihrer Meinung nach, nicht genügend Fortschritte machte, hatten sie Hanna, dem Kindermädchen, aufgetragen Ivy einen Privatlehrer zu suchen, die ihr Stunden neben den täglichen

Tanzstunden und dem regulären Schulunterricht geben sollte. Sie hatten Angst gehabt, dass ihre Tochter es einmal *zu nichts bringen würde.* Wenn sie schon kläglich unbegabt auf dem Parkett war, so sollte sie wenigstens eine Karriere als Staatsanwältin, Chirurgin oder gar Physikerin anstreben. Sie hätten es nicht ertragen, wenn ihre Tochter einmal ein *normales* Leben würde führen müssen und ganz normal in einem normalen Haus, mit einer normalen Familie und einem stinknormalen Beruf leben würde. Ihr übertriebener Ehrgeiz war schließlich Grund dafür, dass Ivy sich immer weiter von ihren Eltern entfernte. Denn, ob ihre Tochter glücklich war, war dem Ehepaar Goodale immer nebensächlich gewesen.

Schließlich war die alte Hanna, die jahrelang Ivys einzige Bezugsperson gewesen war, gestorben und ihre Eltern waren gezwungen gewesen ihre Tochter von nun an mit auf ihre Reisen um die Welt zu nehmen. Das viele Reisen und die fernen Länder hatten Ivy gefallen, doch nicht, dass ihre Eltern jede freie Sekunde damit verbracht hatten, sich selbst zu bedauern, weil ihre eigene Tochter sich mehr für modernen Gesang zu interessieren schien als für Foxtrott.

Und schließlich, sie waren in einem Hotel in der deutschen Stadt Hamburg untergekommen, hatte Ivy ihre Chance ergriffen. Als ihre Eltern um einen Preis tanzen gewesen waren und sie allein im Hotel gelassen hatten, war sie davongelaufen. Sechzehn Jahre alt war sie damals gewesen. Sie hatte zwei Jahre in Hamburg gelebt. Dort hatte sie singen gelernt, sich Geld durch kleine Jobs in den verschiedensten Theaterproduktionen, erst hinter und später sogar auf der Bühne verdient. Dort hatte sie auch Monster *kennen gelernt* und war schließlich, als sie genug Geld zusammen gehabt hatte, nach Italien gefahren. Es war das Land, das ihr immer am besten gefallen hatte. Seitdem lebte sie hier auf der Straße und verdiente sich ihr Brot durch Singen und Gitarre spielen. Ivy gefiel ihr Leben. Ihre Eltern hatte sie nie vermisst, und diese vermissten sie wohl auch nicht. Ivy vermutete, dass ihnen eine verschwundene Tochter wohl lieber war als eine, die nicht wegen ihres herausragenden Tanzstils berühmt und erfolgreich war. Deshalb hatten sie wohl auch nie nach ihr suchen lassen.

Monster riss sie aus ihren Gedanken, indem er ihr an den Haaren zog.

„Was ist?", fragte Ivy. Monster keckerte nur zur Antwort und sprang durch den Sand in Richtung Wasser davon. Ivy stand seufzend auf, streckte ihre müden Glieder und trotte hinter dem bärtigen Affen her. Sie war keine zwei Meter weit gekommen, da sprang er ihr auch schon wieder entgegen, schrie sie auffordernd an und sprang abermals davon.

Die Sonne stieg langsam in das Blau des Himmels und verschlang mit ihrem Licht die letzten Sterne, die noch dort oben standen. Ihre Strahlen sogen die Dunkelheit auf wie Salz die Tinte und schienen warm und stolz auf Italien. Der Wind blies Ivy sanft ins Gesicht und bewegte ihren leichten Rock. Für den Bruchteil einer Sekunde schaffte sie es, die aufgeregten Schreie des Affen zu ignorieren und sah zu, wie das Meer glitzerte und funkelte, als hätte die morgendliche Sonne es reingewaschen von all dem Schmutz, der in ihm herumtrieb.

Doch Monster schrie erneut nach ihr, und als sie endlich in die

Richtung sah, aus der sein Schrei kam, verstand sie seine Aufregung.

Am Strand lag jemand. Ein Mann, ein noch junger Mann. Halb im Trockenen, halb im Wasser. Das kalte Nass schlabberte um seine Beine und zog an seiner weißen Hose, als wollte es ihn wieder zurückziehen und einfach verschlingen. Er schien bewusstlos. Außer der Hose trug er nichts.

Unsicher machte Ivy ein paar Schritte auf ihn zu. Monster versuchte etwas aus der Hand des Gestrandeten zu ziehen, ohne Erfolg allerdings, und schließlich sprang er auf seinen Bauch, um ihn näher zu betrachten. Ivy sog scharf die Luft zwischen den Zähnen ein. Forschend, als hätte er noch nie etwas berührt, was der Haut des Fremden gleich kam, tippelte Monster auf dessen nackte Brust und setzte sich. Er grinste Ivy an, hob seine Hand und winkte sie ungeduldig näher heran. Dann legte Monster sein Ohr auf die fremde Brust und machte ein Gesicht, als denke er angestrengt nach. Ivy musste lachen. Der kleine Affe hatte einfach schon zu lange unter Menschen gelebt. Als Ivy sich neben Monsters Patienten kniete, schlug dieser die Augen auf.

Gestrandet

Das Letzte, an das Isai sich erinnerte, war, dass er direkt über dem Ozean aus den Wolken fiel. Er wollte seine Flügel ausbreiten und fliegen, aber da wo sie hätten aus seinem Rücken gewachsen sein sollen, waren nur zwei große, heiß glühende Narben. Also stürzte er unaufhaltsam weiter nach unten. Die Luft drückte ihm gegen die Lungen, so dass es ihm schwer fiel zu atmen. Mit einem Aufprall, der ihm die Haut vom Körper zu reißen schien, durchbrach er die Wasseroberfläche und tauchte in düstere Tiefen. Ihm blieb nun völlig die Luft weg. Verzweifelt schnappte er nach ihr, aber er schluckte nur eine beträchtliche Menge Salzwasser. Er versuchte, wild mit Armen und Beinen strampelnd, an die Oberfläche zu gelangen. Es misslang ihm. Er hatte nie schwimmen gelernt. Nun drückten die Wassermassen gegen seine Brust und füllten seine Lungen. Es war so schrecklich kalt, dass er glaubte, das Wasser würde ihm durch die Adern strömen und sein Blut langsam zu Eis erstarren lassen.

Jeder bekommt seine gerechte Strafe, Isai. Dies ist die deine.

Hilflos paddelte er mit den Armen, ohne jedoch die Hand öffnen zu können, in der er die Karte hielt, die Raphael ihm gegeben hatte. Immer noch taub von der Ohnmacht verließen ihn seine Kräfte. Es dauerte nur wenige Augenblicke, bis sie sich erneut in ihm breit machte. Die Ohnmacht mischte sich mit der nackten Panik, die ihm

26

die Kehle zugeschnürt hätte, hätte es die unendliche Macht des Ozeans nicht längst getan. Und wieder wurde alles schwarz...

Erst nach einigen Stunden schlich sich sein Bewusstsein leise zurück in seinen Körper. Es kribbelte auf seiner Haut. Warm und vertraut.

Es ist das Höllenfeuer, Isai. Du kennst es. Es ist lange her und doch hast du nicht vergessen wie es sich anfühlt.

Nein, kein Feuer. Die Strahlen der Sonne waren es, die ihn wärmten. Isai spürte etwas auf seiner Brust. Als er die Augen aufschlug, blickte er in das Gesicht eines Mädchens. Aus ihren smaragdgrünen Augen heraus sah sie ihn besorgt an. Etwas kleines, pelziges hüpfte aufgeschreckt von seiner Brust auf ihre Schulter und versteckte sich in dem glänzenden Haar. Sie hatte langes, braunes Haar, das ihr über die schmalen Schultern fiel und irgendwo auf halber Länge den Rücken runter endete. Isai richtete sich auf und stützte sich auf seine Ellenbogen. Die Bewegung kostete ihn erstaunlich viel Kraft. Er atmete tief ein. Die laue Morgenluft füllte seine Lungen und belebte seinen Kopf. Sein Kopf – ein stechender Schmerz. Isai kniff schmerzerfüllt die Augen zusammen. Als er sie wieder öffnete, rutschte das Mädchen ein Stück weit von ihm weg. Er schüttelte den Kopf, um die Benommenheit loszuwerden, die immer noch in seinem Schädel nistete.

„Alles in Ordnung mit dir?", fragte die klare Stimme des Mädchens. Sorge stand in ihrem Blick. Ohne zu antworten richtete Isai sich weiter auf und schaute sich verwirrt um.

„Ich denke schon", entgegnete er schließlich unsicher.

Ist es das? Ist alles in Ordnung?

„Wo bin ich?"

„In Marina di Massa."

Marina di Massa – Italien. Wie passend.

Ohne etwas darauf zu erwidern, sprang Isai auf und zog das Stück Papier aus seiner Hand. Als er so abrupt aufstand, drang ein erschrockenes Quietschen aus dem Haar des Mädchens. Das pelzige kleine Ding schien ein ziemlicher Angsthase zu sein, Isai konnte sich einen spöttischen Blick nicht verkneifen. Dann wandte er sich dem Schreibstück zu.

Mit leisem Knistern faltete er die Karte auseinander. Die Wunden, die sie ihm in die Handfläche geschnitten hatte, beachtete er nicht.

Verletzungen, Schmerzen. Bist du sie noch nicht gewöhnt?

Die Karte schien nicht nass geworden zu sein, oder sie war bereits wieder getrocknet. Auf dem dicken Papier war mit schwarzer Tinte eine Art Stiefel gezeichnet. Er hielt eine Karte von Italien in der Hand. Er war also nicht zufällig hier. Stimmte das?

Kaum etwas geschieht rein zufällig.

Ein roter Fleck kennzeichnete die Stelle, wo er ins Wasser gefallen war. Er erinnerte sich an das, was Jesus ihm einst erzählt hatte. Es war schon eine sehr lange Zeit her. Dennoch glaubte er im sachten Rauschen des Windes die Stimme seines Freundes hören zu können. „Wenn ein Engel auf die Erde geschickt wird", hörte er ihn sagen, „dann fliegt er, unsichtbar für alle Menschenaugen, und bewältigt die Aufgabe, die ihm zugetragen wurde."

Isai hatte gelacht. „Sehr geheimnisvoll, Jesus. Hör auf in Rätseln zu sprechen. Was bedeutet das?"

„Manchmal haucht er einem Menschen das Leben wieder ein, wenn er zu früh gestorben ist, oder er bewahrt ihn davor, überhaupt von den Lebenden zu gehen. Aber es gibt noch eine weitere Möglichkeit, einen Engel auf die Erde zu schicken."

„Welche? ", hatte Isai gefragt, während Jesus innegehalten hatte. Er tat dies oft, um seinen Erzählungen die nötige Spannung zu verleihen. Erst einige übertrieben dramatische Sekunden später, hatte er weitergesprochen: „Es werden einem die Flügel genommen. Man wird dazu verdammt, als Mensch zu leben, bis man getan hat, was die großen Engel verlangen. Die Aufgabe wird mit Blut geschrieben, und selbst, wenn man alles richtig macht, ist es nicht sicher, dass man je wieder hierher zurückkehren darf, geschweige denn, seine Flügel wieder bekommt."

Isai hatte ihm das nicht so recht abnehmen wollen, eher für eine Art Schauermärchen gehalten. Und trotzdem fürchtete er sich vor dieser Geschichte. Nicht, dass etwas Schlimmes daran war, als Mensch zu leben, aber als ein solcher zu sterben war... unheimlich.

Ist es das? Weißt du es genau?

Menschen starben deutlich früher als Engel, und man erzählte sich, dass der Tod eines Menschen um einiges qualvoller war, als der, den ein Engel starb. Ein Mensch hatte Ängste, von denen kein Geflügelter, vermutlich nicht einmal Raphael, eine Vorstellung hatte.

Wirklich niemand?

Es hieß, dass wenn jemand als Mensch auf die Erde kam, der

Engel in ihm starb. Mit der Zeit, war der Körper reingewaschen vom himmlischen Blut, und das Blut eines Menschen rann durch seine Adern. Wenn es soweit war, war die Hoffnung, die eigenen Flügel wieder zu bekommen und im Marmorpalast leben zu dürfen, aussichtslos.

Aber abgesehen von alldem... Warum hatte man Isai auf die Erde geschickt? Er hatte noch nie einen Auftrag bekommen. Nicht einen Einzigen. Einmal hatte er Jesus bei einem seiner Aufträge begleiten dürfen. Als er gefragt hatte, warum er noch keine bekommen würde, hatte Jesus behauptet, dass Isai erst eine Prüfung ablegen müsse. Doch niemand hatte ihn je auf eine Prüfung vorbereitet. War dies vielleicht die besagte Prüfung?

Isai fühlte ein Brennen in seinen Augen, und eine Trauer, heiß wie die Sonne, stieg ihm in die Kehle. Am liebsten wäre er in Tränen ausgebrochen. Wieso nur hatte Raphael das getan? Wieso? WIESO? Er wollte diese Frage laut aufs Meer hinausrufen. Wollte Antworten. Wut kochte in ihm hoch. Warum hatte Raphael das getan? Ihn in eine Prüfung geschickt für die er sich nicht hatte vorbereiten können. Warum?

Deine gerechte Strafe, Isai.

Keine Prüfung? Eine Strafe?

Isai drehte die Karte in seiner Hand. Das Mädchen war ebenfalls aufgestanden und musterte ihn und die Karte neugierig. Selbst der kleine Feigling steckte neugierig die Nase aus ihrem Haar und schaute Isai mit schräggelegtem Kopf an. Rasch drückte er die Karte in seiner Hand zusammen, damit sie nicht sahen, was auf ihrer Rückseite geschrieben stand. Die Schnitte in seiner

Handfläche schmerzten bei der Berührung mit dem Papier.

Mit spöttisch lächelnder Miene drehte sich das Mädchen weg, damit er ungestört lesen konnte, was dort gezeichnet war.

In dunkelroter Tinte – oder mit Blut geschrieben standen da folgende Worte:

Unsere Seele kennt eine Vergangenheit, die wir vergessen haben. Eine zweite Chance gibt uns die Möglichkeit zu zeigen, dass wir uns auf dem rechten Weg befinden.

Die Schatten deiner Vergangenheit drohen dich einzuholen. Finde sie, bevor sie dich finden!

Isai musste die Nachricht ein paar Mal lesen, und trotzdem verstand er nicht, was Raphael ihm sagen wollte. Mit jedem Wort, das er las, brodelte es mehr in ihm auf. Was hatte Raphael sich dabei gedacht? Wollte er ihn wirklich testen?

Nein – Das ist kein Test!

Hatte man ihn dazu verdammt, als Mensch zu leben und als ein solcher zu sterben? Bestrafte Raphael ihn tatsächlich für etwas, das er nicht getan hatte? Von dem er nicht einmal wusste, was es war?

Das Herz wurde ihm schwer und Isai lies die Schultern hängen.

Wo ist dein Stolz geblieben?

Erst als er die Nachricht das siebte oder achte Mal las, verebbte seine Wut und er akzeptierte sein Schicksal.

Er spürte den Blick des Mädchens auf sich ruhen. Isai schaute auf.

„Alles in Ordnung?", fragte sie erneut. Er antwortete nicht.

Ja, ist alles in Ordnung?

Er atmete tief ein, setzte sich in den weichen Sand und atmete wieder aus. Dann nickte er zur Antwort, ohne sie auch nur anzusehen.

Wenn er eines gelernt hatte, dann dass man die Lösung auf fast alle Fragen und Rätsel in Büchern finden konnte.

„Wo ist die nächste Bibliothek?", fragte er. Das Mädchen sah ihn verständnislos an.

„Eine Bibliothek? Ist das dein Ernst?"

„Ja, wieso?"

„Du bist bewusstlos an den Strand gespült worden, bist vielleicht gerade so dem Tod entronnen und du willst jetzt ein Buch lesen?"

Isai wurde ganz schlecht bei ihren Worten. Sein Magen drehte sich und für einen Moment wurde ihm schwarz vor Augen. Er fasste sich jedoch schnell wieder und versuchte ein Lächeln.

„Ich will kein Buch lesen, ich muss ein Rätsel lösen", erklärte er.

„Ein Rätsel?! Wie spannend. Was ist das für ein Rätsel?"

Sie versuchte einen Blick auf den Zettel in seiner Hand zu werfen, doch Isai drückte ihn schnell an seine Brust. Das Mädchen hob abwehrend die Hände. „Entschuldigung, ich wollte dir nicht zu nahe treten. In Ordnung – ein geheimes Rätsel."

Isai nickte und sah selbst noch einmal auf Raphaels Nachricht. Er spürte Ivys Blick, der immer noch auf ihm ruhte.

Ivy? Woher kennst du ihren Namen?

Himmel und Herz

Ivy war unsicher. Was ging der Fremde sie an? Sie hätte sich einfach umdrehen und davongehen können, aber sie tat es nicht. Er sah so hilflos aus, wie er sich so verwirrt umsah und dann wieder völlig in seinen Gedanken versank. Sie konnte ihn nicht einfach auf sich allein gestellt lassen. Aber warum eigentlich nicht? Sie wusste es selbst nicht. Etwas in ihr sagte, dass es falsch wäre, ihn allein zu lassen. Monster hingegen mochte ihn nicht. Sie hörte es an dem ungestümen Keckern, das er ihr schon die ganze Zeit ins Ohr hauchte, als wollte er sie warnen. "Halt dich fern von ihm! Er ist gefährlich!", schien er zu krächzen. Doch so sehr sie sich auch zu entscheiden suchte, sie wusste nicht, was das Richtige war. Sie war hin- und hergerissen. Wie albern sie sich vorkam. Sie konnte nicht einmal ihren Blick von ihm wenden. Er war sehr schön. Ein gutes Stück größer als Ivy selbst, mit kurzem Haar. Es war wohl dunkel, vielleicht schwarz, vielleicht auch nicht. Er war breitschultrig und muskulös, er wirkte stark und unverletzlich. Und trotzdem sah er so hilflos aus, wie er da so im Sand saß, mit krummen Rücken, in sich gesunken.

„Ivy?", fragte er, ohne von dem Stück Papier in seiner Hand aufzublicken. Sie sog erschrocken die Luft zwischen ihren Zähnen ein. Was? Woher kannte er ihren Namen?

„... ja?", entgegnete sie unsicher.

„Du sagst, du findest Rätsel spannend? Vielleicht könntest du...?

Würdest du...?"

„Dir helfen?", endete sie für ihn.

„Ja genau", der Fremde lächelte verlegen. „Würdest du mir helfen, das Rätsel zu lösen?"

Sie sagte nichts. Was hätte sie auch sagen sollen? - Am liebsten hätte sie ihm sofort zugesagt, ihm so viel Hilfe versprochen, wie sie nur geben konnte. Es erschien ihr jedoch höchst unvernünftig. Woher wusste sie, dass das, was er tat nicht gefährlich war? Woher sollte sie wissen, dass er nichts Unrechtes im Schilde führte? - Ach nein, jedem hätte sie so etwas zugetraut, jedem außer ihm. - Dumme Ivy, sagte sie sich selbst. Wie naiv sie manchmal war. Nein, sie konnte ihm nicht helfen, schließlich kannte sie ihn gar nicht.

Ihr Kopf beharrte auf dem Nein, aber ihr Herz sagte ja. - Seit wann hörte sie auf ihr Herz? - Einmal hatte sie es getan und es hatte sie verraten. Seitdem vermied sie es auf ihr Herz zu hören. Wieso klopfte es so sehr bei dem Anblick des Fremden?

Schließlich nickte sie ohne ihren Blick von ihm zu wenden. Das gefühlsduselige, dumme Ding in ihrer Brust tanzte.

„Danke", sagte er, ohne auch nur einmal kurz aufzublicken. Er war sich seiner Sache wohl ziemlich sicher. Ivy verfluchte sich selbst. Sie wollte sich umdrehen und doch gehen.

Da, endlich sah er auf. Er blickte sie dankbar an mit seinen großen, braunen Augen und Ivys dummes Herz verscheuchte jeden Gedanken aus ihrem klugen Kopf.

„Wie lautet das Rätsel?", fragte sie ihn, ohne ihren Blick aus diesen haselnussbraunen, wunderbaren Augen ziehen zu können.

„Sieh es dir an", er zögerte kurz. Wie schön er war, fast wie ein Engel, dachte Ivy. „Du musst mir nur versprechen, niemandem davon zu erzählen!"

Ivy musste lachen, wem sollte sie schon davon erzählen? Sie setzte sich neben ihn in den Sand, was Monster eine Spur zu nah war, denn er sprang lauthals schimpfend aus seinem Versteck in ihrem Haar und flitzte zwei Meter in Richtung Wasser davon. Dort setzte er sich, blickte Ivy beleidigt an und schmiss mit Sand nach ihr.

„Versprochen", begann sie, ohne auf Monster zu achten, „Denn lass mal sehen..." Sie las Raphaels Nachricht mit gerunzelter Stirn.
„Das ist ziemlich schräg, wenn du mich fragst.", sagte sie dann und sah ihn an. „Wer bist du?"

„Isai", sagte er nur und musterte den wütenden kleinen Affen mit dem Schnurrbart, als hätte er nie zuvor ein Tier aus nächster Nähe gesehen. „Ich weiß", er deutete auf den Zettel. „Und ich bin genauso ratlos wie du", gestand er.

„Du hast keine Ahnung, was damit angedeutet wird? Wer hat dir dieses Rätsel gestellt?"
Isai lächelte matt und zuckte die Schultern.

„Na gut", Ivy streckte Isai eine Hand entgegen. „Dann sind wir ein Team?!"
Isai schüttelte sie dankbar und nickte. Erwartungsvoll sah Ivy ihn an: „Wo fangen wir an?"
Isai überlegte kurz, er schaute verträumt aufs Wasser hinaus, das hinten am Horizont mit dem Himmel zusammenstieß.
Ivy fand die ganze Sache aufregend. Ein Spiel, so dachte sie. Eine

Aufgabe, die sie für eine Weile von ihrem Alltag ablenken würde.
Wie dumm sie doch war. Aber was kümmerten sie die Folgen ihrer
Dummheit? Wenn ihr etwas zustoßen würde, würde sie niemand
vermissen. Und dieses Gefühl, das sich in ihr eingeschlichen hatte,
seit der Fremde sie das erste Mal ansah, war das Risiko allemal
wert. Ein warmes Gefühl war es. Es kam dem gleich, das sich in
ihre Brust gesetzt hatte, als sie noch klein gewesen war und die
alte Hanna sie in ihre Arme geschlossen hatte. Damals hatte sie
zwar oft gedacht, an der Brust der alten Dame zu ersticken, aber
sie hatte sich dabei so wohl gefühlt - so wohl wie seit Jahren nicht
mehr. Diesmal war es nicht Hanna, die ihr die Luft zu nehmen
drohte, sondern das Gefühl selbst. Seine Nähe - dumme, dumme
Ivy, meldete sich ihr Kopf zurück, doch ihr einfältiges Herz ließ ihn
schnell wieder verstummen.

„Gehen wir in die Bibliothek", sagte Isai schließlich. Einige
endlose Sekunden lang saß sie da und starrte ihn wie hypnotisiert
an.

‚Lieber Gott, Ivy! Reiß dich zusammen!' sagte sie sich und gab sich
einen Ruck. Sie sprang auf. „Dann los!"
Sie schritt ihm voraus, um ihren Rucksack und die Gitarre zu
holen, die sie unter dem Steg zurückgelassen hatte. Sie stellte
keine weiteren Fragen, und Isai war ihr dankbar dafür.
Er richtete sich auf und folgte ihr wortlos den Strand entlang hoch
zur Straße. Ivy rief nach Monster und er hüpfte ihnen widerwillig
und wütend vor sich hin schnatternd hinterher.

Obwohl Ivy bereits einige Zeit in Marina di Massa lebte, wusste sie
nicht wo die nächste Bibliothek war. Sie fragte eine alte Dame, die
ihnen auf der Straße entgegen kam. Diese erklärte ihnen den Weg
zur Stadtbibliothek.

Hinter einem großen Schreibtisch saß ein Kaugummi kauendes
Mädchen. Sie war ein paar Jahre jünger als Ivy, hatte schwarz
gefärbtes, langes Haar und kleine Stecker im Ohr, aus denen das
unrhythmische Geschrammel einer Metal- Band zu hören war. Sie
beachtete Ivy nicht, als sie an ihr vorbei gingen, warf nur einen
flüchtigen Blick auf Isais nackten Oberkörper. „Wenn wir hier fertig
sind, kaufen wir dir erst einmal etwas zum Anziehen", meinte Ivy
und drückte Monsters Kopf zurück in ihren Rucksack, der neugierig
versucht hatte hinauszuspähen.

Die Bibliothek war hell und modern. Anders als Isai es aus der
Bibliothek des Marmorpalastes kannte. Dort war es düster, Licht
spendeten nur die Flammen der Kerzen, die überall in ihren
Haltern herumstanden. Dunkle Holzregale nahmen jeden freien
Zentimeter des hallenartigen Raumes ein. Alte Bücher in ledernen
Einbänden standen dort Rücken an Rücken, in ihnen, das
gesammelte Wissen vieler Generationen von Engeln.

Die Einbände der Bücher in den hellen Kunststoffregalen, vor
denen Isai und Ivy nun standen, waren bunt. Neonröhren an den
Decken warfen grelles Licht auf kleine Schildchen über den

Regalen, die auswiesen, welcher Kategorie die Bücher auf ihnen zugeteilt wurden. Politik, Biographie, Krimi, Kinder- und Jugendbücher, Belletristik, Klassiker, Reisen, Kochen und Backen, Erotik, Sachbücher, Sagen und Märchen... Isai nahm sich die Sachbuchabteilung vor, während Ivy vor den Märchenbüchern stehen blieb. Er fuhr mit dem Finger über die Buchrücken, las jeden einzelnen Titel. Es gab Bücher über Physik und Mathematik, medizinische Fachbücher, Tierlexika, Handbücher über Motorräder und Wohnmobile und vieles mehr. Jedoch nichts, was Isai nützlich erschienen wäre, um ihm bei der Lösung des Rätsels weiter zu helfen. Nichts über Schatten, Seelen oder ähnlichem. Als er die Abteilung für Sachbücher komplett durchgesehen hatte, gab er die Hoffnung auf, in dieser Bibliothek einen Hinweis zu finden. Er suchte nach Ivy und fand sie vor dem Regal mit der Aufschrift Kinder- und Jugendbücher. Sie hatte ein Buch in der Hand, das an den Ecken etwas verbeult war und dessen Seiten bereits vergilbten.

„Hast du was gefunden?", fragte er hoffnungsvoll. Ivy drehte sich mit einem Lächeln zu ihm um und hielt das Buch so, dass Isai den Einband sehen konnte.

„Die unendliche Geschichte", las er und sah sie fragend an. „Steht da was Nützliches drin?"

„Nein", gestand Ivy, „ich glaube nicht, dass es uns weiter helfen kann. Aber ich liebe diese Geschichte."

Enttäuscht lies Isai die Schultern hängen.

„Kennst du sie?", fragte Ivy und trat an ihm vorbei zurück zur Eingangstür.

„Nein, sollte ich?"

„Natürlich, jeder kennt 'Die unendliche Geschichte'!"

„Ich nicht."

Ivy drehte sich kurz zu ihm um und blickte ihn mitleidig an. „Dann wird es aber Zeit, dass du sie mal liest."

Mit diesen Worten trat sie an den Tisch hinter dem das schwarzhaarige Mädchen saß und etwas in ihr Handy tippte. Ivy legte ihr das Buch auf den Tisch und fuhr sich mit der Hand über den Nacken. „Von Klimaanlagen bekomme ich immer so einen steifen Hals", beklagte sie sich.

„Tut mir ja leid für Sie, Signora", bemerkte das Mädchen gelangweilt. „Aber ohne sie würde ich mich hier zu Tode schwitzen. Das wollen Sie ausleihen?" Sie zog das Buch zu sich ran und notierte sich Titel und Autor. „Sind sie bei uns angemeldet?", wollte sie dann von Ivy wissen.

„Nein."

„Dann müssen Sie mir das hier ausfüllen, und ich muss Ihren Ausweis sehen." Sie reichte Ivy ein Blatt Papier und einen Stift.

„Meinen Ausweis habe ich leider nicht dabei."

„Dann bringen Sie ihn mit, wenn sie das Buch wieder abgeben", sagte das Mädchen und wandte sich wieder ihrem Handy zu.
Ivy schrieb den Namen Hanna Bennet auf das Formular und eine Adresse in Marina di Massa, gab ihn dann dem Mädchen zurück und steckte 'Die unendliche Geschichte' in ihren Rucksack.

Gepetto

Es war etwa um die Mittagszeit, als Ivy sich ihre erste Pause genehmigte. Sie hatte nach ihrem Besuch in der Bibliothek Stunde um Stunde auf den belebten Straßen gestanden, Gitarre gespielt und gesungen. Währenddessen war Monster wie ein kleines Gespenst unbemerkt durch die Schar der Vorbeikommenden geflitzt und hatte ahnungslosen Passanten das Geld aus den Taschen gezogen.

Isai hatte die ganze Zeit etwas abseits in der prallen Sonne gestanden und Ivy beobachtet. Sie war sehr talentiert. Sie spielte und sang, dass es eine Freude war für jeden, der ihr zuhören konnte. - Das hätte es zumindest sein sollen. Doch leider hatte kaum einer Zeit sich Ivys Künste genauer anzusehen. Alle hasteten an ihr vorbei, den Kopf voll mit wichtig scheinenden Dingen, die euch Menschen das Leben immer viel zu schwer machen. Wenn ein Kind stehen blieb um Ivys klarer Stimme zu lauschen, wurde es im nächsten Moment schon an der kleinen Hand gepackt und von Mutter oder Vater weitergezogen. "Keine Zeit, keine Zeit", murmelte eine alte Frau, die verzückt dem Lied gelauscht hatte, dass Ivy gerade gesungen hatte und zwang sich auch zum Gehen. Kaum einer schien Ivy zu beachten, und nur vereinzelte, gutgelaunte Passanten warfen ihr hin und wieder eine Münze zu.

Als Ivy schließlich wieder auf Isai zukam, war sie etwas

aus der Puste, aber sie lächelte. Die Sonne stand hoch am Himmel und brannte Isai auf der Haut. Schweißperlen saßen auf seiner Stirn, und auch Ivys Haare klebten ihr schweißnass an Hals und Schultern. Sie setzte sich auf eine Bank. Isai trat auf sie zu um sich neben sie zusetzen. Ohne ein Wort zu sagen begann Ivy das Geld zu zählen, dass man ihr zugeworfen hatte. Monster rannte auf sie zu und sprang in Ivys Schoß, in den er ein paar Münzen fallen lies, und kletterte ihr dann, mit einem misstrauischen Blick auf Isai, auf die Schulter. Isai wischte sich den Schweiß aus dem Gesicht und musterte das pelzige Tier, das ihn durch Ivys Haare hindurch böse anfunkelte. Er musste lächeln über soviel Albernheit und beschloss, den Affen einfach zu ignorieren, bis er sich ihm gegenüber nicht mehr wie ein beleidigtes Kind benahm.

Ivy schnaubte auf, als sie fertig war das Geld zu zählen und wischte sich mit einem tiefen Seufzer eine Haarsträhne aus den Augen.

„Es genügt, um dir ein Hemd zu besorgen", sagte sie, „aber dann haben wir heute Abend nichts zu Essen." Sie ließ die Münzen in ihrer Hand klimpern und seufzte erneut, was jedoch im Lärm der Straße unterging.

„Aber wir können nachher bei Gepetto vorbei schauen, der hat bestimmt Brot oder Suppe für uns", sagte sie mehr zu sich selbst als zu Isai. Sie hatte die Worte fast geflüstert und sie erschrak, als Monster daraufhin laut aufschrie. Er zog ihr an den Haaren und klopfte ihr mit seiner kleinen Faust gegen die Stirn.

„Ist ja gut", schimpfte sie mit dem kleinen Pelzgesicht und hielt ihn an seinen fingerdicken Handgelenken, damit er aufhörte, ihr gegen

die Stirn zu trommeln, „wir gehen ja zu Gepetto. Es bleibt uns ja
gar nichts anderes übrig."

„Was meinst du?", fragte Isai irritiert und beobachtete
verständnislos, was sich vor seinen Augen abspielte.

„Ich meine, dass wir uns bei meinem alten Freund Gepetto zum
Essen einladen sollten, Monster liebt sein Olivenbrot, deshalb das
Spektakel." Sie zwinkerte Isai verschwörerisch zu, als spotte sie
über den Kindskopf des Affen. „Aber bei der Gelegenheit können
wir ihn gleich um Hilfe bei deinem Rätsel bitten."

Isai fragte nicht nach, was das zu bedeuten hatte. Das Mädchen
und der Affe neckten sich, als wären sie Geschwister, da wollte er
sich nicht einmischen. Jedoch gefiel es ihm nicht, dass Ivy jemand
in ihr Geheimnis um die rätselhafte Botschaft einweihen wollte.
Aber er widersprach nicht, da er selbst keine Idee hatte, wie sie
sonst weiter machen sollten. Er seufzte auf, die Hitze machte ihm
zu schaffen, sie raubte ihm seine Kräfte und gab ihm das Gefühl
dahinzuschmelzen, wie ein Eis in der Sonne. Er fragte sich, wie es
Ivy ergehen musste. Er trug nur eine dünne Hose, sie war zwar
lang, aber leicht, Ivy hingegen trug einen langen Rock und ein
enges, schwarzes Shirt. Die Sonnenstrahlen mussten von der
dunklen Farbe angezogen werden wie Motten vom Licht und Isai
fragte sich, warum sie sich nicht längst verflüssigt hatte.

„Also gut", Ivy stand auf, zog sich ihren Rucksack auf die Schulter,
griff nach ihrer Gitarre und schritt Isai voran durch die lärmende
Menge.

Es waren schon einige Wochen vergangen, seit sie das letzte Mal
bei Gepetto gewesen war. Sie kauften in einem der vielen

Geschäfte ein Hemd für Isai und machten sich dann auf dem Weg zu Ivys altem Freund. Die Vorfreude auf Gepetto trieb sie dazu an, schneller zu gehen. So schritt sie zügig durch die Straßen der Toskana und achtete weder auf entgegenkommende Menschen, die sie anrempelten, noch auf die Auto- und Rollerfahrer, die ihren Weg kreuzten, wenn sie eine Straße überquerte.

Ein Roller, der gerade um eine Ecke gebogen kam, musste stark bremsen, um nicht in sie hineinzufahren. Der Fahrer schrie sie erschrocken und voller Empörung an, doch Ivy ignorierte ihn. Monster hingegen hangelte sich von Ivys Schulter den Arm herunter, bis er nur noch an ihren Fingern hing. Der freche Affe grinste breit, baumelte von Ivys Hand wie eine pelzige Handtasche und machte eine wüste Geste in Richtung des Rollerfahrers. Dieser war jedoch so damit beschäftigt, sich über Ivys Unverschämtheit aufzuregen, dass er keine Notiz von ihm nahm. Wahrscheinlich war das auch besser so.

Ein- oder zweimal auf ihrem Weg blickte Ivy sich um, um sich davon zu überzeugen, dass Isai ihr noch folgte. Er ging nur knapp einen Meter hinter ihr her und versuchte mit ihren langen Beinen Schritt zu halten. Jedes Mal, wenn sie sich wieder von ihm abwandte und starr geradeaus auf den Weg vor sich sah, schlich sich ein leises Lächeln um ihre Lippen. Ja, sie mochte ihn. Diesen merkwürdigen Fremden, der einfach so um ihre Hilfe gebeten hatte und ihr nicht mal sagen konnte, worum es wirklich ging. Doch sie vertraute ihm. Sie kannte ihn erst wenige Stunden und trotzdem schien es ihr, als kenne sie ihn schon Jahre.

Sie traten in eine enge Gasse. Eine Katze kreuzte ihren Weg, laut maunzend, auf der Jagd nach einem hilflos vorweg flatternden Vogel. Das Kopfsteinpflaster fühlte sich ungewohnt an unter Isais nackten Füßen. Kalt vom Schatten war es und uneben wie hundert kleine Schildkrötenpanzer. Es war angenehm, die Füße etwas kühlen zu können, nachdem er so lange Zeit auf heißem Pflaster hatte stehen müssen.

Die Häuser zu beiden Seiten standen hoch und eng. Sie ließen kaum Licht in die Gasse.

Vor einer schmalen Holztür links von ihnen blieb Ivy stehen, warf schnell einen Blick über die Schulter, um sich abermals zu vergewissern, dass Isai immer noch hinter ihr war, und klopfte an. Innen ertönte das Knirschen von Stuhlbeinen auf dreckigem Boden und Schritte näherten sich. Die Klinke wurde heruntergedrückt und die Tür geöffnet. Im Rahmen erschien ein alter, dicker Mann mit grauem Ziegenbart, der mürrisch aus seinen, von buschigen Brauen bedachten Augen auf die Gasse hinaussah. Ivy lächelte ihn an.

„Ach, du bist´ s!", brummte Gepetto und schaffte es beinahe, seine Wiedersehensfreude ganz und gar aus der dunklen Stimme zu verbannen. Er drehte sich um und ging zurück ins Wohnungsinnere. Ohne auf eine Aufforderung Gepettos zu warten, trat Ivy durch die offene Tür ein. Isai folgte ihr. Unsicher schob er die Tür hinter sich zu und sah sich um. Gepettos Wohnung sah nicht aus wie eine. Eine nackte Glühbirne spendete nur spärlich Licht und machte es hier drinnen genauso dunkel wie draußen auf der Gasse. Doch es reichte aus, um das Gröbste zu erkennen. Mitten im Raum stand ein Tisch mit vier bunt durcheinander gewürfelten Stühlen. In der einen Ecke war eine Küchenzeile mit einem alten Herd, in der anderen eine Werkbank. Zwei weitere Türen führten wohl in andere Zimmer und an den kahlen Wänden standen Berge aus altem Gerümpel. Es türmten sich Kommoden, kleine Schränkchen, denen einzelne Türen fehlten, alte, kaum erkennbare Bilder und dazu gehörige eingestaubte Rahmen, Dinge, die unsagbar alt sein mussten, Dinge, die noch kaputt oder schon repariert waren, und Dinge, von denen Isai nicht wusste, wozu man sie brauchte.

„Gepetto restauriert und handelt mit Antiquitäten", erklärte Ivy Isai. „Eigentlich verdient er gutes Geld und könnte sich eine bessere Wohnung leisten, aber er ist ziemlich minimalistisch." Sie küsste Gepetto auf die stoppelige Wange und dieser zuckte schuldbewusst mit den Schultern.

„Ich fühl mich wohl. Wer ist dein Freund?", fragte er mit misstrauischen Blick auf Isai.

„Das ist Isai. Entschuldigt. Gepetto, Isai – Isai, Gepetto", machte Ivy die beiden Männer offiziell miteinander bekannt. Isai machte einen Schritt auf den alten Mann zu um ihm die Hand zu reichen, doch Gepetto machte keine Anstalten es ihm gleich zu tun. Er setzte sich an seinen Tisch und musterte Isai, was ihm ziemlich unangenehm war. Es erinnerte ihn an den prüfenden Blick von Raphael. Wie selbstverständlich setzte Ivy sich auf einen der Stühle und genehmigte sich einen Schluck aus dem dampfenden Becher, der auf dem Tisch vor Gepetto stand. Dieser schien nicht daran zu denken, seinen Blick von Isai abzuwenden.

Isai lächelte nervös und nickte Gepetto zu. Dieser wandte

schließlich mit einem versuchten Lächeln und einem tiefen Brummen den Blick von ihm ab. „Setz dich!", sagte er, was mehr wie ein Befehl klang als nach einem Angebot. „Also", fuhr er an Ivy gewandt fort, „was ist der Grund für deinen Besuch?"

„Seit wann brauche ich einen Grund, um dich zu besuchen?", entgegnete Ivy kokett.

Gepetto hob vielsagend eine Augenbraue und musterte Ivy eingehend, schließlich gab sie nach. „Na gut. Ich habe gehofft, dass wir bei dir etwas zu Essen und ein paar Antworten bekommen können."

Gepetto verzog den Mund zu einem versuchten Lächeln. „Ich hab 's doch gewusst. Was denn für Antworten?"

Er stand auf und trat an die Küchenzeile heran, er begann dort mit Geschirr zu klappern, während Ivy noch einen Schluck aus seinem Becher nahm und Isai die Hand entgegenstreckte. „Zeig ihm das Rätsel", forderte sie ihn auf, doch Isai zögerte. „Keine Angst, wir können ihm vertrauen", beteuerte sie. Langsam reichte Isai ihr den Zettel. Er hatte ein mulmiges Gefühl, doch er wusste sich nicht anders zu helfen, als auf die Unterstützung anderer zu hoffen. Ivy las Gepetto die Zeilen vor. Für einen kurzen Moment hielt Gepetto in seinem Tun inne, dann sagte er, ohne sich zu ihnen umzudrehen: „Die Schatten deiner Vergangenheit...?! Sehr poetisch."

„Poetisch? Wohl eher dramatisch!", meinte Ivy, „was ist? Weißt du was das bedeuten könnte?"

Gepetto rührte in einem Topf mit Suppe und dachte einen Moment nach. „Ich kenne eine Geschichte..."

„Eine Geschichte? Was für eine?", fragte Isai.

„Nun ja", Gepetto räusperte sich, „ich weiß nicht, ob sie euch weiterhilft, aber sie erwähnt da so was..." Zum zweiten Mal lies er seinen Satz unvollendet. Ivy lachte. „Bitte Gepetto, erzähl uns jetzt nicht das Märchen von Rotkäppchen."

„Rotkäppchen? Wieso Rotkäppchen?"

„Sagt ihre Großmutter nicht, dass sie nicht vom rechten Weg abkommen soll?"

„Das war ihre Mutter", Gepetto füllte drei Schüsseln mit heißer Suppe, „aber ich meine nicht den *rechten Weg*, sondern die *Schatten der Vergangenheit.*"

„Jetzt wird es spannend." Ivy zwinkerte Isai zu, während Monster, der die ganze Zeit forschend im Raum umhergeschlichen war, auf ihre Schulter kletterte.

Gepetto reichte beiden eine dampfende Schüssel und einen Löffel, setzte sich wieder und fuhr fort.

„Es gibt da diese Geschichte über den Vatikan."

„Den Vatikan?"

„Ja, ich hab´ davon mal irgendwann gelesen. Aber ich glaube, ich bekomm das nicht mehr ganz zusammen. Es ging um irgendwelche Wesen, die sich Schatten nennen und die angeblich in den Katakomben unter der Vatikanstadt hausen."

Ivy schlürfte ihre Suppe und verbrannte sich die Lippen. „Aber was haben die mit Isais *Schatten der Vergangenheit* zu tun?"

„Wart´s doch ab", grummelte Gepetto. „In der Geschichte heißt es, dass diese Schatten die Seelen von Menschen sind, die in ihrem Leben etwas falsch gemacht haben. Sie bekamen eine zweite Chance, vermasselten diese aber und müssen jetzt als Schatten durch die Welt geistern, oder so ähnlich."

„Und du meinst, dass Isai irgendetwas wieder gut zumachen hat?"

Beide sahen Isai an. Seine Augen weiteten sich. „Aber was? Ich weiß nicht, was ich getan haben soll!"

Der alte Mann beobachtete Isai und versuchte gar nicht erst, seinen Blick vor ihm zu verstecken. Als Isai zurückblickte, blitzten ihm die dunklen Augen des Alten im kargen Licht freundlich entgegen, und Isai glaubte sogar, ein kleines Lächeln über die alten Lippen huschen zu sehen.

„Vielleicht bist du in einem früheren Leben einmal Pirat gewesen und bist bei einem Raubzug über Bord gegangen", neckte Ivy, „das würde erklären, warum du an den Strand gespült wurdest. Nein, im Ernst: Das klingt nach einer heißen Spur." Sie zählte die nächsten Worte mit ihren Fingern ab. „Seelen, zweite Chancen, rechter Weg, Schatten... Damit haben wir so ziemlich alles, was auch im Rätsel erwähnt wird. Gepetto, wo hast du diese Geschichte gelesen?"

„In Venedig", er schubste Monster vom Tisch, der seine Nase in Gepettos Suppenschüssel hatte stecken wollen. Der Affe kreischte laut auf.

„Ich hab dort ein paar Regale an ein Antiquariat verkauft. In einem von den Büchern dort stand die Geschichte."

„Was meinst du?", Ivy wandte sich wieder an Isai. „Sollen wir in dieses Antiquariat fahren und die Geschichte raussuchen?"

Isai zuckte die Schultern. „Wieso nicht? Bisher ist es unser einziger Anhaltspunkt."

Ivy trank erneut aus Gepettos Becher. Der Alte nahm ihn ihr aus der Hand, setzte ihn an seine Lippen, nahm einen kräftigen Schluck und stellte ihn wieder auf den Tisch.

„Ich fahre morgen gegen Mittag dort hin", sagte er mit brunnentiefer Stimme, „ihr könnt über Nacht hier bleiben, wenn ihr mitkommen wollt."

„Ja, danke Gepetto", Ivy strahlte ihn an. „Ich wusste, auf dich ist Verlass."

„Ist schon gut."

Während Ivy sich bedankte, war Monster erneut auf den Tisch gesprungen und schlich um die heißen Schüsseln herum. Er steckte seine Nase in eine, nur um sie im nächsten Moment quietschend zurückzuziehen. Er quiekte jämmerlich vor sich hin und hielt sich die verbrannte Nase. Gepetto lachte laut auf.

Isai wurde davon wach, dass ihm der Rücken schmerzte. In einem kleinen Zimmer in Gepettos Wohnung hatten er und Ivy versucht es sich gemütlich zu machen. Ivy hatte auf einer kleinen, quietschenden Couch geschlafen, während Isai sich mit ein paar Wolldecken auf den kalten Fußboden gelegt hatte.

Während Isai sich reckte, hörte er gedämpfte Stimmen aus dem Nebenzimmer. „Bist du sicher, dass du wieder nach Venedig fahren willst?", fragte Gepetto mit so etwas wie Sorge in der tiefen Stimme. Entweder zögerte Ivy, oder sie sprach zu leise, als dass Isai sie hätte hören können, denn eine kleine Pause entstand, bevor Gepetto erneut sprach.

„Ich will dir nichts vorschreiben, Ivy, aber ich erinnere mich nur zu gut an den Abend, an dem ich dich schluchzend und am ganzen Körper zitternd von dort nach Hause gebracht habe. Ich mache mir nur Sorgen um dich."

„Das brauchst du nicht", entgegnete Ivys Stimme mit einem Seufzen. „Isai kann bestimmt auf mich aufpassen."

„Du lässt auch kein Abenteuer aus, was?" Gepetto schien resigniert.

„Nein", bestätigte Ivy, „ich finde diese Geschichte einfach zu spannend."

Im nächsten Moment ging die Tür auf und Ivy trat, mit einem mit Olivenmarmelade bestrichenen Brot zu Isai. Monster saß auf ihrer Schulter und knabberte an einem zweiten Marmeladenbrot. „Guten

Morgen, Schnarchnase. Iss und steh auf, wir brechen gleich auf",
sagte sie und lies ihn wieder allein.

Als sie wenige Minuten später in einem Kleintransporter
auf dem Weg nach Venedig waren, klebte die Olivenmarmelade
immer noch in Monsters weißem Bart und an seinen kleinen
Händen. Gepetto fuhr, und Isai saß mit Ivy und dem wild umher
hüpfenden Affen auf der Rückbank. Über die Ladefläche des Autos
war eine Plane gespannt, auf ihr befanden sich Berge restaurierter
Antiquitäten. Isai war noch zu müde, um zu sprechen, und auch
Gepetto und Ivy schienen nicht erpicht auf ein Gespräch. So war
alles, was sie hörten, das Rattern des alten Wagens, das
Rauschen des Fahrtwindes, das durch die geöffneten Fenster
drang und das wilde Kreischen von Monster, der ganz und gar
nicht müde zu sein schien. Nachdem Isai einige Minuten lang ohne
Erfolg versucht hatte, noch ein wenig vor sich hin zu dösen,
beobachtete er Ivy aus dem Augenwinkel dabei, wie sie ein Buch
aus ihrem Rucksack zog. Sie drehte es in den Händen, strich über
den Einband und schlug es auf. Es war das Exemplar der
„Unendlichen Geschichte" von Michael Ende.

„Ich liebe Geschichten", sagte Ivy ohne aufzusehen, "dabei habe
ich kaum ein Buch selbst gelesen." Sie lächelte verlegen. „Ich war
schon immer neugierig auf andere Welten, bin gerne in eine
andere Haut geschlüpft und habe mit neu gewonnenen Freunden
die spannendsten Abenteuer erlebt. Kannst du das verstehen?" Es
kribbelte verdächtig in ihrer Nase als sie an die alte Hanna dachte,
die ihr so oft vorgelesen hatte. Aus Angst in Tränen auszubrechen
dachte sie diesen Gedanken vorsorglich nicht weiter. Sie spürte

Isais Blick, ließ sich jedoch nichts anmerken und blätterte durch das Buch.

„Ich habe noch nie ein Buch gelesen, in dem eine Geschichte steht. Ich habe sie bisher nur aufgeschlagen, um aus ihnen zu lernen", nahm Isai das Gespräch auf.

„Ehrlich?", Ivy schien schockiert. „Und ich dachte, meine Kindheit war eine Katastrophe", witzelte sie. Sie reichte Isai das Buch. Er besah sich den Einband bevor er die erste Seite aufschlug und zu lesen begann.

Das Rattern des Wagens machte ihn schläfrig, deshalb fiel es ihm schwer sich auf die Geschichte zu konzentrieren. Aber irgendwie schaffte er die ersten zwei Seiten doch, ohne dass ihm die Augen zufielen.

„Lies mir vor", bat Ivy ihn nach einigen Minuten, in denen sie ihn neugierig beobachtet hatte. Isai schaute vom Buch zu ihr auf. Er sagte nichts, blickte sie nur fragend an mit seinen großen Augen. Schöne Augen. Dunkel und geheimnisvoll.

„Ich soll dir vorlesen?", er klang belustigt und war es auch irgendwie. Kindern las man vor. Stimmte das, was Ivy über ihre Kindheit gesagt hatte? War sie eine Katastrophe gewesen?

„Ja", Ivy lächelte, „wieso denn nicht?"

„Mich hat noch nie jemand gebeten vorzulesen", entgegnete Isai.

„Irgendwann ist immer das erste Mal." Ivy zwinkerte ihm zu. „Ich liebe es zuzuhören. Hanna hat mir früher vorgelesen..."

„Hanna? Dein Kindermädchen?"

„Ja, woher weißt du...?" Ivy war irritiert. Isai wusste im ersten Moment selbst nicht, woher er diese Information hatte. „Gut geraten", stellte er mit Unschuldsmiene fest und Ivy fiel darauf rein.

„Irgendwann haben meine Eltern es verboten."

„Was?"

„Dass Hanna mir vorlas."

„Wirklich? Wieso?"

Ivy zuckte die Schultern. „Sie hätte mir bestimmt aus einem Lexikon vorlesen dürfen, aber keine Geschichten und keine Märchen." Ein Schleier der Traurigkeit legte sich über Ivys Gesichtszüge, bei der Erinnerung an damals. „Selbst gelesen habe ich kaum, deshalb kann ich es auch nicht besonders gut." Es klang beschämt und entschuldigend. Mitfühlend sah Isai sie an und ihre Miene erhellte sich etwas. „Natürlich kann ich lesen." Sie hatte das Gefühl sich rechtfertigen zu müssen. „Aber ich glaube nicht, dass ich Geschichten so wirklich werden lassen kann, wie Hanna es getan hat." Ivys Blick schweifte ab. Isai vermutete, dass sich vor ihren Augen etwas abspielte, das er nicht sehen konnte. Er wollte sie nicht aus ihren Kindheitserinnerungen reissen, deshalb schwieg er. „Manchmal, wenn ich ein Buch in der Hand halte, glaube ich von irgendwoher die raue Stimme von Hanna hören zu können." Ivy schüttelte den Kopf und lächelte. Ihre Augen waren glasig geworden, ihr Blick ruhte weiterhin irgendwo, weit entfernt von der Realität. „Abend für Abend, wenn meine Eltern nicht im Haus gewesen waren, hat sie mir heimlich die schönsten Geschichten zugeflüstert."

Isai sagte immer noch nichts. Er konnte sehen, wie sie plötzlich in die Gegenwart zurückkehrte. Sie schauten sich an.

„Lies mir vor", sagte Ivy wieder und rückte näher an Isai heran.

Nur ein ganz kleines bisschen.

Er konnte seinen Blick nur schwer von ihr lösen, aber er tat es, senkte ihn auf die verschnörkelten Buchstaben, rückte kaum merklich ein Stück weg von ihr und begann mit leiser Stimme zu lesen.

Die Fahrt nach Venedig dauerte nicht allzu lange. Die Minuten verstrichen und sie machten nur kurze Pausen. Wenn sie nicht gerade kurz anhielten, um etwas zu Essen oder Trinken zu kaufen, saßen Ivy und Isai hinten im Wagen und lasen. Das heißt, Isai las und Ivy lauschte. Selbst Monster war nun die meiste Zeit ruhig, lag in Ivys Schoß und hörte aufmerksam zu.

Irgendwann hielt Gepetto an und scheuchte sie aus dem Wagen.

„Geht spazier'n, ich will 'ne Stunde schlafen", brummte er. Ivy und Isai stiegen aus und standen sich im Freien ratlos gegenüber. Monster saß auf Ivys Fuß und nagte interessiert an einem Zweig. Es sah aus, als gäbe es für ihn nichts wichtigeres, als herauszufinden, welchem ihm bekannten Geschmack, der des Zweiges am nächsten kam.

„Was nun?", fragte Ivy.

„Weiß nicht", entgegnete Isai und schaute sich suchend um. Neben ihnen führte ein schmaler Pfad in einen Wald hinein.

„Gehen wir ein Stück?", er deutete auf den Schatten der Bäume.

„Ruhe da draußen!", knurrte es aus dem Innern des Transporters.

Ivy zuckte mit den Schultern und ging Isai voraus den Pfad entlang, hinein in die Schatten der Bäume. Eine ganze Weile gingen sie immer weiter in die Eingeweide des Waldes hinein und sprachen kein Wort. Isai hielt immer noch „Die Unendliche

Geschichte" in der Hand und auf Ivys Fuß saß Monster, fest an ihr Bein geklammert. Schließlich brach Isai das Schweigen.

„Was ist Gepetto für ein Mensch?", fragte er neugierig und strich mit dem Zeigefinger über den Buchrücken.

„Er hat es eine Zeit lang nicht sehr leicht gehabt. Vielleicht ist er deshalb etwas merkwürdig", sagte Ivy, als müsste sie sich für Gepettos Benehmen entschuldigen. "Er ist manchmal etwas ruppig, aber er ist ein herzensguter Mann", sie sah Isai nicht an.

„So ruppig kam er mir gar nicht vor", bemerkte Isai.

„Wart´s nur ab", versicherte Ivy ihm, „du wirst ihn noch anders kennenlernen." Sie lächelte.

„Das kann ich mir kaum vorstellen. Eigentlich wollte ich auch eher wissen, in was für einer Beziehung er zu dir steht." Isai verscheuchte ein Insekt, dass ihm um die Ohren sirrte.

„Eigentlich in gar keiner", Ivy schien zu überlegen, was sie Isai erzählen wollte. „Er ist ein guter Freund. Ich habe ein paar Monate bei ihm gelebt, als...", sie blinzelte in die warmen Sonnenstrahlen, die durch das Blätterdach auf sie herabfielen und suchte nach den richtigen Worten, „... als ich eine Zeit lang nicht auf der Straße leben konnte", schloss sie nervös und strich sich verlegen durchs Haar.

„Du musst mir nichts erzählen, wenn du nicht willst", sagte Isai, der sich entschuldigen wollte, falls er zu neugierig gewesen war.

„Ist schon in Ordnung. Er ist wie ein Vater für mich", fuhr sie nach einer Weile fort, „er war für mich da, als... immer, eigentlich."

„Aha", Isai wusste nicht warum, aber es schien ihm unangemessen genauer nachzufragen. Irgendetwas schien Ivy vor ihm verheimlichen zu wollen. Irgendwie benahm sie sich merkwürdig, und Isai fragte sich, ob es an ihm lag, oder es einfach Themen gab, über die sie aus irgendeinem Grund lieber nicht all zu häufig und am besten gar nicht sprach.

Sie hat Geheimnisse. Genau wie du. Wessen werden wohl die dunkleren sein?, sagte die Stimme in seinem Kopf, die sich immer im falschen Moment meldete.

Im Schatten der Bäume war es angenehm kühl, und für einen Moment war das Einzige, was sie hörten, das Rauschen der Blätter über ihnen, das ferne Geräusch von Motoren, das von der Straße her zu ihnen drang und das Knirschen ihrer eigenen Schritte.

„Ich kann ihn noch nicht ganz einschätzen", Isai lachte, „aber er ist in Ordnung."

„Gepetto? Dasselbe würde er wahrscheinlich über dich sagen", entgegnete Ivy und blieb kurz stehen, um sich Monster vom Fuß zu pflücken. Sie nahm ihn auf den Arm und hielt ihn dort wie eine Mutter ihr Neugeborenes. Der kleine Affe umfasste mit seinen Armen den ihren und schloss die Augen.

„Wahrscheinlich", flüsterte Isai.

Erneut verfielen sie in Schweigen. Isai überlegte, was er sagen konnte. Suchend sah er sich nach einem Thema um. Als sein Blick auf das Buch in seiner Hand fiel, begann er von der Geschichte zu sprechen, die sich zwischen seinen Seiten verbarg. Ein Gespräch, unverbindlich und nicht besonders persönlich, beinahe kindlich. Für diesen Moment vergaßen sie alles um sich herum. Isai verdrängte die Gedanken an Raphael und seine, noch bevorstehende Prüfung – wenn es denn eine war, und Ivy vergaß beinahe die innere Unruhe, die sie befallen hatte, seit ihrem Gespräch mit Gepetto am heutigen Morgen. Sie fühlte sich so wohl wie schon lange nicht mehr. Wie sie da so nebeneinander hergingen und Michael Endes Geschichte weiterspannen, fühlte sie sich wieder klein wie ein Kind. Sie erinnerte sich erneut an die alte Hanna, wie sie mit ihr gespielt hatte, ihr alberne Geschichten erzählt hatte, die ihr Angst machen sollten, wenn sie gerade ungezogen gewesen war oder nicht hören wollte. Sie hatte immer gewusst, dass das, was Hanna erzählte nicht wirklich war, aber sie hatte ihr trotzdem gerne zugehört, und ein bisschen so getan als hätte sie Angst vor den kleinen, bösen Zwergen, die ihr Spielzeug klauten, wenn sie es nicht zurück ins Regal räumte. Oder den Klabautermännern, die ihr nachts die Haare ausrissen, bis sie eine Glatze hatte, wenn sie es sich nicht bürstete. Sie hatte dann immer getan, was Hanna wollte, damit diese dachte, sie sei eine gute Erfinderin von Kindererziehungs- Gruselgeschichten. Aber nein - Angst hatte Ivy vor ganz anderen Dingen.

Sie lächelte Isai zu, und da war es wieder, dieses Gefühl.

Und Isai? Jedes Mal, wenn Ivy wieder zu kichern begann und Monster sie skeptisch anschielte, entdeckte er in ihrem Gesicht die Ähnlichkeit zu einem kleinen Mädchen, das er einmal gekannt hatte...

Sie konnten es nicht abwarten, wieder im Transporter zu sitzen und weiterlesen zu können. Kaum dass sie wieder saßen und das Auto sich rumpelnd in Bewegung setzte, drängte Ivy Isai auch schon zum Weiterlesen. Und er las. Wort für Wort, Seite für Seite. Einmal setzte Monster sich auf Isais Schulter, um ins Buch sehen zu können. Er hatte kaum gesessen, da war ihm auch schon wieder eingefallen, dass er Isai ja nicht leiden konnte und überlegte es sich anders. Kurz zog er Isai am Ohr und sprang schnell davon. Isai hielt inne, um das freche Biest am Schwanz zu ziehen, aber Monster war schneller. Er saß bereits wieder auf Ivys Schulter und grinste Isai an. Ivy stupste Monster mit dem Zeigefinger gegen den pelzigen Bauch und lächelte dem Fremden zu. Er lächelte zurück und las dann, immer noch mit einem Lächeln auf dem schönen Gesicht, weiter.

Zweimal rückte Ivy näher an ihn heran, doch kaum hatte sie es sich wieder bequem gemacht, da war Isai auch schon wieder von ihr weggerutscht.

Venedig

Es war dunkel, als sie endlich an ihr Ziel gelangten. Auf einem großen Platz, auf dem still Autos standen, als würden sie schlafen, ganz verlassen in der Dunkelheit, hielten sie. Isai sah erst vom Buch auf und verstummte, als Gepetto vom Fahrersitz gestiegen war und die Wagentür hinter sich zuknallte. Er streckte seine müden Glieder und hielt Isai und Ivy die Türen auf. Sie kletterten von der Rückbank in die kühle Nacht hinaus. Es roch nach Meer. Sie parkten direkt an einem Anlegeplatz für Vaporettos. Für einen Moment schloss Isai die Augen und lies sich den salzigen Wind ins Gesicht wehen. Zwei Männer, der eine groß, der andere klein, kamen aus der Nacht auf sie zu. Gepetto schien sie zu kennen, denn als er sie erkannte, schritt er ihnen entgegen um sie zu begrüßen.

„Das sind Kunden von Gepetto", sagte Ivy zu Isai, einfach um irgendetwas sagen zu können. Isai nickte teilnahmslos. Er sah sie nicht an. Er hätte es gerne getan, doch aus Angst sie könnte seinen Blick bemerken, lies er es lieber bleiben. Er mochte sie sehr, wollte aber nicht, dass sie es wusste. Er durfte seine menschlichen Gefühle nicht all zu nah an sich heran lassen, schließlich war er kein Mensch. Aber, waren seine Gefühle wirklich die des Menschen, der sich um ihn geschlossen hatte und sein wahres Ich verbarg? Oder waren es wirklich die seinen? Die von Isai? Isai dem Engel? Vielleicht... Vielleicht aber war er einfach schon zu sehr Mensch um überhaupt noch Herr über seine eigenen Gefühle zu sein. Aber er war ein Engel! Nichts anderes!

Bist du dir sicher?

Ja!, behauptete eine andere Stimme in seinem Inneren.

Aber stimmte das? War er sich wirklich sicher? Woher wollte er wissen, dass in seinen Adern nicht schon das Blut eines Menschen floss? Was hatte Jesus noch gesagt? *'Es werden einem die Flügel genommen. Man wird dazu verdammt als Mensch zu leben... und selbst wenn man alles richtig macht, ist es nicht sicher, dass man je wieder hierher zurückkehren darf...'* Er griff so urplötzlich nach der Karte in seiner Hosentasche, das Monster wieder einmal fauchend davon sprang. Ivy sah ihn alarmiert an, doch Isai hatte es sich bereits anders überlegt. Er atmete tief ein, und beschloss, sich erstmal wieder zu beruhigen. Es war ohnehin zu dunkel, um die Buchstaben aus Blut sehen zu können.

"Jetzt mach dich nicht verrückt!", flüsterte er. Das Letzte, was er gebrauchen konnte, war Panik. Er warf Ivy einen schnellen, besänftigenden Blick zu, ohne die zerknüllte Karte in seiner Tasche loszulassen. Doch sein Blick schien seine Wirkung zu verfehlen, denn anstatt wieder wegzusehen, beäugte Ivy ihn nur noch misstrauischer.

Die Männer schüttelten Gepetto die Hand und folgten ihm dann zum Wagen, um die Ware zu begutachten. Gepetto zog die Plane zur Seite und leuchtete mit einer Taschenlampe ins Wageninnere, damit sie sich alles genau ansehen konnten. Die beiden Männer begannen mit Gepetto über den Preis zu diskutieren, während Isai und Ivy, wie zwei Schatten, in der Dunkelheit standen und dem

Gespräch lauschten. Isai spürte, dass Ivy ihm immer wieder verstohlene Blicke zuwarf, und er hatte Mühe sie nicht zu erwidern. Aber er blieb standhaft.

Sind es wirklich nur Ivys Blicke?

Vielleicht spielte sein Geist ihm einen Streich, doch er glaubte, den unverwechselbaren Blick des Engeloberhaupt Raphael auf seiner Haut zu spüren. Nervös sah er sich um.

Er ist hier – er beobachtet dich.

Es war zu dunkel, um etwas sehen zu können. Ausserdem wusste Isai, dass er Raphael nicht würde sehen können, wenn dieser es nicht wollte.

Monster hielt nichts von ihrem unruhigen Schweigen, er hüpfte ihnen wild um die Beine herum und öffnete unbemerkt den Schuh des kleineren der beiden Fremden.

„Was ist?", fragte Ivy, der aufgefallen war, dass Isai nach etwas, oder jemandem, Ausschau hielt. „Nichts", Isai versuchte sich wieder zu beruhigen, „ich dachte nur, ich hätte was gehört."

„Was gehört?" Nun war es Ivy, die sich nervös umsah.

„Es war vermutlich nichts", beschwichtigte Isai.

„Bist du sicher? Nicht dass hier irgendwo..."

„Nein Ivy, ich habe mich getäuscht. Kein Grund zur Sorge."

Sie glaubte ihm nicht, er konnte es sehen.

„Hast du Angst?"

„Angst?", ihre Stimme klang beinahe hysterisch, „nein! Nein, wovor sollte ich auch Angst haben?"

„Das frage ich dich", bemerkte Isai und beendete somit ihre Unterhaltung.

Sie hat Angst. Wovor fürchtet sie sich?

Es dauerte nicht lange, da überreichte der kleine Mann Gepetto einen dicken Batzen Geldscheine und wollte sich gerade abwenden, um die Antiquitäten auf sein Boot zuladen, dass nur wenige Meter neben ihnen im schwarzen Wasser trieb. Er stöhnte genervt auf und bückte sich, um seinen Schuh zu binden. Monster keckerte schadenfroh, und auch Ivy konnte sich ein leises Lachen nicht verkneifen. Isai konnte nicht anders als sie anzusehen und ebenfalls zu lachen. Ivy und Isai verstummten abrupt, als der Mann ihnen einen wenig freundlichen Blick zuwarf. Verschwörerisch grinsten die beiden sich an, als hätten sie einen genialen Plan ausgeheckt. Doch davon nahm der Kleine zum Glück keine Notiz mehr.

„Denn macht´s mal gut ihr beiden", sagte Gepetto, als er zu ihnen trat und legte Ivy väterlich die Hand auf die Schulter. An Isai gewannt sagte er: „Lies ihr nicht zu viel vor! Lass sie auch mal vorlesen, damit sie endlich mal lernt, wie man es richtig macht." Er zwinkerte ihm zu, " Sie ist eine grauenhafte Vorleserin." Dafür fing er sich einen Klaps auf den Hinterkopf von Ivy ein. „Was soll das denn heißen?", fragte sie entrüstet. Gepetto lachte, wobei sich tiefe Furchen in sein Gesicht gruben. „Es ist die Wahrheit, Ivy- Schatz. Nichts als die Wahrheit."

Isai lächelte und bedankte sich bei Gepetto für alles. Ein leichter Wind zog vom Wasser her über den Platz und lies ihn frösteln. Gepetto hatte ihm bei ihrer Abfahrt einen Pullover und Schuhe geben wollen, aber er hatte es hartnäckig abgelehnt.

Das Verladen der antiken Möbel war schnell erledigt. Alle

packten mit an und nach wenigen Minuten waren alle Antiquitäten sicher auf dem Boot der Händler verstaut.

"Seid so nett, und nehmt die beiden hier mit rüber", sagte Gepetto, der schon auf halbem Weg ins Auto war, ohne sich noch einmal umzudrehen.

"Kein Problem", rief ihm der Große hinterher, der Kleine grummelte nur irgendetwas Unverständliches.

Als hätte sie nie etwas anderes getan, kletterte Ivy ins Boot und winkte Gepetto, der die Fahrertür hinter sich zuknallte und mit dröhnendem Motor in die Nacht davonfuhr.

"Komm schon", sagte sie zu Isai, "ab jetzt geht es nur noch zu Fuß oder mit einem Boot weiter."

Wasser – überall Wasser. Schwarz und undurchsichtig.

Ivy streckte ihm eine Hand entgegen, um ihm beim Einsteigen zu helfen, aber er ignorierte sie. Er wusste selbst nicht warum, aber er hielt es für besser. Ob sie enttäuscht war? Als sie losfuhren, stellte Isai sich an die Reling und starrte den Lichtern entgegen, auf die sie zusteuerten. Ivy setzte sich auf die andere Seite des Bootes und sah dem kleinen Mann dabei zu, wie er Monster über das ganze Deck jagte, weil er ihm seine Schlüssel aus der Tasche stibitzt hatte. Sie lachte. Isai sah es, wenn sein Blick aus Versehen doch in die falsche Richtung fiel und sein Herz machte jedes Mal einen Hüpfer.

Ist das klug, Isai? An wen denkst du, wenn du sie lachen siehst? An sie? Oder an jemand anderen?

Als sie endlich die Stadt erreichten, stand der Mond immer noch hoch am Himmel und spiegelte sich im Wasser der Kanäle, auf denen am Tage die schwarzen Gondeln hin und her schwammen. Sie verabschiedeten sich von den beiden Händlern und Ivy ging Isai voraus, durch die dunklen Straßen und Gassen der Hafenstadt. Sie sagte, sie würde einen geeigneten Platz suchen, an dem sie, sobald am Morgen die ersten Touristen durch Venedig schleichen würden, singen wollte. Doch dafür, dass sie besagten Platz erst suchte, fand Isai schritt sie ziemlich zielstrebig voran. Als er sie fragte, ob sie es eilig hätte, wurde sie betont langsam.

„Ich will einen Platz, nicht all zu nah neben einem dieser nervigen Souvenirhändler bekommen", behauptete sie auf sein Nachfragen.

„Was hast du gegen Souvenirhändler?" Isai schüttelte den Kopf über Ivys Bemerkung.

„Ich mag sie nicht", kam es barsch zurück.

„Na gut", gab Isai sich geschlagen, „und so ein Platz ist nicht leicht zu bekommen, richtig?"

„Richtig."

"Ah...", machte Isai nur und wandte sich ab, damit sie sein Grinsen nicht sah. Natürlich glaubte er ihr nicht, aber dass musste sie nicht wissen. Er vermutete, dass sie ihm wieder etwas verheimlichte, aber er gewöhnte sich langsam daran, und irgendwie gefiel es ihm auch. Hatte ihr Verhalten etwas mit den Gespräch zu tun, das er am Morgen belauscht hatte?

Die düstere Stadt war nur spärlich beleuchtet und in einigen Straßen war es so dunkel, dass Isai kaum seine Hand vor Augen sehen konnte, und er ein paar Mal fast über Monster gestolpert wäre, der immer noch albern umher rannte, und versuchte Isai unbemerkt in die Füße zubeißen. Er trat nach dem schnurrbärtigen Pelzding, traf ihn jedoch kein einziges Mal.

Den Rest des Weges zwang Ivy sich regelrecht, nicht wieder schneller zu werden und sah nervös in jede dunkle Gasse, an der sie vorbei kamen. Isai wunderte sich über sie. Er konnte ja nicht ahnen, was sie hier in Venedig so fürchtete.

Es dämmerte bereits, als Ivy einen Platz gefunden hatte, den sie als geeignet befand. Die Stadt lag immer noch einsam da, im dünnen Licht der aufgehenden Sonne. Nicht ein Mensch war ihnen begegnet auf ihrem Weg durch das endlose Labyrinth der Gassen. Am Wasser waren sie entlang gegangen, das schwarz und geheimnisvoll in den Kanälen plätscherte.

Geheimnisvoll wie du. Und vielleicht genauso schwarz.

Monster war das Wasser nachts unheimlich, deshalb versteckte er sich immer wieder in Ivys Rucksack, bis die Gefahr vorüber war. Sie hatten nicht viel gesprochen, wie es bei ihnen bereits zur Gewohnheit geworden zu sein schien. Keiner wusste was er sagen sollte. Nur einmal hatte Ivy ihre Stimme erhoben, um Isai etwas zu fragen.

"Wer bist du?", hatte sie gefragt.

"Isai", hatte er nur mit einem Schulterzucken geantwortet, obwohl er genau wusste, dass sie etwas anderes erwartet hatte.

Ja Isai, wer bist du?

Isai. Ja, sie wusste, dass er Isai hieß, aber wer war er? Wer war dieser geheimnisvolle junge Mann, der weder sagen wollte woher er kam, noch wie alt er war. Dazu kam dieses geheimnisvolle

Rätsel und auch, dass sie sich von ihm so sehr angezogen fühlte, wie es noch niemals zuvor bei einem Menschen der Fall gewesen war. Was hatte er wirklich vor? Woher kam er? Woher stammten seine Narben? Sie hatte sie gesehen, als er vor ihr, über eine Brücke gegangen war, die über einen Kanal führte. Sie war an beiden Enden von kleinen Laternen beleuchtet gewesen, deren Lichter das Wasser, das unter der Brücke lag, geheimnisvoll glitzern ließ. Auf Isais Rücken, zwischen den Schulterblättern, streckten sich zwei lange, weiße Narben und leuchteten beinahe im Lichtschein der Laternen. Doch er wollte ihr nichts von alldem erzählen. Von dem was geschehen war, und sie wusste das. Also schwiegen sie. Auch als sie gegen die Wand einer riesigen Kirche, der Basilica di San Marco, gelehnt da saßen und auf die Sonne und die, mit ihr kommenden Menschen, warteten, sagte keiner von beiden ein Wort. Auch Monster ließ ausnahmsweise mal nichts von sich hören. Wahrscheinlich schlief er.

Langsam kroch das Licht der Sonne über die Dächer Venedigs. Es bleichte das Schwarz der Nacht in ein helles Grau und schlich sich über die Kanäle und Straßen bis hin zu Ivy und Isai. Es wärmte Isais nackte Füße und die ganze Stadt. Dennoch blieb es ruhig. Vereinzelte Menschen liefen über den gepflasterten Platz und schreckten die riesigen Taubenschwärme auf, die genauso grau, wie der Rest Venedigs am frühen Morgen, hin und her wuselten, aufflogen, wieder auf dem Boden landeten und sich gegenseitig angurrten. Isai gähnte. Er bemerkte erst jetzt, wie müde er war. Die Müdigkeit durchströmte seinen Körper und setzte sich, schwer wie hundert Steine, auf seine Augenlieder. Er warf einen Blick auf Ivy. Sie schlief bereits. Und auch Isai war wenige Sekunden später weggenickt.

Als er wieder erwachte, herrschte vor ihm bereits das rege Leben. Die Sonne stach ihm in die Augen, so dass er sie zusammenkneifen musste um überhaupt etwas sehen zu können, bis sie sich an das grelle Licht gewöhnt hatten. Ivy stand nur ein paar Meter weit entfernt und sang und spielte auf ihrer Gitarre. Er hörte ihre Stimme, noch bevor er sie sah. Klar und hell, kraftvoll. Eine Menschentraube hatte sich um sie herum gebildet, und anders als in der Toskana, applaudierten ihre Zuschauer.

Isai bemerkte die missbilligenden Blicke auf seiner Haut, die ihm die Passanten zuwarfen, als er so dasaß, an die heilige Kirchenwand gelehnt. Rasch stand er auf und steuerte durch die Menschengruppen hindurch, auf Ivy zu. Als sie ihn entdeckte, lächelte sie ihm entgegen. Er lächelte zurück und sein Herz tat einen Sprung. Ein Reiseführer, mit einer Touristengruppe im Schlepptau, kreuzte seinen Weg und versperrte ihm für wenige Sekunden die Sicht auf Ivy. Als die laut durcheinanderredenden und staunenden Deutschen vorbeigezogen waren, hatte Ivy ihr Lied beendet und schritt auf Isai zu.

"Ausgeschlafen?", fragte sie ihn.

"Hm... ja", murmelte er noch nicht ganz wach, und musterte einen geflügelten Steinlöwen, der über ihnen auf einer riesigen Säule stand.

"Siehst du den da?", Ivy deutete auf einen dünnen Mann, der einen kleinen Souvenirstand betreute und fragte sich, warum Isai sie nicht ansah. Nahm er es ihr übel, dass sie mehr über ihn erfahren wollte? Oder war er einfach nur schüchtern? Vielleicht hatte er ihre Blicke bemerkt, und sie waren ihm unangenehm. Oder aber, er wusste einfach nicht, wie er damit umgehen sollte.

Isai schaute in die Richtung, in die sie zeigte. Er nickte, "Was ist mit ihm?" Ivy zögerte. Dann sagte sie: "Lass dir nichts von ihm aufquatschen."

"In Ordnung." Isai war sich sicher, dass sie etwas anderes hatte sagen wollen, aber er fragte nicht nach.

"Sieh dich ruhig um", sagte sie dann und beobachtete ihn dabei, wie er seinen Blick überall hin schweifen ließ, bedacht darauf, sie nicht anzusehen - obwohl es ihm schwer fiel.

"Wir treffen uns nachher vor dem Antiquariat, da die Straße runter", sie deutete mit dem Daumen über ihre Schulter, auf die Straße die sie meinte, "Gepettos Beschreibung nach müsste es das sein, in dem er die Geschichte über die Schatten gefunden hat." Sie suchte seinen Blick, doch er wich ihr aus. Ohne ein weiteres Wort drehte sie sich weg. Ivy atmete einmal tief ein, als sie wieder davon ging. Sie war enttäuscht. Sie schämte sich. Sie kannte Isai kaum und war gekränkt, nur weil er sie nicht ansah. Vielleicht sollte sie einfach nicht mehr darüber nachdenken. Trotzdem drehte sie sich noch einmal nach ihm um, und meinte zu erkennen, dass er ihr, zwischen all dem Tumult hindurch, ebenfalls nachsah.

Und das tat er, wenn auch nur kurz.

Isai schlenderte durch die Straßen, über die Brücken, aber kehrte immer wieder nach nur wenigen Minuten zurück, um zusehen, ob Ivy noch da war und ob es ihr gut ging. Natürlich war alles in Ordnung, schließlich machte sie das seit einigen Jahren, warum also sollte er sich Sorgen machen? Er redete sich ein, dass er auf sie aufpassen musste. Er behielt sie im Auge, ohne zu wissen, wovor er sie beschützen sollte. Manchmal sah er Monster. Wenn er nicht gerade irgendwelchen Leuten das Geld aus den Taschen zog, jagte er den Tauben hinterher. Er versuchte ihnen die Federn aus dem Schwanz zu ziehen, oder sich auf sie zusetzen, um sie zu reiten. Der kleine Affe kreischte vergnügt, und wenn ihm wieder einmal ein Vogel entwischte, streckte er ihnen verärgert die Zunge heraus, oder biss sich wütend in den eigenen Schwanz. Dann quiekte er jedes Mal auf, erschrocken über sich selbst, weil er zu fest zugebissen hatte. Kinder blieben stehen, zeigten auf das fremde Tier und zogen ihren Eltern an den Kleidern. Doch immer dann, wenn diese sich umsahen, war Monster auch schon wieder davon gehüpft. Er wusste ganz genau, dass er nicht allzu viel Aufsehen erregen durfte. Isai staunte über die Intelligenz des Affen. Er schien ganz genau zu wissen, dass er nicht zu Ivy laufen durfte, wenn sie sang. Hätte ihn nämlich jemand beim Stehlen erwischt, wäre es ein Leichtes, sie mit dem verschwundenen Geld in Verbindung zu bringen.

Das bärtige Äffchen entdeckte Isai, der dastand und ihn beobachtete. Erst musterte Monster ihn nur, aber als Isai lächeln musste, über den dummen Blick des Affen, stellte dieser sich auf die Hinterbeine und winkte ihm zu.

"Kennst du den Kleinen da?", fragte eine rauchige Stimme. Isai drehte sich erschrocken um. Er hatte nicht gemerkt, wo er hingelaufen war, während er den Affen beobachtet hatte. Vor ihm stand der magere Händler, den Ivy ihm - aus welchem Grund auch immer - gezeigt hatte. Rot-graues Haar, das sich allmählich zur Glatze neigte, und ein roter, stoppeliger Bart umgab sein Gesicht. Er hatte eine Zigarette im Mund und verzog leicht das Gesicht, da der Rauch ihm in Mund und Nase zog.

"Wen?", entgegnete Isai.

"Na, die kleine Flohschleuder da", er nahm sich die Zigarette aus dem Mund und zeigte auf Monster.

"Den Affen?"

"Ja, den Affen", sagte der Rote gereizt.

"Nein", Isai zuckte die Achseln, "habe ihn noch nie gesehen. Wieso fragen Sie?"

"Hast du das Mädchen da drüben seh´n?", fragte der Händler, beugte sich verschwörerisch vor, und blies Isai seinen stinkenden Zigarettenqualm ins Gesicht.

"Was ist mit ihr?"

"Ich beobachte sie schon lange. Der Affe gehört zu ihr, und ich hatte gehofft, du könntest mir etwas über sie erzählen."

"Wieso wollen Sie etwas über sie wissen?", Isai ging einen Schritt zurück, um dem Qualm auszuweichen.

"Sie ist gut", antwortete der Rote nur, zog ein letztes Mal an seinem Zigarettenstummel, warf ihn auf den Boden und steckte sich gleich die Nächste an. "Nicht, dass ich mich für ihr Talent interessiere..." ,er lachte schmierig, „Ich behalte sie nur im Auge. An einigen Tagen gelingt es...", er zog kräftig an seiner Zigarette und hustete keuchend, "...aber an anderen..." Bedauernd verzog er das Gesicht. „Es ist wie verhext. Es gibt Monate, da fehlt jede Spur von ihr."

Isai nickte nur abwesend. „Ich bin nicht pervers oder so", plapperte der Händler weiter, „Keine Sorge, Mann, bin nicht bekloppt oder so was, also kein Grund gleich zur Carabinieri zu laufen." Er lachte dümmlich und redete weiter, jedoch hörte Isai ihm nicht mehr zu.

Warum erzählte er ihm das? Und warum beobachtete er Ivy? Dieser Mann war Isai unheimlich und er fühlte sich nicht wohl in seiner Gegenwart.

Ein Tourist trat an den Souvenirstand des Roten heran und begutachtete die venezianischen Masken. Der dickliche Mann versuchte dem Rotbart in gebrochenem Englisch zu verstehen zu geben, dass er die Blaue, mit der besonders langen und spitzen Nase mochte, den Preis allerdings für unangemessen hielt. Mit einem weiteren Zug an seiner Zigarette fing der Händler an mit ihm zu diskutieren, und Isai stahl sich unbemerkt davon. Er tauchte in das Gewimmel der Menschen ein, und als der Rote sich erneut ihm zuwandte, war er bereits verschwunden.

Die Schatten des Vatikan

Der Eingang zum Antiquariat lag unscheinbar in einer engen Gasse. Die Schrift auf dem kleinen Pappschild im Fenster war verblasst und ließ das Wort *Antiquariat* nur noch erahnen. Als Isai und Ivy eintraten, staunten beide. Ein schlauchartiger Raum von vielleicht dreißig Quadratmetern war vollgestopft mit jeder Art von Büchern. Es roch nach vergilbtem Papier und Staub. Holzregale waren bis auf den letzten Zentimeter vollgestellt, auf dem Boden lagen Bücherstapel und gefüllte Kisten. Von Staub ergraute Stoffschirme umrahmten die Glühbirnen der Lampen, und Spinnweben zogen sich von den obersten Regalreihen bis zur Decke.

„Guten Tag", begrüßte sie eine leise Stimme, als das Klingeln der Türglocke verklungen war. Isai konnte niemanden sehen und trat weiter ins Innere des Ladens, bedacht darauf, keinen der Bücherstapel umzuwerfen. Der alte Dielenboden knarrte unter seinen Füßen. „Kann ich Ihnen weiterhelfen, Signore?", fragte die Stimme und eine kleine alte Frau trat aus dem hintersten Teil des Antiquariats hinter einem Schreibtisch hervor.

„Ciao. Ja, vielleicht können Sie das", antwortete Isai und sah von der gebeugten Frau zu einem der Regale und wieder zurück. „Wir suchen eine Geschichte."

„Eine Geschichte?", die Frau lachte und ihr schlaffes Gesicht verzog sich. „Geht es vielleicht noch etwas präziser?"

Ivy mischte sich ein. „Ja, eine Geschichte über den Vatikan."

„Der Vatikan also, Signora?! Sie haben Glück, ich habe hier ein tolles Buch. Seltene Ausgabe von 1932. Es steht schon ewig in meinem Laden." Die Frau drückte sich an Isai und Ivy vorbei und blieb vor einem Regal stehen, das mit einem Papierschild, auf dem „Glaube & Religion" geschrieben stand, gekennzeichnet war. Sie zog ein dickes altes Buch heraus. Sein Einband war aus dunklem Leder und der Papierblock lose.

„Die Mythen des Vatikan, ein echtes Schmuckstück", sagte die Alte und reichte Ivy das Buch. „Sehen Sie es sich in Ruhe an, ich setzte mich solange wieder an meinen Papierkram." Sie setzte sich die Brille, die an einer Kette um ihren Hals hing, auf die Nase und trat zurück zu ihrem Schreibtisch.

Isai trat neben Ivy, die Monster tiefer in ihren Rucksack drückte, bevor sie das Buch aufschlug. Sie atmete den Geruch des alten Buches tief ein und blätterte vorsichtig zum Register. Ivy ließ den Finger über die Seite gleiten und überflog den Inhalt.

„Die Schatten des Vatikan, Seite 287", sagte Isai. Ivy schlug die Seite auf und reichte ihm das Buch. „Lies vor", sagte sie und trat noch etwas näher an ihn heran, so das sich ihre Arme leicht berührten.

„Die Schatten des Vatikan.

Laut einer römischen Legende des Siebzehnten

Jahrhunderts ist der Vatikan nicht der heilige

Ort, für den er gehalten wird.

Tief in den Katakomben des Heiligtums sollen

laut Erzählungen Dämonen ihr Unwesen treiben.

Die Schatten, wie sie genannt werden, lauern in

der Dunkelheit und nehmen sich der Seelen an, die

es nach kirchlichem Glauben nicht verdienen in den

Himmel zu fahren. Die Schatten beschwören sie

sich ihnen anzuschließen, um so ihre Armee zu

verstärken. Seit hunderten von Jahren versammeln

sich die zerrissenen Seelen dieser Welt nach ihrem

Tod unter den gesegneten Mauern des Vatikans und

warten. Warten auf den Tag des jüngsten

Gerichts. Warten auf die Chance, sich neuer

Kräfte zu bemächtigen und der Apokalypse

beizuwohnen.

Die Schatten des Vatikans – nicht mehr als ein Märchen, werden die Ungläubigen behaupten. Seit Jahrhunderten warten sie? Worauf, fragt ihr euch? - Auf ihre zweite Chance. Auf das fehlende Glied, das ihnen als Schlüssel zur Oberwelt dienen wird.

Auf die Rezeptur. Die Rezeptur zur Konservierung von gebrochenen Seelen."

„Wow", Ivy holte tief Luft, „das verwirrt mich jetzt. Meinst du, an der Geschichte ist was dran?"

Isai hob die Schultern. „Ich weiß es nicht. Nehmen wir es mit? Vielleicht ist diese Legende unwichtig, vielleicht aber auch nicht."

Ivy schlug die Seiten zurück, bis zur ersten. Mit Bleistift stand dort in eine Ecke der Preis für das antiquarische Buch geschrieben. Beim Anblick der absurd hohen Summe hätte Ivy es beinahe fallen lassen. Sie sah Isai an und legte den Zeigefinger auf die Lippen, dann blätterte sie zurück zu Seite 287, warf einen schnellen Blick zu der Verkäuferin, riss dann die Seite mit der Legende über die Schatten aus den 'Mythen des Vatikan' und stellte das Buch zurück ins Regal.

„Ich denke das Buch übersteigt unser Budget", sagte sie laut, „aber vielen Dank für Ihre Hilfe." Dann ging sie in Richtung Tür.

„Empfehlen Sie mich weiter, Signora", rief ihnen die alte Frau hinterher.

Isai wusste nicht wie ihm geschah. Ivy hatte nach seiner Hand gegriffen, um ihn aus den Laden zu ziehen. Als sie jedoch die Tür öffnete, stolperte sie zurück und lief in ihn hinein. Sie fing sich schnell wieder und warf die Tür zu. Das Klingeln der Glocke tönte laut im Raum. „Was ist los?", fragte Isai und sah in diesem Moment, dass der rotbärtige Souvenirhändler, aufgeschreckt vom Geläut der Türglocke, das Weite suchte.

„Verfolgt er dich?"

Ivy schüttelte den Kopf. „Nein, ich habe mich nur erschrocken, weil ich nicht mit jemandem gerechnet habe", entgegnete sie und öffnete die Tür ein zweites Mal. Isai wollte sie zur Rede stellen, doch Ivy blieb nicht stehen, um ihn anzuhören.

Albergo Sole

Es wurde bereits dunkel, als Isai und Ivy an ein Hotel gelangten. Über einer gläsernen Eingangstür stand in goldenen Lettern das Wort *Sole* geschrieben. Ivy blieb für einen Moment stehen. Sie schien darauf zu warten, dass Isai etwas sagte, denn sie machte keine Anstalten weiter zu gehen.

"Langsam werde ich müde", sagte er schließlich, gähnte ausgiebig, und Ivy sah ihn an. Eine Sekunde nur, oder vielleicht zwei, aber es kam Isai wie eine Ewigkeit vor. Dann nickte sie und schritt ihm voran auf das Hotel zu. Es war sehr groß, mit steinernen Engeln, die unter dem Dach aus der Wand ragten. Das Gebäude erinnerte ihn an den Marmorpalast, und das Herz wurde ihm schwer. Würde er sein zu Hause je wiedersehen? Er versank so in seinen trauernden Gedanken, dass er sich nicht darüber wunderte, dass Ivy um die Hausecke des Hotels trat. Sie blieb vor einer schmalen Tür stehen und klopfte dreimal gegen das schwere Metall, woraufhin die Tür geöffnet wurde. Im Rahmen stand ein kleines Mädchen, drei, vielleicht vier Jahre alt. Sie hatte langes, dunkelblondes Haar, das sie zu einem ellenlangen Zopf zusammengeflochten trug. Die Türklinke erreichte sie nur, wenn sie sich auf die Zehenspitzen stellte und sich streckte. Sie strahlte Ivy aus ihren großen, grünen Augen heraus an.

"Ivy", sagte sie - nein, eigentlich schrie sie fast. Sie nahm Ivys Hand und zog sie aufgeregt hinein in eine große

Gastronomieküche.

"Hallo Naima", Isai bemerkte, dass Ivy genauso breit grinste wie Naima selbst und schloss die Tür hinter sich, als Ivy das kleine Mädchen auf den Arm nahm und an sich drückte. Monster, der die ganze Zeit in Ivys Rucksack geschlafen hatte, steckte nun seinen Kopf über Ivys Schulter und tippte Naima mit seinen Fingern auf die Nase. Die Kleine kicherte vergnügt.

"Sag mal, meine Hübsche", Ivy stellte Naima wieder auf die Füße, "weißt du wo Antonia ist?"

"Ja", entgegnete die Kleine, mit durchdringender Stimme. Sie fasste erneut Ivys Hand und zog sie durch die Küche. Ivy winkte Isai, damit er ihnen folgte, und Monster steckte ihm die Zunge raus. Köche und Küchenhilfen musterten Ivy und Isai. Als Ivy einen freundlichen Gruß durch die lärmende Küche warf, nickten einige Köche freundlich, einige weniger freundlich in ihre Richtung und wandten sich dann wieder ihrer Arbeit zu.

Naima führte Ivy und Isai durch einen schmalen, einfachen Korridor, in eine kleine Kammer neben der Küche. Darin saß eine ausgemergelte, kleine Frau an einem Schreibtisch. Als Naima die Tür mit sichtlicher Mühe aufzog und "Toni, guck mal wer hier ist", rief, blickte diese erschrocken auf und starrte durch dicke Brillengläser hindurch zur Tür. Sie war noch sehr jung, vielleicht vier Jahre älter als Ivy selbst, aber trotzdem wirkte sie gestresst und ausgelaugt. Ivy fragte sich, ob Antonia bei ihrem letzten Treffen auch schon so erschreckend dünn gewesen war. Sie lächelte ihrer Freundin zu und lies die Tür hinter sich und Isai ins Schloss fallen. Ein breites Lächeln, noch breiter, als das des kleinen Mädchens, stahl sich auf das dunkelhäutige Gesicht der jungen Frau.

"Ivy ist hier", schnitt Naimas Stimme durch die Luft.

"Ja Naima, das sehe ich", entgegnete die Dunkle mit liebevollem Blick auf das Mädchen. Dann nahm sie sich rasch die Brille von der zierlichen Nase und stand so hastig von ihrem Stuhl auf, dass sie mit dem Knie gegen den Tisch stieß. Hektischen Schrittes, mit Freudentränen in den Augen, tippelte sie auf Ivy zu und schloss sie in ihre dürren Arme. Sie waren so dünn, wie die Beine des Tisches, an dem sie eben noch gesessen hatte. Ivy drückte Antonia so fest, dass Isai befürchtete, sie würde ihr sämtliche Knochen brechen, so mager und zerbrechlich war sie. Naima hatte sich auf den hölzernen Fußboden gesetzt und versuchte Monster auf den Arm zu nehmen, der ihr immer wieder entwischte. Jedoch lief er sofort wieder zu ihr hin, um ihr an Kleid oder Haar zu ziehen. Für einige Sekunden war nur das Kichern der Kleinen und das Klimpern von Geschirr, Töpfen und Pfannen, zu hören, dass aus der Küche herüber drang. Isai stand einfach nur da, sah sich in dem winzigen Zimmer um und fühlte sich etwas fehl am Platz. Schließlich spürte er, dass ihn jemand ansah. Raphael? Nein - Naima hatte das Fangspiel mit Monster aufgegeben und musterte ihn nun von Kopf bis Fuß. Isai lächelte ihr zu, aber Naima starrte ihn weiterhin ernst an.

"Wer bist du?", fragte sie misstrauisch und schubste Monster weg, der ihr wieder an ihren langen Haaren zog.

"Isai", antwortete er unentwegt lächelnd, "und du bist Naima, richtig?"

Das Mädchen nickte. „Machst du hier Urlaub?", fragte Isai weiter.

„Nein", entgegnete Naima knapp und blickte auf ihre Finger.

„Nein?"

„Nein, ich wohne hier", sagte Naima verunsichert.

„Du wohnst hier? In einem Hotel?"

„Ja. Wo wohnst du denn?"

„Weit weg von hier", antwortete Isai wahrheitsgemäß und die Sehnsucht stach ihm ins Herz.

„Sehr weit weg?"

„Sehr sehr weit weg."

Naimas Augen weiteten sich, ihre Neugier war geweckt. „In Amerika?"

Isai lächelte. „Nein, nicht in Amerika."

„Noch weiter weg?"

„Noch viel weiter...", bestätigte er und das kleine Mädchen versank für einen Moment in ihren Gedanken. Was Isai gesagt hatte überstieg ihre Vorstellungskraft. „Wohnen deine Eltern auch hier?", fragte Isai und holte sie damit wieder in die Gegenwart zurück.

„Nein."

„Wo sind sie denn dann?"

Naima überlegte eine Weile. Dann sah sie ihn stirnrunzelnd an, „meine Eltern?", fragte sie, als müsse sie sichergehen, dass sie ihn richtig verstanden hatte.

„Ja, deine Eltern."

„Ich hab´so was nicht", die Kleine zuckte unbekümmert mit den Schultern. Dann lächelte sie wieder ihr strahlendes Lächeln und winkte ihm mit hocherhobener Hand zu, obwohl er keine zwei Meter von ihr wegstand. Sie stand auf und hielt ihr geflochtenes Haar hoch.

"Guck mal", sagte sie strahlend und beäugte ihre pinke Haarspange.

"Zeig mal her", Isai ging in die Hocke. Naima setzte sich auf sein rechtes Bein, und zeigte ihm stolz ihr langes Haar, während Monster eifersüchtig keckernd auf den Schreibtisch sprang.

Ivy und Antonia hatten sich inzwischen aus ihrer Umarmung gelöst, hielten sich jedoch immer noch an den Händen und redeten über das, was sie alles seit ihrem letzten Treffen, das schon einige Zeit her zu sein schien, getan hatten.

„Was machst du hier? Ich habe nicht gedacht, dass du so schnell wieder her kommst", das war Antonia. „Ich meine, ich habe ehrlich gesagt nicht daran gedacht, dass du je wieder nach Venedig kommst."

„Ich musste doch nach dir sehen", entgegnete Ivy, „wie geht es dir? Du siehst nicht gut aus." Doch Antonia winkte ab. „Alles halb so wild, ehrlich. Die Kleine hält mich ziemlich auf Trab. Da bleibt keine Zeit zum Jammern." Ihr Augenzwinkern überzeugte niemanden. Man sah der jungen Frau deutlich an, dass es ihr nicht gut ging.

Die Zeit schlich unbemerkt voran, und schließlich drehte Antonia sich zu Isai und Naima um, "aber was rede ich soviel?! Ihr seid sicher müde, reden können wir auch morgen noch."

Isai war ihr unendlich dankbar, denn auch wenn Naima ihn gut unterhielt, war er doch ziemlich müde und sehnte sich nach einem

Bett.

Antonia führte sie durch eine große Halle, in der Marmorsäulen standen. Die Decke hier war hoch - jedoch nicht ganz so hoch wie die im Marmorpalast. Pflanzen standen an den hell beleuchteten Wänden, und ein roter Teppich führte eine steinerne Treppe hinauf. Das Geländer war vergoldet, genau wie die Bilderrahmen an den Wänden, aus denen ernste Gesichter in die Halle hinaus starrten. Sie fuhren mit einem Fahrstuhl in eines der oberen Stockwerke, in dem der Korridor genauso prunkvoll war, wie die Empfangshalle im Erdgeschoss. Antonia öffnete die Tür zu einem der Zimmer und lies Ivy als erste eintreten. Es war ein kleines Zimmer. Ein Bett stand an der Wand, die mit einer Barock- Tapete beklebt war. Der Rest des Zimmers war im selben Stil gestaltet. Neben der Balkontür stand ein altes Sofa auf Klauenfüßen und lud dazu ein, sich in seine Polster zu kuscheln. Eine kleine Kommode aus dunklem Holz stand neben dem Bett und ein schmaler Schrank an der Wand gegenüber.

"Ein zweites Zimmer ist leider nicht frei, aber einer von euch kann ja auf dem Sofa schlafen", sagte Antonia, als müsse sie sich entschuldigen.

"Ist schon in Ordnung", entgegnete Ivy ihr lächelnd und warf ihren Rucksack auf das Bett. Laut schimpfend kletterte Monster daraus hervor und drohte Ivy mit der pelzigen Faust. Naima hielt sich kichernd eine Hand vor den Mund.

Nacht

Isai saß draußen auf dem Balkon und starrte in die sternenklare
Nacht. Sein Körper war schwer und müde, doch sein Kopf war
hellwach. Wach und leer. Er konnte an nichts denken. Saß einfach
nur da, und dachte an gar nichts. Die Sterne blitzten ihm zu, als
wollten sie ihn schmerzhaft daran erinnern, woher er kam und
wohin er gehörte. Ihm gefiel, was er hier unten gesehen hatte,
doch er fühlte sich fremd. So fremd.

Du gehörst nicht hierher.

Das Herz in seiner Brust war leer, wie sein Kopf. Es schlug leise,
kaum merklich, als wäre es fremd in diesem Körper, der zu
menschlich für seine himmlische Seele war. Ein verdächtiges
Kribbeln zog in seine Nase und das Bild vor seinen Augen versank
in salzigen Tränen. Deshalb schloss Isai die Lider, lauschte dem
flüsternden Klopfen seines Herzens und dem leichten Wind, der
ihn zu rufen schien, als wollte er ihn zurücklocken. Zurück in die
Wolken, hoch hinaus, wo er her kam. Er wollte nicht darüber
nachdenken, deshalb zog Isai das beschriebene Papier aus seiner
Tasche, um einfach irgendetwas zu tun. Die dunkelrote Nachricht
stand immer noch unheilverkündend auf dem zerknitterten Papier.
Der Punkt auf der anderen Seite des Schriftstücks jedoch hatte
sich verschoben. Er kennzeichnete nicht mehr die Stelle im Meer,
an der er noch bei seiner Ankunft in Marina di Massa geprangt
hatte. Jetzt lag er auf dem Stiefel, irgendwo in Küstennähe im

rechten oberen Bereich. Auf Venedig. Diese Tatsache lies Isai einen kalten Schauer über den Rücken laufen. Was das bedeuten mochte wusste er nicht. Er beschloss sich darüber nicht den Kopf zu zerbrechen und steckte die Karte zurück in seine Tasche.

Neben dem Flüstern des Windes drang ein weiteres Geräusch an Isais menschliche Ohren. Das Schlurfen von Schritten. Sie schienen darauf bedacht, nicht all zuviel Lärm zu verursachen. Lautlos stand Isai auf und sah in die Richtung, aus der die Schritte kamen.

Man beobachtet dich, Isai.

Im Schatten der Häuser und Brücken stand unten ein Mann. Kaum mehr, als ein Umriss in der Dunkelheit, und starrte zu den Hotelfenstern hinauf. Isai dachte sofort an den rotbärtigen Händler und ihm lief ein eiskalter Schauer über den Rücken. Es war unheimlich. Dieser Jemand stand einfach nur da, musterte ein Fenster nach dem anderen und zog hin und wieder an einer Zigarette. Isai sah den kleinen roten Punkt im Dunkeln aufleuchten, wenn die Glut heiß wurde.

Sie trauen dir nicht, Isai. Jemand ist dir auf den Fersen. Wer mag das sein?

Isai wusste nicht, ob es wirklich der Händler war. Wer aber sonst sollte es sein?

Ja – Wer?

Das Ganze bereitete ihm das Gefühl von Unbehagen, und er schlich zurück ins Hotelzimmer, schloss leise die Balkontür, und setzte sich lautlos auf das Sofa. War es wirklich der Rote? Wenn ja, was wollte er? Suchte er Ivy? Was wollte er von ihr? Isai wusste

87

keine Antwort. Ihm standen die feinen Härchen im Nacken zu Berge. Was, verdammt nochmal, wollte er von ihr?

Isai sah zu Ivy hinüber, die friedlich in die Kissen gekuschelt im Hotelbett lag und schlief. Sie schlief tief und fest und ahnte nichts von alldem. Wie friedlich sie aussah. Isai musste lächeln. Gerne wäre er ihr mit der Hand durch dass braune Haar gefahren, aber er lies es bleiben.

"Ich pass auf dich auf", flüsterte er, "so wie früher."

Wann hatte er sich plötzlich wieder an Ivy erinnern können? Vielleicht war es der Moment im Wald gewesen, Isai konnte es nicht mehr genau sagen. Aber er wusste es wieder. Wusste wieder, was er beinahe vergessen hätte. Isai hatte Ivy damals, als sie noch ein Baby gewesen war, das Leben gerettet. Jesus hatte ihn mitgenommen. „Erzähl mir von den Aufträgen!", hatte Isai ihn vor vielen Jahren beschworen. „Was machst du genau? Glaubst du, es dauert noch lange, bis ich auch endlich einmal einen Auftrag bekomme?"

Jesus, der gerade hatte aufbrechen wollen, hatte sich entnervt zu seinem Freund umgedreht. „Wie oft sollen wir dieses Gespräch noch führen, Isai? Gibt es für dich auch noch andere Themen als diese Aufträge?"

„Du verstehst das nicht", hatte Isai geantwortet und resigniert die Flügel hängen lassen. „Alle bekommen Aufträge und retten Leben. Nur ich nicht. Wie lange soll ich denn auf meine Prüfung warten?"

Jesus hatte geseufzt. „Versprich mir, dass du niemandem davon erzählst."

„Wovon erzählen?"

„Ich nehm´ dich heute mit. Komm. Aber das muss unser Geheimnis bleiben!"

Dann waren Jesus und Isai zu Ivy geflogen und Jesus hatte seinem Freund gezeigt, wie er die Geister fort scheuchte, die sich auf Ivys kleine Brust setzen wollten. Das Unheil des plötzlichen Kindstodes hatte sich tief über Ivys Wiege gebeugt, um zu hören wie das kleine Herz in einem unregelmäßigen Rhythmus schlug, bis es endlich einschlief. Isai hatte jedoch schützend seine Hand über das Baby gehalten und solange neben ihr verharrt, bis alle Gefahr vorüber war. Dann hatte er Ivy schweren Herzens wieder allein gelassen. Nach diesem Tag hatte er sie oft heimlich besucht um zu sehen, ob es ihr gut ging. Lange war das nun her, fast 19 Jahre. Wie viele Nächte hatte er an ihrer Wiege gesessen und war einfach nur da gewesen? Er wusste es selbst nicht mehr. Wenn die anderen Engel beschäftigt gewesen waren, hatte Isai sich Tag für Tag zu Ivy gestohlen. Irgendwann war sein Fortgehen jemandem aufgefallen, er hätte vorsichtiger sein müssen. Er hatte nicht gewusst, ob es ihm erlaubt gewesen war einen Menschen zu besuchen. Aus Angst jedoch, er würde etwas Unrechtes tun, hatte Isai es schließlich aufgegeben. Das letzte Mal, das Isai bei ihr gewesen war, war nun mehr als neun Jahre her. Zu der Zeit war Ivy zehn Jahre alt gewesen. Vielleicht hatte er sie deshalb erst so spät erkannt. Dabei war er sich immer so sicher gewesen, dass er sie unter allen Menschen der Welt sofort wiedererkennen würde. Ivy hatte ihn nie gesehen. Er hatte gefühlt, wie unglücklich sie gewesen war, und sie hatte ihrerseits spüren können, dass jemand da war, der wusste, wie sie sich fühlte, der sie verstand und sie in den Arm genommen hätte, hätte er es gekonnt.

Doch dann irgendwann nach einigen Jahren, hatte Isai das Mädchen fast vergessen,

das ihm jahrelang wie eine kleine Schwester gewesen war. Er hatte von ihren Ängsten gewusst, hatte alle gekannt und ihr beigestanden, auch wenn er ihr nicht wirklich hatte helfen können. Wie gerne er sie damals in den Arm genommen hätte, ihr gesagt hätte, dass alles einmal gut werden würde. Jetzt hätte er es tun können, aber er tat es nicht.

Isai legte sich unter seine Decken und schloss die Augen. Er verjagte alle bösen Gedanken aus seinem Kopf, die an die schemenhafte Gestalt unten am Kanal und die an die vielen Rätsel der letzten Tage. Er versuchte nur noch Ivys ruhigem Atem zu lauschen, was gar nicht so einfach war. Das laute Schnarchen und Grunzen des kleinen Affen drang an sein Ohr. Monster hatte es sich auf einem Kissen zu Ivys Füssen bequem gemacht und zuckte im Traum vor sich hin.

Über die Unsterblichkeit — Teil I

Neapel, 17. Jahrhundert

Die Sonne ging allmählich unter. Die Luft kühlte sich langsam ab
und vom Wasser her kam ein leichter Wind. Sabina saß im
Schatten eines Olivenbaumes und sah übers Meer hinaus. Bald
würde die Sonne bis zur Hälfte im Ozean verschwunden sein, und
dann würde er kommen. Sie strich sich den Schmutz von ihrem
Rock so gut es eben ging, denn sie wusste, dass sie neben Enzo
ohnehin aussehen würde, wie eine Küchenmagd. Sie stammten
aus zwei Welten, das konnten sie nicht verleugnen. Dennoch
konnten die beiden kaum ohne einander.

Sabina wurde aus ihren Gedanken gerissen, als Enzo
plötzlich hinter ihr auftauchte. Er lächelte. Seine Schultern waren
breit, seine Kleider edel, seine Haut sauber. Er trat auf sie zu,
nahm ihr Gesicht in seine weichen Hände und küsste sie. Er roch
gut. Sabina wand sich schüchtern aus seinem Griff und strich sich
verlegen ihr strähniges Haar hinters Ohr.

„Was ist los, Sabina?", fragte Enzo sie, obwohl er dieses
Verhalten bereits von ihr kannte.

„Es ist nur...", wollte Sabina sich erklären, doch Enzo legte ihr
einen Finger auf den Mund.

„Es ist in Ordnung. Wann hörst du endlich auf dich zu schämen?"

„Ich schäme mich nicht", behauptete Sabina, „ich kann nur immer noch nicht verstehen, warum du dir kein Mädchen aus deinen Kreisen aussuchst."

Enzo ließ seufzend die Arme hängen. Wie oft hatten sie dieses Gespräch schon geführt?

„Weil ich kein Mädchen aus meinen Kreisen will", beteuerte Enzo zum wiederholten Mal.

„Ich will nur dich, Sabina." Er legte seine Hände auf ihre Schultern und sah sie eindringlich an. „Ich liebe dich. Wann wirst du mir das endlich glauben?"

Sabina versuchte ein Lächeln. Sie sah Enzo in die braunen Augen und wäre ihm am liebsten um den Hals gefallen, doch sie wagte es nicht. Sie wagte es nie. Ihre Angst war zu groß.

„Ich liebe dich auch, Enzo", sagte sie, und ihr vertrautes Gespräch nahm zum ersten Mal eine unbekannte Wendung. „Ich weiß nur nicht, ob wir beide eine gemeinsame Zukunft haben können."

Enzo holte tief Luft. „Was willst du damit sagen, Sabina? Meinst du, wir sollten aufhören uns zu treffen?"

„Nein, nein", Sabina schüttelte den Kopf und Tränen stiegen ihr in die Augen. „Oder vielleicht doch. Ich weiß es nicht, Enzo."

„Du weißt was nicht? Du kannst nicht ehrlich meinen, was du da sagst, Liebste."

„Wie lange wollen wir uns denn noch heimlich treffen? Bis wir alt und grau sind?"

„Nein. Wir werden schon bald heiraten, dann wirst du eine angesehene Frau sein und wir werden uns nie wieder heimlich treffen müssen", versicherte Enzo. Sabina zweifelte dennoch.

„Wann wirst du mich heiraten?"

„Schon sehr bald", versprach er.

„Wie bald?"

Auf diese Frage, wusste Enzo nichts zu sagen. Sabina hatte recht. So lange versprach er schon, er würde sie heiraten. Jedoch hatte er es bis heute nicht über sich gebracht, seinem Vater von Sabina und seinen Absichten zu erzählen. Doch er würde es tun. Ganz sicher. Er liebte sie, er würde sein Leben nicht ohne sie führen können.

Auf dem Markusplatz

"Da!", Naima zog Isai an der Hand hinter sich her. Sie war mit ihm und Ivy auf den Markusplatz gekommen. Eine Stunde schon lief das Mädchen mit Isai von einem Punkt zum anderen und staunte über dieses und jenes. Sie deutete auf dies und das, rannte hier hin und dort hin, und Isai folgte ihr.

Er hatte jedoch nur Augen für Ivy. Immer wieder ließ er seinen Blick durch die Menschenmenge schweifen, um sie dann irgendwo zwischen all den Passanten zu entdecken. Alles in Ordnung, sagte er sich dann jedes Mal und wandte sich wieder Naima zu. Das Geplapper des kleinen Mädchens drang wie ein Echo aus weiter Ferne an sein Ohr. Isai schaffte es einfach nicht, sich auf das zu konzentrieren, was Naima von sich gab. Er konnte nicht anders, als sich immer und immer wieder zu vergewissern, dass der Rote sich nicht in Ivys Nähe befand. Vielleicht war er übervorsichtig, er hatte den Roten heute nicht ein einziges Mal gesehen. Aber genau das machte ihn nur noch nervöser. Inzwischen war er sich mehr als sicher, dass es der eigenartige Händler gewesen war, der in der Nacht vor dem Hotel gestanden hatte. Und er wurde das Gefühl nicht los, dass er nicht zufällig dort gewesen war.

"Da!", schnitt Naimas Stimme wieder durch das Lärmen der Menge. Sie deutete auf eine Gruppe von Kindern, die lauthals lachend durch eine Schar dicker Tauben rannte.

"Ich glaub´, die Vögel mögen die Kinder nicht", stellte sie fest, als sich die Tauben gurrend und schimpfend auf das Dach eines Eiscafés verzogen hatten.

"Wenn ich eine Taube wäre, würde ich sie auch nicht mögen", erwiderte Isai. Ein besonders freches Kind trat nach einer weißen Taube, die seinem Fuß nur um wenige Zentimeter entging. "Ich auch nicht", Naima rümpfte die Nase. Sie ließ Isais Hand los und ging bis vor das Eiscafé. Sie versuchte die Tauben herunter zu locken indem sie ihnen erklärte, dass nicht alle Kinder so gemein waren, aber die Tauben schimpften einfach weiter.

Isai starrte schon wieder über die Köpfe der Touristen hinweg und erhaschte einen kurzen Blick auf Ivy. Für einen Moment beruhigt, griff er in seine Hosentasche und zog ein paar Münzen heraus. Er trat zu Naima vor das Café.

"Möchtest du ein Eis?"

Die Kleine grinste breit und nickte.

"Dann komm mit", Isai griff nach der kleinen Hand und zog Naima mit sich ins Café.

Wenig später saßen sie auf einer Bank auf dem Markusplatz, und Isai sah Naima dabei zu, wie sie sich fröhlich mit ihrem Eis bekleckerte.

Für die Kleine war die Welt noch in Ordnung. Wie wunderbar und groß sie einem vorkam, wenn man selbst so klein war, dass man zu allem und jedem aufblicken musste.

Es konnte einem jedoch auch Angst machen. Isai kannte das Gefühl im Getümmel der Welt unterzugehen. Auch heute kam er sich klein vor. Gerade jetzt, hier auf dem Markusplatz, wo die Gebäude so groß waren, dass sie Isai fast einschüchterten. Sie hatten Ähnlichkeit mit dem Marmorpalast, mit ihren großen weiß-grauen Torbögen, den vielen Fenstern und Türen. Doch im Marmorpalast hatte Isai sich nie so klein gefühlt. Vielleicht, weil er da seine Flügel noch gehabt hatte, die ihn hoch gehoben hatten, wenn er es am Boden nicht mehr aushielt. Vielleicht lag es aber auch daran, dass er es einfach gewohnt war auf die Erde herabzublicken. Schließlich hatte er hoch über ihr gelebt und hatte sie nie aus dieser Perspektive, nie aus diesem Blickwinkel gesehen.

Wirklich nie?

Plötzlich kam Monster auf Isai und Naima zugesprungen. Der Affe setzte sich auf Naimas Kopf, und klaute ihr das Eis aus der Waffel. Die Kleine lachte fröhlich und hielt dem Affen den Rest von ihrer Eispampe entgegen. Monster hatte Naima wohl genau so gern wie Ivy. Mit keinem anderen Menschen hatte Isai ihn bisher so vertraut gesehen. Isai konnte es ihm nicht verdenken, er mochte die beiden auch sehr. Apropos... wo war Ivy? Isai stand auf und suchte erneut den Platz nach ihr ab. Neben ihm beschmierten Naima und Monster sich gegenseitig mit Eis. Isai wurde nervös, er konnte Ivy nirgends entdecken.

Platsch, fiel der letzte Rest Eiswaffel auf die Pflastersteine. "Upps", sagte Naima mit schuldbewusstem Blick auf Isai. "Ist nicht schlimm", murmelte er ohne sie anzusehen, und Naima kicherte noch lauter.

"Ivy, wo bist du?", flüsterte Isai, "wo bist du?"

"Ist nicht schlimm", sagte Naima zu Monster und umklammerte ihn, um ihm das Erdbeereis aus dem Bart zu wischen. Der Affe protestierte, aber Naima war stärker.

"Ivy", murmelte Isai immer noch vor sich hin, "verdammt, wo bist du?"

Monster begann zu kreischen und versuchte sich aus dem Griff des Mädchens zu winden.

Da, endlich. Da stand Ivy. Sie unterhielt sich mit jemandem. Isai atmete tief durch. Kein Grund zur Sorge, dachte er. Doch dann fiel sein Blick auf den Mann, mit dem Ivy sprach.

"Verdammt", fluchte er, "Naima, lass Monster in Ruhe."

"Aber so kann er doch nicht rumlaufen", sagte sie beleidigt, ließ Monster aber los.

"Doch, Monster kann so rumlaufen", Isai wischte Naima mit einer Servierte übers Gesicht, "der stinkt eh." Er zwinkerte ihr zu.

"Du stinkst", lachte Naima Monster aus und der Affe zog beleidigt eine Schnute.

"Komm jetzt mit", Isai nahm Naima wieder bei der Hand und lief zügig los. Monster konnte Naima noch gerade schnell genug auf die Schulter hüpfen, bevor sie im Gewimmel untergingen.

Sie zwängten sich durch die Menge und erreichten Ivy schon in wenigen Sekunden. Der rotbärtige Händler, der eben noch auf Ivy eingeredet hatte, hatte sich gerade abgewandt und verschwand schnell zwischen den vielen Menschen.

"Was hattest du mit dem zu bereden?", fuhr Isai Ivy an. Es war die Sorge, die seine Worte so schroff über seine Lippen kommen lies, doch das konnte Ivy nicht wissen.

"Sei nicht so neugierig", entgegnete Ivy ihm kalt.

„Sag schon, Ivy. Was wollte der Typ von dir?", Isai bemühte sich um einen versöhnlicheren Tonfall, doch Ivy beäugte ihn weiterhin skeptisch.

„Spiel dich nicht so auf, Isai, ich kann schon auf mich selbst aufpassen."

„Es tut mir leid", beteuerte Isai. „Ich wollte dich nicht so anfahren. Ich habe mir nur Sorgen gemacht. Ist alles in Ordnung mit dir?"

Ivy lächelte. „Ja, mir geht's gut. Ich fand ihn ja auch immer unheimlich", gestand sie und sah in die Richtung, in die der Händler verschwunden war.

„Vielleicht bin ich zu paranoid gewesen", gestand sie beschämt und sah wieder Isai an.

„Hier", sie reichte ihm eine Visitenkarte. „Der Typ hat gesagt, er hätte uns in dem Antiquariat gesehen und fragte wonach wir denn suchen würden."

Isai nickte und wusste nicht, was er von dieser Geschichte halten sollte.

„Du hast ihm doch nicht...?", fragte er, plötzlich erschrocken. Ivy hatte den Fremden doch wohl nicht in ihr Geheimnis eingeweiht?

„Nein, ich habe ihm nichts erzählt", beschwichtigte sie Isai. „Beruhige dich. Er hat gesagt, wenn wir uns für Bücher und alte Geschichten interessieren, dann könne er uns da etwas empfehlen." Sie deutete auf die Karte in Isais Hand und er warf eine Blick darauf.

„Florenz?"

Ivy nickte. „Ein Archiv in Florenz."

Isai holte Luft um etwas zu erwidern, aber Ivy schnitt ihm das Wort ab.

"Der Händler hat uns nichts getan! Morgen fahren wir nach Florenz, keine Wiederrede!"

"Aber...", weiter kam Isai nicht.

"Was soll schon passieren?", sagte Ivy barsch und ließ ihm keine Gelegenheit zu widersprechen. Beinahe hätte Isai gelacht über Ivys bestimmende Art, obwohl ihm ganz und gar nicht danach zu Mute war. Was sollte das bedeuten?

"Ich halte das für keine gute Idee", sagte er kleinlaut, und dachte wieder an letzte Nacht. Ob er ihr davon erzählen sollte? Er entschloss sich, es nicht zu tun.

„Wir sollten keine Möglichkeit auslassen, Isai. Vielleicht hilft uns das ja weiter... und du kannst ja auf mich aufpassen." Sie grinste ihn frech an.

Als wenn er das nicht ohnehin getan hätte. Er ärgerte sich über Ivy, obwohl er ihr nicht lange böse sein konnte. Schließlich tat sie das alles für ihn.

Erklärung und Antwort

Den Rest des Tages hatten sie damit verbracht, mit Naima die Kanäle entlangzuspazieren. Isai hatte versucht das ungute Gefühl bezüglich ihrer Reise nach Florenz zu ignorieren, aber es misslang ihm. Immer wieder meldete es sich mit einem fiesen Kneifen in seinen Magen zurück. Als es schließlich dunkel geworden war, waren sie ins Hotel zurückgekehrt.

Ivy hatte Isai dazu überreden können ihr wieder vorzulesen, und so hatten sie es sich in ihrem Zimmer gemütlich gemacht. Ivy hatte neben Isai gesessen, Naima auf dem Schoß, die mit Monster im Arm eingeschlafen war und hatte mit geschlossenen Augen Isais Stimme gelauscht, die ihr so vertraut und doch so fremd war, als stammte sie aus einer anderen Welt.

Erst als auch Ivy eingeschlafen war, verstummte Isai. Lautlos klappte er das Buch zu und legte eine Decke über Ivy und Naima. Die Sehnsucht nagte an seinem Herz, und er trat wieder auf den Balkon hinaus. Hinaus in die klare Nacht. Er setzte sich auf den kühlen Boden, lehnte sich gegen die Hauswand und schloss die Augen. So konnte er vor sich sehen, was er so schrecklich vermisste. Seine vertraute Heimat, die Stadt in den Wolken und den großen marmornen Palast. Noch nie war er eine so lange Zeit auf der Erde gewesen. Er fühlte sich klein. Wie ein Junge, der auswärts schlief und plötzlich schreckliche Sehnsucht nach seiner Mutter bekam. Eine Mutter hatte Isai nicht. Genau wie Naima. Ob sie etwas vermisste? Fühlte, dass etwas fehlte, genau wie Isai es tat? Er hatte keine Eltern, kein Band, dass ihn mit jemandem verband. Aber dennoch gehörte er nach dort oben und nicht nach hier unten. Eine Träne lief ihm über die Wange. Er vermisste seine Flügel. Er wollte einfach fort fliegen, der Sonne entgegen. Doch er konnte nicht. Er war gekettet an diese Erde, die so wunderbar und so schrecklich zugleich war. Er fühlte sich fremd in seinem Körper. Wie sehr er sich wünschte, einfach davon fliegen zu können, weg von seinem fremden Körper, weg von der Verantwortung, die auf ihm lastete, weg von Italien, einfach weg. Weg. Ivy und Naima würde er mitnehmen, und Monster vielleicht auch. Dann müsste Ivy nie wieder auf der Straße unter irgendwelchen Brücken schlafen.

In diesem Moment schlug Ivy die Augen auf. Als hätte sie gehört, dass Isai an sie dachte. Als sie sah, dass auf dem Sofa niemand lag, stand sie auf. Sie strich Naima mit zwei Fingern über die Wange. Die Kleine lächelte im Schlaf und kuschelte sich noch näher an den Affen in ihrem Arm. Vorsichtig zog Ivy ihr die Decke unters Kinn und schlich zur Balkontür.

An die Wand gelehnt saß draußen Isai. Er hatte die Augen geschlossen. Er weinte. Die Tränen hatten ihm weiße Striche ins Gesicht gemalt, bleich wie Spinnweben. Ohne das leiseste Geräusch setzte Ivy sich zu ihm. Isai schreckte zusammen, als sie ihre Hand auf seinen Arm legte.

"Was ist los? Ist alles in Ordnung?", fragte sie, mehr um überhaupt etwas zusagen, nicht weil sie es wirklich wissen wollte. Sie konnte auch so sehen, dass dem nicht so war.

"Ja", Isai nickte und wischte sich hastig die Tränen aus dem Gesicht. Erschrocken, durch seine schnelle Bewegung, zog Ivy ihre Hand zurück. Sie schwiegen.

Ein leichter Wind wehte vom Meer zu ihnen herüber, und ließ das Wasser unter ihnen leicht gegen die steinernen Kanalwände schlagen. Schließlich sagte Ivy: „Isai, nimm es mir nicht übel aber... du bist vielleicht gut darin, ein Geheimnis aus allem zu machen, lügen ist jedoch nicht deine Stärke." Sie knuffte ihn an der Schulter, was Isai ein Lächeln aufs Gesicht lockte.

"Wer bist du?", fragte Ivy ihn. Er gab keine Antwort. Insgeheim hatte sie auch nicht damit gerechnet, dennoch war sie enttäuscht. Abwesend starrte Isai in die Nacht hinaus. Er tat Ivy leid. Sie konnte nicht sagen warum, aber sie hatte das Gefühl, ihm etwas schuldig zu sein. Langsam streckte sie erneut ihre Hand nach ihm aus, vorsichtig, wie nach einem bissigen Tier. Isai saß einfach nur da. Das Gesicht in seinen Händen verborgen, beinahe lautlos weinend. Sanft, wie der salzige Wind, strich Ivy ihm über die Schulter. "Was ist passiert?", fragte sie weiter, "warum bist du wirklich hier?"

Sie hatte wieder keine Reaktion, geschweige denn eine Antwort erwartet, doch er hob seinen Kopf und sah sie an. Sie liebte diesen Blick, diese braunen Augen.

"Ich weiß es ehrlich gesagt nicht", sagte er und starrte auf seine nackten Füße, "ich glaube, ich muss eine Prüfung absolvieren oder so etwas in der Art."

"Eine Prüfung?", sagte sie und lächelte.

"Ja", er zuckte die Schultern.

"Erzähl mir was passiert ist."

"Da wo ich her komme...", er zögerte kurz, "...erzählt man sich, dass man eine Prüfung machen muss, um sich irgendwie zu behaupten..."

Ivy wusste nicht recht, ob er wirklich versuchte ihr zu erzählen, was geschehen war, oder ob er einfach irgendetwas erzählte, aber sie fragte nicht nach.

"Ein Freund von mir hat das jedenfalls erzählt. Ich weiß nicht genau, ob er sich einen Spaß erlaubt, oder mir die Wahrheit gesagt hat."

"Eine Prüfung von der du nicht weißt, ob es wirklich eine ist? Oh Mann, das klingt echt geheimnisvoll."

"Ja, nicht wahr? Vielleicht klärt sich alles, wenn wir dieses Rätsel lösen" er hielt inne und atmete die salzige Luft ein, "*Unsere Seele kennt eine Vergangenheit, die wir vergessen haben...*"

Isai holte tief Luft. Irgendwo in der Ferne bellte ein Hund.

"Was glaubst du, könnte das heißen? Ich habe mich gefragt, ob hier von Reinkarnation die Rede ist, von Wiedergeburt", er brach ab. Was er da sagte, klang selbst in seinen Ohren absurd. Reinkarnation, so etwas gab es doch nicht wirklich oder? Wiedergeburt war für seinen Geschmack etwas zu fiktiv.

„Die Idee ist gut. Wie lautet die Nachricht weiter?", fragte Ivy neugierig.

Isai zog den Zettel aus seiner Tasche und las laut: „Unsere Seele kennt eine Vergangenheit, die wir vergessen haben. Eine zweite Chance gibt uns die Möglichkeit zu zeigen, dass wir uns auf dem rechten Weg befinden. Die Schatten deiner Vergangenheit drohen dich einzuholen. Finde sie, bevor sie dich finden!"

„Natürlich! Mal angenommen jemand hat in seinem Leben einen großen Fehler begangen – jemanden getötet vielleicht. Dann wird er nach seinem eigenen Tod als jemand anderes wiedergeboren und muss ein guter Mensch werden und vielen anderen das Leben retten, um seine Taten aus dem ersten Leben wieder gutzumachen. Seine zweite Chance nutzen."

„Meinst du wirklich?"

Sie hat recht, Isai! Du bist nicht der Gute, für den du dich hältst.

Ivy hob vielsagend eine Augenbraue. Doch Isai musste sich eingestehen, dass Ivys Theorie gar nicht so abwegig war. Wenn er wirklich schon einmal gelebt hatte, würde er davon wahrscheinlich nichts wissen.

"Die Schatten deiner Vergangenheit... klingt für mich wirklich so, als würde es etwas geben, dass du vielleicht bereuen solltest. Was meinst du?", bohrte Ivy nach und griff nach Isais Hand. Er holte noch einmal tief Luft, drückte ihre dünnen Finger und schloss für einen Moment die Augen.

"Ja vielleicht hast du recht", Tränen quollen unter seinen Liedern hervor, "aber wenn es so ist, erinnere ich mich an nichts. Bevor ich her geschickt wurde, hat jedoch jemand etwas über mich gesagt, das ich nicht verstanden habe..." Wieder stockte er. "*Der Junge wird es nicht schaffen,* hat er gesagt, *denkt nur an damals... Isai hat sich im Grunde nicht geändert!* Ich habe keine Ahnung, worauf er sich bezieht."

Ivy konnte seine Tränen nicht ganz nachempfinden, doch sie

spürte, dass in dieser Geschichte eine Gefahr steckte, die sie nicht verstand.

"Erinnerst du dich an gar nichts?", sie ließ seine Hand nicht los, "hast du mal etwas getan, was ihn verärgert haben könnte? Vielleicht hast du ihm auch einfach nur widersprochen?" Isai schnaubte amüsiert auf. "Nein", entgegnete er, "ich weiß wirklich nicht, was er gemeint haben könnte"

Wirklich nicht, Isai? Hast du keinen blassen Schimmer?

"Aber es muss doch eine Erklärung geben!?", Ivy verstand nicht.

"*Es gibt keine Erklärungen*", Isai hielt kurz inne, „das waren die Worte von dem, der mich hergeschickt hat. *Es gibt keine Erklärungen.* Was hat er damit gemeint?", fragte er sich selbst laut. „Hat er mir damit vielleicht einen Hinweis geben wollen? Erklärungen, Schatten, Vergangenheit, Seelen... ich weiß nicht mehr was ich denken soll...“

Was ist los? Zweifelst du plötzlich an Raphaels Absichten? Vielleicht sogar an dir selbst?

"Letzten Endes heißt das alles, dass du selbst nicht weißt, wo du da eigentlich hineingeraten bist und warum?", entgegnete Ivy ungläubig, "Das ist doch wahnsinnig. Es könnte doch sein, dass dich jemand übers Ohr hauen will. Oder?", sie wusste selbst nicht warum sie dies fragte, aber sie ahnte, dass er Dinge wusste, Antworten auf viele Fragen, die sie nicht zu fragen wagte. Sie wollte wissen, was ihn so geheimnisvoll machte. Auch wenn es Jahre dauern würde, es heraus zu finden. Es war ihr egal. Sie wollte wissen, was er wusste, und vor allem wollte sie seine

Stimme hören. Sie wollte ihr lauschen, sie aufsaugen, sie in ihrem Kopf und ihrem Herzen einschließen und nie wieder heraus lassen. „Finde sie, bevor sie dich finden...", Ivy wusste nicht ob sie richtig gehört hatte. „So lautete die letzte Zeile, richtig? Sollst du die Schatten finden, die unterm Vatikan leben?"

Isai nickte, obwohl er selbst nicht wusste, ob das stimmte. Ivy musste lachen. „Wirklich? Glaubst du daran? An Dämonen und so 'n Zeug?"

„Natürlich. Du etwa nicht? An Dämonen und Engel", er zeigte mit dem Finger nach oben in die Dunkelheit, "die einen existieren dort oben. Wieso sollte es nicht auch die anderen geben, die tief unter uns sind?"

Geheimnisvolle Worte, Isai. Glaubst du wirklich, was du da sagst?

"Das glaubst du wirklich?", Ivy fuhr sich mit der Hand durch das braune Haar, mit der anderen hielt sie immer noch die von Isai.

"Ich glaube, dass alles was passiert vorherbestimmt ist," sagte er, "ich glaube, dass unser aller Leben festgelegt und niedergeschrieben ist, wie die Geschichte in einem Buch, und es liegt an uns, diese Geschichte umzuschreiben, wenn sie uns nicht gefällt."

"Wie meinst du das?", sie sah ihm in die Augen.

"Vielleicht ist es mein Schicksal, eine zweite Chance zu bekommen. Vielleicht muss ich etwas wieder gut machen, vielleicht ist *das* tatsächlich mein Schicksal."

Ist das die Wahrheit, Isai? Deine Wahrheit?

„Jedenfalls werde ich mich selbst davon überzeugen, ob es die

106

Schatten wirklich gibt, oder nicht."

"Das ist dein Ernst, oder?"

"Ja", er nickte, "ich werde dieses Rätsel lösen."

Nachdenklich schaute Ivy in den Himmel. So ganz verstand sie immer noch nicht. Sie fürchtete sich, aber mit Isais Stimme ausgesprochen, klangen auch diese Worte wunderschön und egal wie wenig sie diesen Spinnern glaubte, die von Engeln, Dämonen und Geistern redeten, ihn verurteilte sie nicht dafür. Sie hätte es gar nicht gekonnt.

Ein kleiner Schatten regte sich neben ihr, als Naima auf den Balkon geschlichen kam. Ohne ein Wort setzte sie sich auf Ivys Schoß, vergrub ihr Gesicht an ihrer Schulter und seufzte zufrieden. Behutsam strich Isai Naima über das lange Haar. Ivy legte ihren Kopf auf seine Schulter und schloss die Augen.

Antonia

Der nächste Morgen kam viel zu früh. Ivy hatte zwar einige Stunden geschlafen, aber es kam ihr vor, als wären es nur Minuten gewesen. Kaum hatte sie Naima wieder ins Bett gelegt, Isai eine gute Nacht gewünscht und die Augen geschlossen, da hatte es schon an der Tür geklopft und Antonia war ins Zimmer geschlichen. Jedenfalls dachte Ivy, dass es so war.

Die ersten Strahlen der Sonne krochen gerade über die Brücken Venedigs bis hin zu ihrer Balkontür, als jemand leise die Tür zu ihrem Zimmer aufschob.

"Ivy", Antonia flüsterte ihren Namen, um Isai und Naima nicht aufzuwecken, "Ivy, ich muss mit dir reden."

Verschlafen blinzelte Ivy in das dunkle Gesicht ihrer Freundin.

"Was ist los?", gähnte sie Antonia an und setzte sich im Bett auf.

"Können wir reden?"

Weinte Antonia? Verschlafen folgte Ivy ihr bis in die kleine Kammer, in der sich Antonia schon zu ihrer Ankunft aufgehalten hatte. Sie setzte sich auf einen Stuhl, und Ivy setzte sich ihr gegenüber. Noch bevor Ivy etwas fragen konnte, brach Antonia in Tränen aus.

"Toni", erschrocken stand Ivy auf und lief um den Tisch herum. Sie kniete sich vor ihre schluchzende Freundin, schloss sie in die Arme und strich ihr über das rabenschwarze, krause Haar. "Was ist los?", sie versuchte Antonia ins Gesicht zu sehen, aber diese

vergrub es in ihren Händen und schluchzte hemmungslos weiter.
„Toni, was ist denn? Sag doch was." Ivy zerriss es das Herz,
Antonia so weinen zusehen. Auch ihr schossen die Tränen in die
Augen, warm wie die Strahlen der aufgehenden Sonne und salzig,
wie das Meer.

"Ivy, ich kann Naima nicht hier behalten", schluchzte Antonia ihr
schließlich in den Arm, "du musst sie mitnehmen."

"Ja, aber... warum?" Ivy wischte sich eine Träne aus den Augen
und sah Antonia verständnislos an.

"Sie kann nicht hier bleiben! Bitte, nimm sie mit!"

"Antonia. Verdammt, was ist los?"

"Ivy, ich bin krank. Ich fühle mich so schlecht. Ich..."

„Krank? Was soll das heißen, du bist krank?", Ivy war hilflos
angesichts der beinahe greifbaren Verzweiflung ihrer Freundin.
Antonia schluchzte laut auf, „ich weiß nicht wie lange es noch so
weiter gehen kann. Du bist die Letzte, die will, dass es Naima
schlecht geht, und sie hat einfach schon zuviel mitbekommen." Sie
sah Ivy in die Augen, verzog unter Tränen das Gesicht. „Sie fragt
so viel... viel zu viel. Und... ich will... ich kann ihr nicht sagen, dass
ich vielleicht bald nicht mehr für sie da sein kann", mit
tränenverschmiertem Gesicht sah sie Ivy an. "Bitte", Antonias
Augen waren rot, blutunterlaufen. Und klein. Müde und klein, wie
Ivy es nicht von ihnen kannte. Sie saß da, mit hängenden
Schultern, mager wie noch niemals zuvor. Auch Ivy liefen jetzt
unaufhaltsam die Tränen über die Wangen. Sie kannte Antonias
Geschichte, und das, war wieder einmal ein Schlag ins Gesicht. Ivy
hätte ihr so gerne geholfen. Irgendwie. Doch sie wusste nicht was

sie hätte tun können. Sie wollte etwas sagen. Etwas tröstendes.
Doch ihr fehlten die richtigen Worte.

"Natürlich nehme ich Naima", sagte sie nur, "und wenn ich noch etwas für dich tun kann...?"

"Nein. Danke. Ist schon gut", Antonia schien sich wieder zu fassen, "mach dir keine Sorgen um mich. Ich komm schon klar!"

„Oh Gott, Toni, lass dir doch helfen", Ivy rannen haltlos die Tränen aus den Augen, „sag doch was ich tun kann. Es muss doch eine Möglichkeit geben..."

Antonia schnitt ihr scharf das Wort ab, „Nein!" - dann fügte sie etwas wärmer hinzu: „Es tut mir leid, Ivy. Ich werde wohl den selben Weg gehen, wie schon meine Mutter."

„Sag doch so etwas nicht. Vielleicht kann man...", doch Ivy verstummte, als sie den Ausdruck in Antonias Gesicht sah. Es war bereits zu spät. Ihre Freundin wusste, dass ihr nicht mehr viel Zeit blieb, dass kein Arzt ihr mehr helfen konnte, und dennoch lächelte sie jetzt.

„Mach dir keine Sorgen, Ivy", sie griff nach Ivys Hand, „kümmere dich um Naima, ich komme schon klar."

Ja, das war Antonia: immer stark, immer voller Zuversicht.

"Wirklich!", fügte sie auf Ivys ungläubigen Blick hinzu.

So ganz überzeugt war Ivy immer noch nicht, aber sie kannte Antonia gut genug, um zu wissen, dass sie zäh war, wie Gummi, und sie sich durchbiss, wenn es die Situation erforderte. Ihrem Tonfall nach zu urteilen, war es ohnehin besser, man ließ sie in Ruhe, und so drückte Ivy sie nur ein letztes Mal und stand dann auf, um Isai zu wecken.

Doch der saß bereits kerzengerade auf dem Sofa, als sie die Tür zu ihrem Zimmer öffnete. Er hatte Naima auf dem Schoß, die ihm versuchte, mit ernster Miene verständlich zumachen, wie er ihre Haare zusammenflechten musste. Nur Monster hatte wohl noch geschlafen, denn er gähnte Ivy aus den Kissen und Decken heraus mürrisch an und schenkte ihr einen Blick, der wohl sagte: *lass mich bloß in Ruhe, ich bin immer noch müde.*

Die Sonne stand nun schon hoch am Himmel und brannte auf Venedigs Straßen.

Isai sah von Naimas Haaren auf und erkannte, dass Ivy geweint hatte, fragte aber nicht nach dem Grund. Erst als sie Naima und Monster runterschickte, um etwas Proviant aus der Hotelküche zu holen, nahm er ihre Hand und sah sie fragend an. Ivy ermahnte Monster, die Köche nicht wieder zu ärgern, indem er Salz mit Zucker vertauschte, oder ihnen die Kochlöffel wegnahm, aber da war die Tür auch schon hinter dem Mädchen und dem Affen ins Schloss gefallen.

Nun waren sie allein im Zimmer und Ivy konnte Isais Blick nicht weiter ignorieren. Also erzählte sie ihm, dass Naima von jetzt an mit ihnen kommen würde, und dass es Antonia nicht gut ging.

„Was ist mit Naimas Eltern, ihrer Mutter? Wo ist sie?", fragte Isai. Ivy blickte einen Moment zu Boden. „Naima weiß nicht, wer ihre Eltern sind", war alles was sie sagte. Isai schloss daraus, dass Ivy es wohl auch nicht wusste.

Eigentlich hatte sie Isai nicht mehr über Antonias Geschichte erzählen wollen, aber nach wenigen Sekunden brach es doch aus ihr heraus. Sie erzählte ihm, was mit Antonias Eltern geschehen war und redete sich, Satz für Satz, immer mehr in Rage. Sie vergoss jedoch keine einzige weitere Träne. „Antonias Eltern haben vor einigen Jahren dieses Hotel hier eröffnet. Es war ihr sehnlichster Wunsch gewesen, so hat Antonia mir erzählt. Das Hotel der Sonne. Ihr eigenes Hotel in Venedig, der Stadt ihrer Träume. Sie hatten hier heiraten wollen, aber ihre Familien hatten beide nicht viel Geld und durchbrennen kam für sie nicht in Frage. Deshalb heirateten sie in ihrer Heimat, einem kleinen Dorf irgendwo in der Nähe von Mailand." Ivys Blick verlor sich. Vor ihrem Inneren Auge konnte sie Antonias Eltern sehen, glücklich, voller Zuversicht für die Zukunft. „Alles schien perfekt, doch dann wurde Antonias Mutter krank." Ihre Miene verdunkelte sich. „Und ihr Vater...", Ivy schüttelte den Kopf, kam wieder zurück in die Gegenwart. Sie seufzte und lies die Schultern hängen, als sie weiter sprach. „Er hat das ganze Vermögen, das er sich mit dem Hotel verdient hatte, für die Dinge ausgegeben, die seine Frau wieder gesund machen sollten. Alles hat er versucht, alles. Nichts schien ihm zu teuer, kein Strohhalm zu klein. Jahrelang hatten sie geschuftet für dieses Hotel, und doch warf er alles weg. Es bedeutete ihm nichts mehr, wenn er seine Frau nicht an seiner Seite wissen konnte. Und schließlich ist sie gestorben. Antonia war damals noch sehr jung. Ich habe ihre Eltern nie kennengelernt. Doch sie hat mir immer so viel von ihnen erzählt, dass ich selbst manchmal glaube sie gekannt zu haben. Ist das nicht verrückt?" Isai schüttelte lächelnd den Kopf. „Nein, das ist nicht verrückt." Er lehnte sich auf dem Sofa zurück, auf dem sie sich gegenüber saßen. „Ist es nicht schön zu wissen, dass man nur durch die

Erinnerungen eines anderen Menschen weiter leben kann? Antonia muss ihre Eltern sehr geliebt haben." Ivy spürte, wie ihr wieder Tränen in die Augen stiegen, doch sie weinte sie nicht. Sie lächelte, dankbar für das was Isai gesagt hatte.

„Toni hat so sehr unter dem Tod ihrer Mutter gelitten und tut es vermutlich heute noch... Aber dennoch war sie der stärkere Teil in der Familie gewesen." Ivy zuckte die Schultern. „Antonia hat versucht ihren Vater wieder aufzubauen, wieder und wieder und für ihn da zu sein. Er war ihr sehr dankbar dafür, sagt sie. Hat ihr oft gesagt, dass er nicht wüsste wohin, wenn er sein kleines Mädchen nicht mehr hätte. Aber seine Trauer war zu groß. Er hat seine Tochter geliebt...", Ivy schluckte. Antonias Vater musste sie sehr geliebt haben, mehr als Ivys Vater es wohl je getan hatte. „Er verlor jeden Lebenswillen und jede Kraft. Das Hotel ging pleite und musste verkauft werden, und eines nachts, als die Trauer um seine geliebte Frau und der Schmerz durch ihren Verlust ihn auffraßen, starb auch er.

Antonia ist trotzdem immer stark geblieben. Sie hat es zwar nicht geschafft, das Hotel zurückzubekommen, aber immerhin arbeitet sie jetzt hier. Es bedeutet ihr sehr viel. Das alles hier." Ivy machte eine ausladende Bewegung mit der Hand. Für einen Moment hielt sie inne, verlor sich wieder in ihren Gedanken.

„Sie ist trotz ihrer eigenen Sorgen immer für mich da gewesen. Immer wenn ich sie brauchte, seit wir uns vor fast fünf Jahren kennen gelernt haben, und jetzt... jetzt ereilt sie das selbe Schicksal, wie schon ihre Mutter. Das ist so unfair!" Ja, das war es. Es traf immer die Falschen!

"Es ist so verdammt unfair!", schimpfte Ivy, "warum sie? Warum?"

Isai zuckte nur mit den Schultern. Es wunderte ihn, dass Ivy Antonias Leben ungerecht fand und ihres nicht, wo ihre Eltern doch auch nicht für sie da waren, obwohl sie noch lebten. Sie lebte auf der Straße, während Antonia in einem noblen Hotel wohnte. Aber vielleicht war es etwas anderes, wenn man Eltern hatte, die sich aber nie um einen kümmerten, oder welche, die einen über alles liebten und dann starben. Isai konnte dazu nichts sagen, schließlich hatte er keine Eltern. Alles andere war eine Sache der Einstellung. Ivy liebte das Leben auf den Straßen Italiens, deshalb kam sie gar nicht erst auf die Idee Antonia für das ihre im Hotel zu beneiden. Außerdem hätte sie Antonia wohl eher das Leben mit einem Dach über dem Kopf gegönnt, als sich selbst.

Isai wusste, das Ivy sich schon immer mehr aus anderen Menschen gemacht hatte, als aus sich selbst. Ihre Eltern hatten sich nie etwas aus anderen gemacht, nicht einmal aus ihrer Tochter, und, als Hanna gestorben war, hatte Ivy sich geschworen, so zu werden wie ihr altes Kindermädchen es gewesen war; immer da für jeden, der Hilfe brauchte und nicht so wie ihre Eltern. Und das war sie, trotz allen Steinen, die das Schicksal ihr in den Weg gelegt hatte. Ivy war so oft verletzt worden, allein gelassen von Menschen, die sie geliebt hatte. Erst waren da ihre Eltern, die sich nie um sie gekümmert hatten. Ivy war noch sehr klein gewesen, als ihr dies klar geworden war. Lange Zeit hatte sie das nicht wahr haben wollen, aber dennoch hatte sie irgendwann einsehen müssen, dass ihre Eltern schlechte Eltern waren.

Dann Isai selbst, von dem sie nicht wusste, dass er es gewesen war, der sie damals allein gelassen hatte, als sie einen Freund gebraucht hatte.

Dann war da die alte Hanna, die einfach so gestorben war, ohne das Ivy es verstanden hatte. Und dann war da noch Alex. Er war ihr Freund gewesen, als sie in Deutschland gelebt hatte. Aber über ihn redete sie nicht.

Und nicht zuletzt kam da jetzt Antonia, ihre beste und einzige Freundin.

Isai wollte Ivy in den Arm nehmen, sie trösten und ihr sagen, dass alles gut werden würde. Doch er tat es nicht. Er saß nur neben ihr und sah sie mitfühlend an und zermarterte sich den Kopf über Ivys Schicksal, während sie selbst da saß und um das Antonias trauerte.

Über die Unsterblichkeit — Teil II

Neapel, 17. Jahrhundert

Ein Jahr war vergangen, doch Enzo hatte sein Versprechen, Sabina zu heiraten, nicht eingehalten. Sie zweifelte bereits daran, dass er es je tun würde. Woher kam dieser Schmerz in ihrem Inneren? Sie spürte ihn immer dann, wenn sie zur Ruhe kam. Wenn die harte Arbeit im Haus sie nicht von allem ablenken konnte.

Sie war gerade dabei auf Knien den Boden zu schrubben, als ihre Mutter sich zu ihr beugte. Die gutmütige Frau legte ihr die Hand auf die Stirn.

„Kind, du siehst nicht gut aus", sagte sie besorgt und nahm ihrer Tochter den nassen Lumpen aus der Hand. „Du bist ganz heiß. Vielleicht solltest du dich ein wenig ausruhen."

„Keine Sorge, Mutter, mir geht es gut", beteuerte Sabina, denn sie schob ihr Unwohlsein auf ihren Kummer um Enzo. Als sie aufstehen wollte, brach ihr der kalte Schweiß aus und ihr wurde für einen kurzen Moment schwarz vor Augen. Sabina griff nach dem Arm ihrer Mutter, um nicht zufallen.

„Vielleicht sollte ich mich doch etwas hinlegen", meinte sie. Ihre Mutter brachte sie zu Bett. Die Frau ahnte, was ihrer Tochter blühte, und das Herz wurde ihr schwer. Sabina begann zu zittern und wusste nicht wie ihr geschah. „Enzo, Liebster, was muss ich durchmachen wegen dir?", flüsterte sie in ihre Kissen und begann zu weinen. „Wie weh die Liebe tun kann. Welche Freude und welches Leid sie einer jungen Frau zumutet."

Nach einigen Minuten des Verzweifelns überfiel Sabina eine unbändige Schwäche, und sie viel in einen traumlosen Schlaf. Als ihre Mutter einige Zeit später nach ihr sah, erschrak sie fürchterlich. Sie hatte es befürchtet, jedoch gehofft, die Krankheit würde an Sabina vorbeigehen. Mit einem nassen Tuch tupfte sie ihrer Tochter die fieberheiße Stirn und betete und klagte. Warum konnte Gott ihre Familie nicht verschonen? Hatten sie es nicht schon schwer genug? Schwer genug in einer Zeit, in der die Reichen immer reicher und die Armen immer ärmer wurden. Einer Zeit, in der die Menschen erkrankten und starben wie die Fliegen. In Massengräbern wurden sie verscharrt, in riesigen Haufen verbrannt. Kaum einer sollte verschont bleiben. Nicht einmal die gute Sabina. Sie war immer ein so frommes Mädchen gewesen. So fleißig und klug.

Die Mutter saß am Bett ihrer Tochter und sah ihr beim Sterben zu. Sabina warf sich im Fieber hin und her, rang nach Luft und ihre Zunge formte immer wieder die selben Worte.

„Enzo... Enzo... Ich liebe dich, Enzo. So erlöse mich doch!"

Die Frau neben ihr wollte ihren Ohren nicht trauen. Sie wusste, wer Enzo war. Kaum einer in der Stadt hätte es nicht gewusst. Enzo, ein Sohn aus reichem Hause. Konnte es denn wahr sein? Liebte ihre Tochter diesen Mann? Hatte sie ihre Tochter nicht gelehrt sich von den Reichen fern zu halten? Von denen, die sich einen Dreck um ihresgleichen scherten, um die Armen? Doch sie würde ihre

Tochter nicht mehr danach fragen können. Sie würde nie erfahren, ob es denn der Wahrheit entsprach, was das Gestammel der Tochter sie vermuten ließ. Denn Sabina erlag ihrer Krankheit noch in dieser Nacht.

Im Bus durch Italien

Sie hatten Venedig längst verlassen und standen nun am Straßenrand, irgendwo zwischen Venedig und Verona. Weder Isai noch Ivy wussten genau wo sie gerade waren. Sie standen einfach da und warteten auf den Bus, der Touristen aus Verona nach Florenz fahren sollte. Jedenfalls hatte der Rote dies Ivy erzählt. Es war wieder einmal sehr warm. Besser gesagt, es war sehr heiß. Die Hitze machte Isai und Ivy müde, der Schweiß rann ihnen die Hälse hinunter und verklebte Ivys Haar. Antonia hatte recht gehabt, Naima fragte sehr viel. Es war anstrengend, dem kleinen Mädchen Antworten auf die Fragen zu geben, die sie ihnen ohne nachzudenken immer und immer wieder stellte. Aber sie war schließlich noch ein Kind. Auch Naima war geschafft von der Hitze. Sie hängte sich an Ivys Hand, ließ sich schwerfällig hin- und herziehen und fragte...

"Wieso ist es so warm heute?", hatte sie jammernd gefragt, als gegen die Mittagszeit die Sonne am höchsten gestanden und den Himmel mit ihrem Licht ausgeblichen hatte, dass es jeden blendete, der es wagte, die Augen aufzumachen. Mit zusammen gekniffenen Augen und mürrischer Stimme, die der Gepettos gleichkam, hatte Isai versucht ihr eine kindgerechte Erklärung für die Sonne und ihre heißen Strahlen zu geben, aber so ganz war es ihm nicht gelungen.

"Wieso fahren wir weg von Toni?", diese Frage trieb Ivy die

Tränen in die Augen, "ist es weil Toni so viel weint?" Wieso, weshalb, warum?

Monster war wohl der Einzige, dem sie nicht auf die Nerven ging und dem es nicht zu warm war. Er war albern wie eh und je, rannte voraus und keckerte sie genervt an, wenn sie ihm zu langsam folgten. Er zog ihnen an Haar und Kleidung, versuchte Isai in die Füße zu beissen oder streckte ihm die Zunge raus. Endlich kam der Bus, doch so richtig froh war Ivy nicht darüber. Sie mochte die Enge in überfüllten Bussen nicht, verabscheute die vielen fremden Menschen. Schnell genehmigten Naima und Ivy sich einen Schluck aus ihrer Wasserflasche, Ivy steckte den laut schimpfenden Monster in ihren Rucksack, und sie stiegen zu der erschöpften Reisegruppe in den Bus.

Ihre Reise war schweißtreibend. Ivy redete kaum, sie war mit den Gedanken bei Antonia. Hin und wieder trieb ihr der Gedanke daran, dass ihre Freundin bald sterben, oder so krank sein würde, dass sie zum Pflegefall werden würde, die Tränen in die Augen. Sie wollte nicht, dass Naima oder Isai es bemerkten und wandte jedesmal das Gesicht von ihnen ab und sah aus dem Fenster. Weinbehangene Berge und alte Häuser zogen an ihnen vorbei. Ivy starrte sie an, als kämen sie aus einer fremden Welt. Sie wäre so gern allein gewesen. Sie wollte allein sein mit ihrer Trauer um die Freundin. Jedoch konnte sie es nicht leugnen, dass es sie beruhigte, wenn Isai ihr seine Hand auf den Arm legte, wenn er wieder einmal bemerkte, dass ihr eine Träne über die Nase lief. Naima quengelte die meiste Zeit, und auch Monster machte die Busreise nicht weniger kräftezehrend. Andauernd versuchte er abzuhauen. Er kroch unbemerkt aus seinem Versteck im Rucksack und öffnete Schuhe, versteckte Uhren und Reisepässe, und zwickte den schlafenden Reisegästen in die Nasen. Erst als Isai "Die unendliche Geschichte" aus Ivys Rucksack zog und wieder mit dem Vorlesen begann, hob sich Ivys Stimmung allmählich. Naima hörte endlich auf zu quengeln und saß still auf Isais Schoß und sah sich die Bilder mit den großen Buchstaben an, mit denen jedes neue Kapitel begann. Die Geschichte und Isais Stimme rissen Ivy aus ihren Gedanken und schließlich zog sie Monster an seinem Schwanz aus dem Rucksack, setzte ihn sich auf den Schoß und streichelte ihm beruhigend das glänzend schwarz-braune Fell. Sie schloss die Augen und lehnte sich gegen Isais Schulter, und als Naima ihr einen Kuss auf die Wange gab - „Ein Gute-Nacht- Kuss vertreibt die bösen Träume", erklärte das Mädchen Isai - da war Ivy schon eingeschlafen.

Sie erwachte erst, als sie einen Rastplatz erreichten. Die Sonne war nicht mehr so schrecklich heiß, wie noch vor wenigen Stunden. Der Himmel war blau- grau, vielleicht würde es heute noch regnen.

Ivy und Isai stiegen aus, um sich kurz die Beine zu vertreten. Naima, die irgendwann erschöpft eingeschlafen war, ließen sie im Bus zurück. Monster stieg natürlich mit aus und lief, ganz zum Ärger einiger mürrischer Rentner, wild zwischen den Beinen der Reisegruppe umher. Ivy ging dem Busfahrer hinterher in den kleinen Laden, der von hohen Bäumen umgeben, im Schatten des dunkler werdenden Tages dastand. Isai folgte ihr. Einfach so, um sich bewegen zu können. Ivy nahm sich eine Flasche Wasser aus einem kleinen Kühlschrank neben dem Zeitschriftenregal und ging zur Kasse. Als sie bezahlt hatte und sich zum Gehen umwandte, trat der dicke Busfahrer, vom Snack- Regal her, auf sie zu. "Ihr müsst die Freunde vom Rotbart sein", sagte er zu Ivy und Isai.

"Na ja, Freunde würde ich nicht sagen", antwortete Isai, doch Ivy warf ihm einen warnenden Blick zu.

"Ja, das sind wir", entgegnete sie freundlich.

"Ah", der Dicke kratzte sich die knubbelige Nase, "wusste nicht, dass er hier Freunde hat."

"Ist er nicht von hier?", fragte Ivy.

"Ne", der Mann schritt an ihr vorbei zur Kasse und legte eine Tüte Kartoffelchips und zwei Flaschen Cola auf die Theke, "soweit ich weiß, kommt er aus Deutschland. Er hat da wohl als Privatdetektiv gearbeitet. Das Geschäft lief wohl nicht besonders, ich glaube, dass unser rotbärtiger Freund nicht sehr gut in seinem Beruf ist." Der Busfahrer zuckte die Schultern, „aber irgendein Verrückter, so behauptet unser Meisterdetektiv, hat ihm ´n Heidengeld geboten, dafür, dass er hier jemanden beobachtet, und regelmäßig Bericht erstattet. Spannend, nicht wahr? Er soll irgendjemanden einfach nur im Auge behalten. Warum?, frag ich mich. Wisst ihr was darüber?" Der dicke Mann machte keinen Hehl aus seiner Neugier und Isai und Ivy ließen sich schnell davon anstecken.

„Nein, davon hat er nichts gesagt", entgegnete Ivy und hoffte, dass er mehr erzählen würde. Doch der Busfahrer zuckte erneut die Achseln. „Na ja, ist vielleicht auch ´ne geheime Sache." Es schien ihn nicht zu kümmern, dass er dieses Geheimnis gedankenlos weiter getratscht hatte. Ohne ein weiteres Wort nahm er das Wechselgeld entgegen, dass ihm die schmuddelige, kleine Frau an der Kasse hinhielt und ging zurück in Richtung Bus.

Isai warf Ivy einen alarmierten Blick zu. Doch erst als die gläserne Ladentür, hinter dem dicken Mann ins Schloss gefallen war, wagte er zu sprechen.

"Was meinst du, hat das zu bedeuten?", fragte er Ivy misstrauisch, ohne den Busfahrer mit der knubbeligen Nase aus den Augen zulassen.

"Nichts", Ivy zuckte die Achseln, "denke er wollte nur quatschen."

"Was ist mit diesem Händler? Warum hast du mir gesagt ich soll mich von ihm fern halten?" Ivy wollte ebenfalls zum Bus zurück gehen, aber Isai hielt ihren Arm fest. Er war nervös, auch wenn er selbst wusste, dass er völlig übertrieben reagierte. Ivy riss sich los.

„Was soll das? Reg dich nicht so auf, Isai", sagte sie heftig. Sie sahen sich zornig an.

„Ivy, sag mir jetzt was los ist." Sein ruppiger Tonfall tat ihm leid, doch er musste wissen, was das alles zu bedeuten hatte.

"Er war mir unheimlich. Er hat mich immer beobachtet, wenn ich auf dem Markusplatz war. Manchmal hat er mich angesprochen und wollte alles Mögliche von mir wissen." Isais Augen weiteten sich mit jedem Wort, das Ivy sagte. Sein Herz begann hart zu schlagen.

„Er hat was?", fragte er ungläubig, doch Ivy winkte ab.

„Er ist harmlos."

"Bist du dir sicher? Ich frage mich, ob er nicht vielleicht der Grund dafür ist, dass du vor Venedig geflohen bist. Hast du schonmal daran gedacht, dass *du* vielleicht diejenige bist, die er beschatten soll?"

Ivy lachte freudlos, "Was? Hast du mich und Gepetto etwa belauscht? Ich fasse es nicht...", sie schüttelte den Kopf. „Und ich habe dir vertraut."

Isai hielt sie ein weiteres Mal fest, als Ivy sich zum Gehen umwandte. „Ivy, bitte... Es tut mir leid. Ich habe euer Gespräch wirklich nur zufällig mitbekommen. Es war nicht meine Absicht... ich... Ivy, ich mache mir doch nur Sorgen um dich."

„Wer sollte ihm den Auftrag deiner Meinung nach gegeben haben?", fragte Ivy bissig und sah Isai wütend an.

"Ich weiß es nicht, sag du es mir!", entgegnete er verzweifelt.

"Isai", Ivy hatte eine Zornesfalte auf der Stirn, "er hat mir lediglich eine Visitenkarte und eine Empfehlung gegeben, richtig?"

"Richtig."

"Na also", sie beruhigte sich ein wenig, "wenn er mir etwas hätte tun wollen, hätte er das wohl nicht gemacht. Vielleicht hat er mich nur angesprochen, weil er einsam war und Freundschaften schließen wollte."

"Ja, vielleicht", Isai stieß ein verächtliches Schnauben aus, " vielleicht aber auch nicht. Wie kannst du nur so naiv sein?", seine Stimme wurde nun auch etwas schärfer, "vielleicht will er dir nichts tun, aber wenn er dich Tag und Nacht beobachten soll, ist es trotzdem unheimlich, wenn du mich fragst."

Natürlich hatte Ivy auch schon an so etwas gedacht, aber die Aussicht auf die Lösung des Rätsels ließ sie leichtsinnig werden. Isai würde doch auf sie aufpassen, oder nicht? Sie war sich dem so sicher. Ja, er hatte recht. Sie hatte sich vor dem Roten gefürchtet. Er hatte ihr nachspioniert, war ihr gefolgt, wann immer sie in Venedig gewesen war. Als ihr dies bewusst geworden war, hatte sie die Stadt des Nachts Hals über Kopf verlassen. Sie hatte Gepetto angerufen, ihn beschworen, sich sofort auf den Weg nach Venedig zu machen, um sie abzuholen. Sie hatte solche Angst gehabt, obwohl der Rote ihr nie etwas getan hatte. Damals hatte sie ernsthaft überlegt, ihr Leben auf der Straße aufzugeben, in der Hoffnung, ihr Verfolger würde sie so nicht mehr finden können. Aber von alldem würde sie Isai nichts erzählen. Nichts von ihrer Angst, nicht, dass er Recht hatte mit dem, was er sagte, nicht, dass sie wegen dieser Sache ihr ganzes Leben hatte umkrempeln wollen. Es hätte ohnehin nicht funktioniert. Ivy hatte ihre Gründe weshalb sie auf der Straße lebte. Sie hatte keinen Personalausweis und viel zu viel Angst, dass ihre Eltern davon Wind bekamen, dass sie in Italien lebte. Oder schlimmer noch, dass die Carabinieri davon erfuhr, dass sie sich illegal in ihrem Land aufhielt und sie sie zurück nach Großbritannien schickten. Nein, es war besser, alles blieb so wie es war. Wenn es mal zu kalt oder die Carabinieri zu misstrauisch wurden, konnte sie immer noch zu Gepetto zurück, oder zu Antonia. Antonia. Würde sie bei Ivys nächstem Venedigbesuch noch da sein?

Abgebrannt

Als Isai, Ivy und Naima, die Monster auf dem Kopf sitzen hatte, aus dem Bus stiegen, atmeten alle drei erst einmal tief durch. Sie waren froh, der muffigen Luft im Bus endlich zu entkommen, und dankbar dafür, dass es allmählich kühler wurde.

"Heb mich hoch!", rief Naima, die versuchte, an der Mauer hochzuspringen, an der sie gehalten hatten. Naima wollte sehen, was dahinter lag. Isai nahm die Kleine auf den Arm, woraufhin Monster fauchend von ihrem Kopf sprang und sich auf Ivys Schulter zurückzog. Hinter der kleinen Mauer war ein Fluss. Der Arno lag ruhig da. Das grüne Wasser glitzerte in der Sonne. Ivy lehnte sich über die Brüstung und spuckte hinein.

"Iih... Ivy!", kicherte Naima und verzog angeekelt das Gesicht. Ivy zuckte nur mit den Schultern und knuffte das Mädchen leicht mit der Faust. "Komm!", Naima zappelte auf Isais Arm herum, damit er sie runter ließ. Kaum stand sie wieder auf ihren eigenen Füßen, da griff sie nach seiner Hand und zog ihn durch die Menschengruppen, die durch Florenz schlenderten. *Die alte Brücke*, die über den Arno führte, war Ivy schon ins Auge gefallen, als sie noch im Bus gestanden und darauf gewartet hatte, endlich aussteigen zu können. Sie war schon einmal in Florenz gewesen, jedoch nur ganz kurz und sie hatte damals nicht viel Zeit gehabt um sich die Stadt genauer anzusehen. Die Brücke sah von weitem nicht aus wie eine Brücke. Es sah aus, als würden Häuser über dem Wasser schweben. Erst wenn man näher heran trat, erkannte man, dass es ein Übergang war.

Naima steuerte auf sie zu. Kurz blieb sie stehen, ergriff mit der freien Hand die von Ivy und zog sie und Isai ungeduldig weiter. Monster war von Ivys Schulter gesprungen und lief ihnen voraus, durch die vielen fremden Füße hindurch, auf die Brücke zu. Der Boden unter Isais nackten Füßen war schmutzig, wie schon der in Venedig, jedoch nicht so heiß. Im Schatten unter dem Dach der Brücke war es angenehm kühl. Menschen drängten sich an die Gitter der Torbögen und sahen hinab in das grüne Wasser. An beiden Seiten des Stegs saßen Händler. Sie verkauften Bilder, kleine Skulpturen, die David darstellten, bunten Krimskrams und viel Schnickschnack. Naima fand alles spannend und ihre runden Wangen färbten sich rot vor Aufregung. Eine neue Stadt war für sie wie eine neue Welt. Isai erging es nicht anders. Auch für ihn war alles fremd, doch seine Aufregung wurde von etwas unterdrückt. Von diesem unguten Gefühl, das in ihm schlummerte.

"Weißt du wo wir hinmüssen?", fragte Isai. Ivy zog die Visitenkarte aus ihrer Tasche und studierte sie einige Sekunden. Monster sprang von einem der Händlertische auf sie zu und warf die gut sortierten Souvenirs herunter. Der Händler, der gerade noch mit Naima gesprochen und versucht hatte, ihr einen Plastikfächer aufzudrängen, schimpfte laut über den bärtigen Affen. Schnell zog Isai das Mädchen weg von dem Tisch. Souvenirhändler waren ihm etwas suspekt.

"Ja", meldete sich Ivy, "ich glaube, wir müssen hier lang."

Sie liefen durch Straßen und über Marktplätze. Immer wieder

wollte Naima sich losreißen, um sich etwas Neues anzusehen, was sie gerade entdeckt hatte. Ivy oder Isai griffen jedesmal schnell nach ihren dünnen Armen, um sie zurückzuhalten.

Manchmal blieb Ivy kurz stehen, zog ihren Zettel zu Rate und studierte die Straßenschilder, wenn sie nicht weiter wusste. Dann endlich blieb sie stehen.

"Hier müsste es sein. Die Adresse stimmt", sagte sie und schaute sich verwirrt um.

Sie standen am Rande einer belebten Straße. Auf dem Markt auf der gegenüberliegenden Seite herrschte reges Leben. Da wo Isai mit den Mädchen und dem Affen stand, reihte sich ein Haus an das andere. Eines der Gebäude war jedoch nicht mehr als eine Ruine. Ruß färbte die bröckelnden Wände schwarz. Durch die rechteckigen Löcher, die einmal Fenster gewesen waren, sah man eingestürzte Deckenbalken, die an einigen Stellen ebenfalls verdächtig dunkel waren.

"Hier ist weder ein Archiv noch eine Bibliothek", entgegnete Isai und ließ sich, auf die Motorhaube eines parkenden Autos plumpsen.

"Warte kurz", Ivy drehte sich um und ging in die Richtung zurück, aus der sie gekommen waren. Isai sah, dass sie eine junge Frau anhielt und ihr fragend ihre Karte unter die Nase hielt. Isai seufzte. Monster sprang zu ihm auf das Auto, setzte sich auf das Dach und knabberte an der Radioantenne. Naima jedoch war es endlich gelungen davonzulaufen. Am Straßenrand stand ein Pantomime. Starr, als wäre er aus Stein. Nur wenn ihm jemand Geld in seine Schale warf, die er vor sich auf das Pflaster gestellt hatte, machte er eine kurze Bewegung. Er zwinkerte den Passanten zu oder streckte ihnen, den erhobenen Daumen entgegen. Mit großen Augen stand Naima da und sah zu ihm auf. Das silberne Gewand des Pantomimen glitzerte geheimnisvoll. Ein älterer Mann mit Pfeife im Mund kam auf ihn zu, warf ein paar Münzen in die silberne Schale und zückte seinen Hut, als er vorbeiging. Der Pantomime drehte sich von einer Seite auf die andere und zwinkerte Naima zu. Erschrocken rannte sie zu Isai. Sie fürchtete sich. Isai rutschte von der Motorhaube und nahm sie in den Arm.

"Da steht ein Geist", flüsterte sie ihm zu. Sie zitterte ein wenig. Vielleicht war es aber auch nur ihre Aufregung.

"Keine Angst, er ist nicht gefährlich", Isai tippte ihr mit dem Finger gegen die Nase, "das ist nämlich kein echter Geist. Das ist ein Mensch, der sich verkleidet hat", erklärte er.

Naima begann laut und schrill zulachen.

"Vielleicht glaubt er, dass er ein echter Geist ist."

"Ja, wer weiß?", sagte Isai und drückte der Kleinen eine matt schimmernde Münze in die Hand.

"Freut er sich, wenn ich so tue, als würde ich mich erschrecken?", fragte sie ihn mit vor den Mund gehaltener Hand und Blick auf den Pantomimen.

Isai nickte, "ganz bestimmt."

Naima schlich zurück zu dem Geist, legte ihm die Münze in seine Schale und wartete. Der Pantomime machte eine Bewegung mit der silbernen Hand, als würde er Naima winken. Diese zuckte gekünstelt zusammen, schlug die Hände vor den Mund und schrie : "Huch!"

Der Geist lächelte und Naima grinste auch, denn sie freute sich, dem Geist einen Gefallen getan zu haben. Der Silberne schüttelte ihr die Hand und stellte sich wieder hin, als wäre er soeben zu Eis erstarrt. Stolz trat Naima wieder zu Isai.

"War ich gut?", fragte sie ihn mit vor Stolz geschwellter Brust.

"Unheimlich mutig", grinste Isai und strich der Kleinen über die Stirn.

Da kam Ivy auch schon wieder zu ihnen. Sie sah wütend aus. Ohne ein Wort stellte sie sich vor ihnen auf und stemmte die Hände in die Seiten.

"Und? Was hast du heraus gefunden?", fragte Isai.

"Der Typ hat uns reingelegt", Ivy kochte vor Wut.

"Er hat *uns* reingelegt?"

"Ja... mich, mich hat er reingelegt", sie bekam rote Flecken im Gesicht.

"Nun erzähl schon", Isai wollte sie beruhigen, aber es war wohl zwecklos.

"Das Archiv gibt es nicht", sie zuckte nervös mit den Händen, "das heißt, es gibt es schon. Beziehungsweise es gab es. Es ist abgebrannt, vor elf Monaten", sie zeigte auf die Reste des verkohlten Gebäudes. Trotz der bösen Vorahnungen konnte Isai nicht glauben, was er da hörte.

"Ich habe gewusst, dass wir dem Rotbart nicht trauen können."

"Wieso bist du dir da so sicher?", Ivy verschränkte ärgerlich die Arme vor der Brust.

"Ivy, bitte. Ich weiß nicht, was er sich davon erhofft hat, aber einen Gefallen wollte er dir damit gewiss nicht tun."

"Vielleicht wusste er nicht, dass es abgebrannt ist."

Natürlich wusste sie, dass das Unsinn war, aber sie wollte nicht wahr haben, dass sie wirklich auf ihn hereingefallen war. Sie ärgerte sich über sich selbst. Vermutlich noch mehr, als über den rotbärtigen Händler. Oder besser gesagt, den rotbärtigen Detektiv.

"Das ist Unsinn. Und das weißt du auch", so langsam wurde auch Isai wütend.

Naima war bei dem Tonfall der Beiden nicht ganz wohl, sie umklammerte Ivys Bein und versuchte sich hinter ihr zu verstecken. Ivy seufzte. Sie fuhr sich durch das Haar, holte Luft um etwas zusagen und schwieg doch.

„Wenn er dich wirklich beobachtet...", begann Isai jetzt mit versöhnlicherem Tonfall, doch Ivy fiel ihm ins Wort. „Und wenn schon. Schließlich hat er mir nie etwas getan und es wohl auch nicht vorgehabt."

„Aber was hat er sich von dieser Sache erhofft?"

„Ich weiß es nicht, Isai."

„Und genau das macht mir Sorgen, versteh das doch."

Er griff nach Ivys Hand, sie ließ es geschehen. Ihr Kinn bebte.

"Ja", sie sah Isai nicht an, "du hast recht und ich verstehe dich auch..."

Sie sah in die Sonne und blinzelte. Sie hatte Tränen in den Augen.

"Ist schon gut, Ivy", Isai drückte ihre Hand etwas fester. Sie tat ihm so leid, und trotzdem ärgerte er sich. Nicht über Ivy, nein, mehr über sich selbst. Er hatte einfach nicht gut genug auf sie aufgepasst.

"Tut mir leid", wütend über ihre Tränen, rieb Ivy sich die Augen.

Isai hätte sie gern in den Arm genommen, aber er tat es nicht.

Stattdessen ging er in die Knie und strich Naima über die Wange.

Die Kleine lächelte verlegen.

"Was sollen wir nun tun?", fragte Ivy nach einer Weile. Sie waren einige Minuten lang ziellos durch die Straßen geschlendert ohne auch nur ein Wort zu sagen. Naima ging ein paar Meter vor den anderen her, sie hatte den laut schimpfenden Monster auf dem Arm und tat so, als wäre er verwundet und sie müsse ihn zu einem Arzt tragen. Monster hielt nicht all zu viel von diesem Spiel und versuchte, sich aus ihrem Griff zu winden, doch Naima war stärker.

"Ich weiß es nicht", gab Isai zur Antwort. Es tat ihm leid, dass er nicht mehr zu sagen wusste. Er wollte Ivy keine Vorwürfe machen. Er hatte es die ganze Zeit geahnt. Gewusst, dass hier etwas nicht mit rechten Dingen zuging, aber hatte sie auf ihn gehört? Hatte sie ihm auch nur zuhören wollen? Nein. Vielleicht war Isai aber auch nur wütend auf sich selbst. Er hätte Ivy davon abhalten sollen, dem Händler zu trauen.

Ach was,

meldete sich wieder einmal die Stimme aus seinem Inneren,

sie ist alt genug. Sie braucht keinen mehr, der auf sie aufpasst. Sie braucht dich nicht mehr!

Ja, die Zeiten, in denen sie seine Hilfe gebraucht hatte waren wohl vorbei. Er hatte sie verpasst, weil er solange nicht bei ihr gewesen war. Fühlte er sich schuldig? Er wusste nicht, was Ivy erlebt hatte in den Jahren, in denen er nicht bei ihr gewesen war. Aber er wusste, dass es Dinge gab, die sie ihm verheimlichte, oder eben

Dinge über die sie einfach nicht mit ihm reden wollte. Isai atmete tief ein. Er wusste nicht warum all dies durch seinen Kopf schoss, wie eine Sternschnuppe durch die dunkle Nacht, doch ignorieren konnte er diese Gedanken auch nicht.

"Ich werde mich dort hinstellen und singen," Ivy deutete dorthin, wo eine Ansammlung von riesengroßen, aus Stein gehauenen Figuren im Schatten eines hohen Daches standen. Isai hatte seine Umgebung in den letzten Minuten gar nicht wahr genommen und sah sich erst jetzt bewusst um. Er hatte keine Ahnung wie der Platz hieß, auf dem sie sich nun befanden. Ihm gefiel das hohe Gebäude, an dessen Turm eine riesige Uhr hing und von dessen Spitze er sicherlich bis in die Wolken hätte sehen können. Überall standen steinerne Figuren, Männer mit nackter Brust, Michelangelos David, ein Krieger, der den Kopf eines Feines in Händen hielt.

"Hörst du mir zu?", Ivy winkte ihn aus seinen Gedanken, "wir werden wohl heute Nacht hier bleiben müssen."

Isai nickte nur. Ohne ein weiteres Wort ging Ivy davon. Sie war beleidigt. Sie dachte, dass er noch wütend war und irgendwie konnte sie das auch verstehen. Vermied er es mit Absicht sie anzusehen? Sie konnte ja nicht wissen, dass Isai sich selbst Vorwürfe machte. Er starrte die Steinskulpturen an, eine nach der anderen und wurde wieder einmal schmerzhaft an sein Zuhause im Marmorpalast erinnert. Er dachte an die marmornen Engel, die in den Korridoren standen. Würde er je wieder dorthin zurückkehren können? Vielleicht war es längst zu spät. Vielleicht war seine Zeit für die Prüfung in eben jenem Moment, da er hier stand, mitten in der toskanischen Hauptstadt und sich selbst dafür bemitleidete, dass die Dinge ihren Gang gingen und er nichts daran ändern konnte, abgelaufen.

Ivy stand vor den auf steinernen Sockeln thronenden Figuren und sang. Ihre klare Stimme drang durch das wilde Gewimmel der Menge an Isais Ohren. Zwischen Touristen und Händlern hindurch beobachtete Isai sie eine Weile. Eine graue Wolke schob sich vor die Sonne und ließ es für wenige Sekunden etwas kühl werden. Als hätten sie es gewusst, tauchten plötzlich hier und da Italiener mit Regenschirmen auf, die sie den Engländern, Deutschen und Franzosen verkaufen wollten. Ein oder zwei Tropfen fielen tatsächlich herab, aber ehe auch nur einer der Händler einen Regenschirm verkaufen konnte, war die Wolke auch schon weiter gezogen.

Wo war eigentlich Naima? Isai ließ seinen Blick über die Menge schweifen. Er sah Monster, der hinter Ivy auf einer der Skulpturen saß. Eine Steinfigur hielt die andere, die wohl im Sterben lag, in seinen kalten Armen und Monster steckte ihr achtlos den Finger in die Nase, ungerührt von der dramatischen Pose der Versteinerten.

Von Naima fehlte jede Spur. Isai wollte sich gerade auf die Suche nach ihr machen, da ergriff sie seine Hand. Unsichtbar wie ein Geist hatte sie sich zu ihm geschlichen. "Isai", sie zog ihn an seinem Arm zu ihr hinunter, "guck mal, da."

Sie streckte ihren dünnen Arm aus und deutete auf eine Gruppe junger Italiener. Sie hatten Kopien berühmter Zeichnungen auf das Pflaster gelegt und versuchten sie jedem aufzudrängen, der vorbei

kam. Gerade fuhr ein Auto der Carabinieri vorbei. Schnell
sammelten die jungen Italiener alle Bilder vom Boden und rannten
davon.

"Was ist da?", fragte Isai.

"Da", sagte Naima wieder und jetzt verstand er.

Im Schatten der Säulen, die das Dach trugen, unter dem ein paar
Skulpturen standen, unterhielt sich jemand mit einem der
Bilderjungen. Den roten Bart hätte Isai auf hundert Metern
Entfernung erkannt. Ohne Naimas Hand loszulassen lief er zu Ivy.
Er sagte nicht mehr als: "Komm mit! Der Rote ist hier."
Ivy folgte ihm durch die Menge hindurch in Richtung des
rotbärtigen Händlers. Dieser stand auf einer Stufe am Rande der
Überdachung und schien nach irgendetwas zu suchen. Oder
besser gesagt, nach irgendwem. Mit zusammengekniffenen Augen
ließ er seinen Blick über die Köpfe der Passanten schweifen. Als er
Ivy und Isai entdeckte, versuchte er wegzulaufen. Isai holte ihn ein
und packte ihn unsanft am Kragen seiner Jeansweste.

"Hilfe", rief der Rotbart, "lass mich los!"

"Nicht bevor Sie mit uns geredet haben", Ivy hatte Naima auf dem
Arm und funkelte den Roten böse an.

"Was wollt ihr von mir?", der Fremde schlug Isais Hand weg, blieb
jedoch stehen.

"Was ist das für ein Spiel, das Sie hier spielen?"
Der Rote lachte, "wie, was für ein Spiel?", er kramte sich Tabak
aus der Innentasche seiner Weste und begann sich eine Zigarette
zu drehen.

"Sie wissen ganz genau wovon ich rede", Ivys Stimme zitterte vor

Wut.

"Wir wissen, dass Sie ein Detektiv sind und Ivy seit Jahren hinterher schnüffeln. Wer hat Sie beauftragt?", mischte sich Isai ein. Er griff unwillkürlich nach Ivys Hand.

Der Rote zündete sich seine Zigarette an und genehmigte sich einen kräftigen Zug. Er schwieg eine Weile, blinzelte in die Sonne und sah einigen Vorbeikommenden nach. Er schien nachzudenken. Schließlich war er wohl zu dem Entschluss gekommen, dass es egal war, was er sagte, und so entschloss er sich für die Wahrheit.

"Ja ich habe dich beobachtet", gestand er, "ich wollte aber nichts Böses, wirklich." Er hob abwehrend die Hände. „bestimmt nicht! Bin ja kein Verrückter. Ich..."

"Wer hat Sie beauftragt?", unterbrach Ivy ihn.

Der Mann seufzte, ließ geschlagen die Schultern hängen. "Ein Mann namens Goodale, Samuel Goodale."

Ivys Magen drehte sich. Alle Farbe schien aus ihrem Gesicht gewichen. Isai sah, dass sie plötzlich ganz weiß war und ihr wieder einmal die Tränen in die Augen schossen.

"Wer ist das? Samuel Goodale?", flüsterte Isai. Der Name Goodale kam ihm bekannt vor.

"Samuel Goodale ist... ", Ivy schluckte. Sie ließ Naima von ihrem Arm gleiten und sagte ihr, sie solle Monster suchen gehen. Die Kleine sah sie mit weit aufgerissenen Augen an, nickte jedoch und wandte sich ab, um nach dem Affen zu suchen.

"Samuel Goodale ist mein Vater", sagte Ivy dann, als Naima davon gelaufen war und drückte Isais Hand.

"Tatsächlich?!", der Rote gluckste, um danach keuchend zu husten. Er krümmte sich, und Isai klopfte ihm auf den Rücken damit er wieder zu Atem kam.

"Danke, geht schon wieder", presste der Rote mit tränenden Augen hervor.

"Wollen Sie mir erzählen, dass Sie das nicht gewusst haben? Er hat Ihnen nicht gesagt, dass Sie seine Tochter beobachten?", fragte Ivy ungläubig. Der Rotbart hob die Schultern.

"Er hat mir 'ne Menge Geld gegeben. Mir war es egal wer er war. Ich dachte, er ist nur irgendein einsamer Mann, der ein Auge auf dich geworf'n hat."

"Was hat er gesagt, sei der Grund dafür, dass Sie mich beschatten sollten?"

"Er hat nur gesagt, ich soll dich im Auge behalt'n und ihm regelmäßig Bericht erstatten wo du bist. Mehr nicht."

"Und was sollte das?", Ivy hielt dem Roten die Visitenkarte hin. „Das es das Archiv nicht mehr gibt wussten Sie wirklich nicht?", die Farbe schlich sich langsam wieder zurück in Ivys Gesicht, aber Isais Hand ließ sie dennoch nicht los.

"Doch, doch, das wusste ich." Er senkte seinen Blick zu Boden und holte röchelnd Luft, als er erklärte: „Goodale ist vor 'nem Jahr ungefähr nach Italien gekomm', um dich zu suchen. Seine Frau is' wohl gestorben oder so. Jedenfalls wollte er von mir wissen wo du bist und da ich nicht wusste wo du dich aufhältst, wenn du nicht in Venedig bist, wollte er mir den Hahn abdrehen. Also hab' ich dich nach Florenz geschickt und bin dir nun nach um Beweisfotos zu schieß'n, damit er mir glaubt, dass du hier wohnst oder was auch immer, und ich weiterhin Geld bekomm´."

Er zog eine Einwegkamera aus seiner Hosentasche zum Beweis, dass er die Wahrheit sagte.

"Seine Frau ist tot?", und wieder war Ivy bleich wie die Statuen rings um.

"Hm... ," der Rote steckte sich eine weitere Zigarette an, "ja. Na gut, ich denk mal, dass ich jetz´ eh raus bin aus der Sache, also wenn ihr mich entschuldig´n würdet." Er wandte sich ab zum Gehen.

"Eine Frage hab ich noch", Ivy machte einen Schritt auf ihn zu. Der Rote drehte sich widerwillig um und brummte etwas Unverständliches.

"Wo ist er jetzt? Also, Goodale?"

"Soweit ich weiß, in Pisa."

Und ohne ein weiteres Wort verschwand er zwischen den Menschen, die Statuen bewunderten und Regenschirme kauften.

Ivy stand da. Sie hielt Isais Hand und rührte sich nicht. Starr, als wäre sie eine von den Versteinerten. Keiner von ihnen hatte bemerkt, dass wieder eine graue Wolke aufgezogen war, doch diese hatte Verstärkung mitgebracht. Der Himmel wurde dunkel. Es war ein anderes Dunkel als das Dunkel der Nacht, aber es schien Ivys Situation unterstreichen zu wollen, um dieser traurigen Szene das gewisse Etwas zu verleihen.

Ein Regentropfen nach dem anderen fiel herab und platschte auf den steinernen Boden und die harten Köpfe der Skulpturen.

"Ivy... ", Isai wollte sie in den Arm nehmen. Wieder einmal jedoch, tat er es nicht. Insgeheim hatte Ivy gehofft er würde es tun. Sie hatte gehofft, er würde sie halten und vor allem Bösen in dieser Welt beschützen, so wie die alte Hanna es so oft getan hatte. Doch er tat es nicht.

"Ivy, ist alles in Ordnung?", fragte Isai und Ivy zog abrupt ihre Hand aus der seinen.

"Ja", sagte sie giftig und wischte sich wütend das nasse Gesicht. Es war nicht nur der Regen, der ihr von der Nase tropfte.

"Lass uns gehen!" Sie lief Isai voran durch den immer leerer werdenden Platz und hielt Ausschau nach Naima. Sie war wütend. Wütend und enttäuscht. Sie war wütend auf den Roten, er hatte sie reingelegt, und sie war auch noch so naiv gewesen ihm zu trauen.

Sie war wütend auf sich selbst. Sie war wütend auf ihren Vater. - Sie hatte immer gedacht sie wäre ihnen, ihm und ihrer Mutter, egal gewesen. Jetzt aber erfuhr sie, dass er schon seit über einem Jahr nach ihr suchte. Sie war wütend auf sich selbst, weil sie so schlecht von ihrem Vater gedacht hatte. Und sie war wütend auf Isai. Er wollte sie nicht in den Arm nehmen und das tat weh. Sie hatte ohne nachzufragen eingewilligt ihm zu helfen, war mit ihm gekommen. Sogar nach Venedig war sie gefahren mit ihm, und er zeigte nicht den geringsten Anflug von Dankbarkeit. Warum konnte er sie nicht für einen kurzen Moment in den Arm nehmen? Sie halten, jetzt, wo die Welt um sie herum zu zerbrechen schien.

Naima kam ihnen entgegen gelaufen. Sie hielt Monster in beiden Händen und streckte ihn in die Höhe, als sie Ivy auf sich zukommen sah.

"Ich hab ihn", rief sie begeistert, was beinahe in den lauten Protestschreien des kleinen Affen unterging.

"Gut gemacht", lobte Ivy das Mädchen und setzte sich Monster auf die Schulter. Naima nahm ihre Hand und folgte ihr. Monster war es wohl zu nass, denn er verzog sich in den Rucksack, der von Ivys Schulter hing.

Warum suchte ihr Vater erst jetzt nach ihr? Jetzt da ihre Mutter tot war? War ihre Mutter diejenige gewesen, die Ivy als Tochter immer nur als störend empfunden hatte? Oder hatte sie am Ende sogar beiden Unrecht getan? Aber ihre Mutter war gestorben, ohne dass Ivy sich je hätte mit ihr aussprechen können. Ivy schloss für einen Moment die Augen. Sie hörte das Platschen der dicken Tropfen, die immer schneller auf sie herab trommelten. Sie sah ihre Mutter vor sich. Sie hatte genauso ausgesehen wie Ivy selbst es jetzt tat. Zumindest beinahe. Ivy hatte Rachels langes braunes Haar. Rachel, das war ihr Name. Sie war etwas größer gewesen als Ivy heute, doch auch sie war immer sehr hübsch gewesen. Selbst das kleine Muttermal über Ivys rechter Augenbraue, hatte auch Rachels feines Gesicht geziert.

"Du wirst einmal genauso schön sein wie deine Mutter", hatte Hanna immer zu ihr gesagt. Ivy jedoch hatte immer gehofft, dass sie es nicht tun würde. Sie wollte nicht aussehen wie ihre Mutter oder ihr Vater. Sie wollte nichts, was sie mit ihren Eltern verband. Mit ihren Eltern, die sie nie wirklich geliebt hatten, die sie nie in den Arm genommen hatten.

Doch ihr Vater hatte sich gesorgt. Er hatte wissen wollen wo sie war und wie es ihr ging. Viel Geld war es ihm wert gewesen. Ivy musste ihn sehen. Sie wollte zu ihm. Ihn fragen warum. Ihn in den Arm nehmen. Zum ersten Mal in ihrem Leben. Sie konnte sich nicht erinnern, dies schon einmal getan zu haben. Vielleicht als kleines Kind, in einer Zeit an die sie keine Erinnerungen mehr hatte. Vielleicht – vielleicht auch nicht.

Ohne darüber nachzudenken blieb sie stehen und schloss Naima in die Arme. Die Kleine fragte nicht nach, doch sie spürte, dass es Ivy nicht gut ging. Sie strich Ivy liebevoll über das braune Haar. Sie versuchte Ivy zu trösten. Tapfere kleine Naima.

"Isai?", Ivy sah ihn das erste Mal an, seit der Rote in der Menge verschwunden war. Er kniete sich zu ihr und Naima. "Ich weiß, unsere nächste Station wäre Rom gewesen... aber ich möchte nach Pisa. Ich will meinen Vater sehen", Ivy weinte immer noch und Naima, der nun selbst die Tränen über die Wangen liefen, weil sie mit denen von Ivy nicht umzugehen wusste, ließ sich nichts anmerken und wischte Ivy vorsichtig die ihren aus dem schönen Gesicht. Aus dem Gesicht, dass dem Rachel Goodales so ähnlich war.

"Ich kann dir Geld geben, wenn du nicht mitkommen willst. Dann kannst du allein nach Rom gehen. Ich könnte nachkommen, wir..." Isai schüttelte den Kopf. "Willst du allein zu deinem Vater?" Er strich ihr eine Haarsträhne aus der Stirn und sah sie mit eindringlichem Blick an.

"Nein", Ivy drückte Naima fester an sich. „Nein, ich hätte dich gerne dabei."

"Dann komme ich mit dir", er wandte sich Naima zu. Mit großen Augen sah sie ihn an. Mit Augen die so grün waren, wie das Wasser des Arnos.

"Kann Ivy jetzt aufhören zu weinen?", fragte sie ihn und ihre Unterlippe bebte.

"Ich denke schon", sagte er mit einem Blick auf Ivy, die still da saß und nickte, "vielleicht nimmst du sie noch einmal ganz fest in den Arm und drückst alle Tränen aus ihr heraus, dann kann sie bestimmt wieder lachen." Isai zwinkerte ihr zu und Naima grinste ihn durch ihren Tränenschleier hindurch an. Sie drückte Ivy so fest sie konnte. Ivy musste lachen, konnte sich nicht mehr in der Hocke halten und fiel nach hinten auf das nasse Pflaster. Naima kicherte zufrieden, ließ Ivy jedoch nicht los. Schließlich nahm sie Ivys Gesicht in ihre kleinen Hände und guckte sie ernst an.

"Wenn du jetzt nicht gleich aufhörst zu weinen, klau ich dir die

Nase", sagte sie als Ivy ihre Hände auf die der Kleinen legte.

"Jawohl", sagte Ivy und Naima schloss sie wieder in ihre kurzen Arme.

"Das mach ich nicht wirklich", flüsterte sie Ivy ins Ohr, "ich wollte nur, dass du wieder lachst."

Wie stark Naima trotz ihrer vier Jahre war. Aufgewachsen ohne Eltern, und trotzdem stärker und erwachsener, als Ivy es sich damals je zu wünschen gewagt hätte.

Naima strahlte Ivy an, stolz auf sich selbst, dass sie sie hatte trösten könnten. Isai beobachtete die Szene und erschrak beinahe, als sich ein wärmendes Gefühl in ihm ausbreitete. Ungewohnt, aber nicht ganz unbekannt. So fühlte es sich also an ein Mensch zu sein und zu lieben.

Kennst du dieses Gefühl?

Als sie sich entschlossen, sich auf die Suche nach einem Zimmer zu machen, in dem sie die Nacht verbringen konnten, kamen sie an einem weiteren kleinen Markt vorbei. Ein alter Mann bot auf klapprigen Tischen gelesene Bücher zum Verkauf an. Im Vorbeigehen ließ Isai beiläufig seinen Blick über das Angebot schweifen. Er blieb stehen und nahm das Buch in die Hand, dass ihm ins Auge gefallen war. Ein dickes Buch mit hartem Einband, auf seinem Deckel das Bild eines Engels, dessen Schatten lichterloh brannte. *Biblische Sagen und Märchen* lautete der Titel. Er schlug es auf und blätterte darin herum.

„Hast du etwas gefunden?", fragte Ivy ihn und blieb ebenfalls stehen.

„Ich weiß noch nicht so genau", Isai hielt das Buch so, dass der

Verkäufer den Einband sehen konnte. „Gibt es darin ein Märchen über die Schatten des Vatikan?"

Der Mann nickte. „Wenn Sie das Märchen über den unsterblichen Jungen meinen, dessen Seele so schwarz wurde, dass er als Schatten leben musste." Er nahm Isai das Buch aus der Hand, suchte das Märchen heraus und reichte es ihm wieder. „Hier, Signore."

Isai sah auf die bedruckten Seiten. *Der Unsterbliche und sein Schatten* lautete die Überschrift.

„Was wollen sie für das Buch haben?", fragte Isai.

Der alte Mann nannte ihm einen Preis und Ivy reichte ihm das Geld.

Schließlich ging Ivy in das erste Hotel, an dem sie vorbeikamen. Sie wollte nach einem Zimmer fragen, während Isai draussen auf sie wartete und sich dem Märchenbuch zuwandte.

Der Unsterbliche und sein Schatten

Es war einmal, vor langer langer Zeit, da brach einem Jüngling sein Herz. Er selbst gab sich die Schuld am Tod seiner Liebsten. Über diesen Verlust und seine unüberwindbaren Gewissensbisse wurde er seines Lebens nicht mehr froh. Er schloss all seine Liebe und Freude tief in sich ein und widmete sein Dasein fortan den bösen Mächten. Er lebte ohne Schmerz, ohne jegliches Gefühl. Er führte Kriege, kannte kein Mitleid. Seine Seele verwandelte sich in einen Schatten, dunkel und bedrohlich. Der Schatten aller Schatten nahm sich seiner an und rüstete ihn, damit er in seiner Armee kämpfen sollte. In der Armee der dunklen Mächte, die alles Gute besiegen würde. Alles was das Leben lebenswert macht; Die Fürsorge und Liebe, Freundschaft, Freud und Leid, all das kannte der Jüngling nicht mehr und er vermisste es auch nicht.

Da er kaum noch unter den Lebenden wandelte und sein Herz zu Eis gefroren war, würde er unsterblich sein, sollte er nicht eines Tages die Gabe des Lachens und Fühlens wieder erlangen.

Der Himmel allein besaß die Macht sich seiner schwarzen Seele anzunehmen, sie zu konservieren, bis sie gelernt hatte, wieder zu Lieben. Viele Jahre lang wurde der Schatten des Jünglings verschlossen. So lange, bis er vergessen haben würde, was er gewesen war und was ihm zu dem hatte werden lassen.

Eines Tages wird es soweit sein, dann wird er das himmlische Reich verlassen und seine Seele auf die Probe stellen müssen. Erinnert sich seine Seele an die Liebe und das Leben, so wird er ein neues gewinnen. Wird sein Schatten ihn jedoch wieder einholen, wird er verdammt sein auf ewig in der Dunkelheit zu wandeln und das Licht des Tages zu fürchten.

Isai klappte das Buch zu. Eine zweite Chance für die geschundene Seele – Reinkarnation, wie man es auch nennen wollte, es kam doch letzten Endes auf das Selbe hinaus. *Die Schatten deiner Vergangenheit...* War diese Geschichte ein Hinweis auf Raphaels Nachricht, oder umgekehrt?

Isai warf einen Blick in den Himmel, die Sonne war nicht mehr zu sehen. Nur am Horizont sah man das rote Glimmen, das die Sonne hinter sich herzog, auf ihrem langen Weg um die Welt.

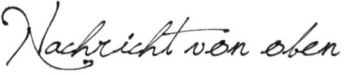

Nachricht von oben

" `Sonnenstrahlen fielen schräg durch die dunkle Wolkendecke, als sie an diesem Morgen aufbrachen. Regen und Wind hatten endlich nachgelassen, ... `"
Isai las aus der "Unendlichen Geschichte" vor. Es war bereits stock dunkel und nur die Straßenlampe, die neben den überdachten Hauseingängen stand, spendete etwas Licht. Sie hatten sämtliche Hotels abgeklappert, aber keines hatte ein Zimmer frei gehabt. Es schien wie verhext.

Es regnete. Das Wasser lief durch die Rillen im Pflaster zu ihnen unter das Dach und sickerte in ihre Kleider. Isais Füße waren kalt und auch Naima, die auf Ivys Schoß saß und mit ihrem winzigen Zeigefinger über das große S, auf der linken Seite des Buches fuhr, zitterte kaum merklich vor sich hin. Sie hatten sich in Ivys Decken eingemurmelt und saßen dicht an dicht, um sich gegenseitig zu wärmen. Doch sie froren trotzdem. Selbst Monster war es zu kalt. Er hatte sich unter Naimas Pullover verkrochen und knirschte hin und wieder unzufrieden mit den Zähnen.
Es dauerte eine Weile, aber schließlich waren alle eingeschlafen. Sie schliefen unruhig. Naima fror. Sie zitterte die ganze Zeit, wie die Blätter der Bäume in einer stürmischen Nacht. Stürmisch und kalt wie diese. Monster verhakte sich mit seinen Krallen in den Maschen von Naimas Pullover, weshalb er immer wieder wach wurde und versuchte sich keckernd zu befreien. Ivy schlief zwar

tief und fest, doch sie träumte. Im Traum sah sie ihre Eltern. Sie sah sie vor sich, als stünde sie neben ihnen; am Rande der Tanzfläche und beobachtete ihre, so gut einstudierten Schritte. So wie sie es ab und zu getan hatte, als sie mit ihnen zu den vielen Turnieren gereist war. Sie sah ihre Mutter, die ihr so ähnlich sah, in ihrem langen, glitzernden Standardkleid. Blütenweiß war es, und es glitzerte wie Schnee in der Sonne. Ivy hatte es sehr bewundert und hätte als kleines Mädchen so viel dafür gegeben, es nur einmal anfassen zu dürfen. Doch ihre Mutter hatte schon Angst gehabt, dass Ivy es schmutzig machte, wenn sie es nur ansah. Sie sah ihren Vater. Er trug einen Frack. Pechschwarz. Sein braunes Gesicht, seine peinlich genau gestylten Haare. Er hielt ihre Mutter im Arm und sie schienen geradezu über das Parkett zu schweben. Rachels Gesicht glitzerte vom Make Up und sie lächelte. Es war nicht das Lächeln ihrer Tochter. Es war nicht froh und ehrlich wie das von Ivy. Ihr Lächeln wirkte steif und aufgesetzt. Vielleicht lag es an ihren hohen Schuhen, dass sie ihr Gesicht nicht entspannen konnte. Als Ivy damals das erste Mal bei einem Turnier dabei gewesen war, war sie erstaunt gewesen, wie toll ihre Eltern ausgesehen hatten. Sie war beinahe ein bisschen stolz gewesen und hatte ihnen gewunken, wenn sie an ihr vorbei geschwebt waren. Doch ihre Eltern hatten ihr keine Beachtung geschenkt.

Eine Träne lief Ivy über das Gesicht. Doch diesmal sah sie keiner, denn ganz Florenz, ja vielleicht sogar ganz Italien schien im Schlaf zu liegen.

Und Isai? Isai wachte schon nach wenigen Minuten wieder auf. Er war im Schlaf heimgesucht worden. Er hatte die Schatten vor sich gesehen. Fantasiegestalten, die Wirklichkeit zu werden schienen. Es war so unwirklich und doch so real, dass Isai sich fürchtete. Es waren immer diese Dinge, die einem Angst machten. Die, von denen man nicht genau wusste, wer oder was sie waren. Es war wie mit dem Tod. Ein Mensch fürchtete ihn, weil er nicht wusste was danach kam. Im Grunde fürchtet man sich doch nur vor der Ungewissheit. Oder nicht? Hörte man irgendwann einfach auf zu existieren? Was kam nach dem Tod? Was lauerte in der Dunkelheit? - Isai hatte sich niemals zuvor derartige Gedanken gemacht. Warum tat er es jetzt auf einmal? Er stellte sich menschliche Fragen... War er überhaupt noch ein bisschen Engel? War er überhaupt einmal ein Engel gewesen? Vielleicht bildete er sich das alles auch nur ein. Vielleicht war er schon immer ein Mensch gewesen und Raphael wollte...

Ja, was, Isai? Dich reinlegen? Austricksen?

Vielleicht will er das. Und er hat es geschafft, nicht wahr? Du bist kein Engel mehr.

Für einen Moment schloss Isai die Augen. In seinem Kopf herrschte wildes Chaos. Er wusste nicht mehr was er glauben sollte. Er wusste nicht was von dem, an das er sich erinnerte, wahr war und was er sich selbst zusammen gesponnen hatte, um endlich Antworten zu finden. Antworten auf die vielen Fragen, die ihn so quälten. Schatten, Seelen, Vergangenheit...

Es regnete immer noch, wenn auch nicht mehr so stark wie noch vor wenigen Stunden. Er hörte das Plätschern der Tropfen schon gar nicht mehr, doch er versuchte es sich wieder bewusst zu

151

machen. Er lauschte dem Regen, nur um nicht nachdenken zu müssen. Er hoffte, dass er sich dadurch ablenken konnte. Für einige Sekunden gelang es ihm. Er vergaß alles um sich herum. Die Sekunden kamen ihm vor wie Minuten oder gar wie Stunden. Und als er die Augen wieder öffnete, dachte er für einen Moment, die Sonne würde bereits aufgehen. Ein Lichtschein drang von irgendwoher zu ihm herüber. Durch die Dunkelheit und den Schleier aus Regenwasser hindurch schien er auf ihn zuzukommen. Und tatsächlich. Ein Mann, hell, als wäre er selbst aus Licht, kam auf ihn zu. Auf nackten Füßen, die keinen Laut von sich gaben, trat er auf Isai zu und legte die schimmernden Flügel an, die ihn eben noch durch die kalte Luft getragen hatten.

"Jesus", Isai sprang auf die Füße, dass es stach, als würde die Kälte ihre langen Finger in sie hineinbohren.

"Hi, Isai", diesen Gesichtsausdruck hatte Isai noch nie bei seinem besten Freund gesehen, "wie geht´s dir?" Jesus trug einen kleinen, mit Silberfäden bestickten Beutel in seiner Hand. Isai versuchte den Namen zu lesen, der darauf geschrieben stand, aber er wurde abgelenkt. Zum ersten Mal sah Isai, das Jesus sich sorgte.

"Gut", sagte Isai. Es war nicht die Wahrheit, dass wussten sie beide.

"Hm...", Jesus nickte. "Hör zu, ich darf eigentlich nicht hier sein. Raphael hat mich geschickt, um die Seele einer sterbenden Frau an mich zu nehmen...", wie zum Beweis hielt er den kleinen Beutel in seiner Hand etwas höher. „... und da dachte ich, schau ich mal nach dir. Kommst du zurecht? Verstehst du´s jetzt?"

Isai wusste nicht was er sagen sollte. Er nickte, zuckte dann die

Schultern und schüttelte schließlich den Kopf. "Was hat das alles zu bedeuten?" fragte er. Das Licht, das von Jesus ausging, fiel auf Isai und wärmte ihm die Füße.

"Das hier ist deine Prüfung, Isai. Viele von uns haben durchmachen müssen, was du nun durchmachst", erklärte Jesus. "Aber ich verstehe das alles nicht. Ich glaube, ich werde meine Prüfung nicht bestehen, Jesus. Ich habe Angst. Was ist, wenn ich es nicht schaffe?"

"Du wirst es schaffen", Jesus war zuversichtlich. „Raphael wird nicht zulassen, dass du sie nicht bestehst."

Jesus schien mit sich zu hadern. Er überlegte, ob er seinem Freund alles erklären sollte. Er begann unentschlossen zu gestikulieren, wobei Isai den Namen auf Jesus´ Seelenbeutel lesen konnte. Ihm wurde schwer ums Herz.

„Hör zu, Isai", sprach Jesus schließlich. „Wir müssen diese Prüfung machen, um zu beweisen, dass unsere Seele es wert ist, das Leben eines Engels zu führen. Wir müssen zeigen, dass wir uns geändert haben."

„Geändert? Ich bin nie anders gewesen als jetzt."

Jesus sah Isai bedauernd an. „Doch, mein Freund. Aber mehr kann ich dir leider nicht verraten."

Etwas Bedrückendes legte sich über die beiden Freunde und keinem von beiden gelang es, es wieder abzuschütteln. Also schwiegen sie. Naima murmelte etwas im Schlaf und streckte sich. Dann war alles was sie hörten, das immer leiser werdende Platschen des Regens.

"Raphael will nicht, dass ich dir all das sage, aber ich bin mir sicher, dass er dich nicht her geschickt hätte, wenn er nicht wüsste, dass du reif genug dafür bist." Jesus wandte sich ab. Er machte Anstalten zu gehen. Isai nickte. "Danke", er trat auf seinen Freund zu und versuchte ihn in den Arm zu nehmen. Nur ganz kurz. Wie Freunde das halt so machen. Doch seine Hand ging durch Jesus hindurch. So war das, wenn man nicht wirklich auf der Erde war. Wenn man nur eine Art guter Geist, ein Gesandter des Himmels war. Man konnte nicht berührt oder gesehen werden. Nicht von allen, jedenfalls. Gesehen werden konnte man schon, aber nur von denen, die glaubten. Also hatte Isai seinen Glauben an die Wirklichkeit doch nicht verloren, auch wenn er noch so sehr daran zu zweifeln begonnen hatte.

"Tut mir leid", sagte Jesus, "du packst das schon, Mann." Und dann breitete er seine Flügel aus und schwang sich mit kräftigen Schlägen in die Nacht.

Isai wusste nicht warum, aber er musste lächeln. Auch wenn Jesus es vielleicht nicht wusste, aber es bedeutete ihm viel, dass er hier gewesen war. Und noch mehr, dass Raphael ihm traute.

Tapfere Naima

Isai stand lange da und sah seinem Freund nach. Auch als der Lichtschein, der ihn umgab, längst am Horizont erloschen war. Allmählich legte sich der Regen, und die schwarzen Wolken zogen vorbei, so dass die dunkle Nacht nicht mehr allzu finster war. Als Isai sich wieder umdrehte, um sich zu Ivy und Naima zu setzten, erschrak er. Naima saß aufrecht da, mit weit aufgerissenen Augen und starrte ihn erstaunt an.

"Na, kannst du auch nicht schlafen?", fragte er sie. Wie lange war sie wohl schon wach? Hatte sie Jesus gesehen? - Ja, das hatte sie. Naima hob langsam den dünnen Arm und deutete wie hypnotisiert auf die Stelle am Himmel, wo Jesus vor wenigen Sekunden verschwunden war. Dann grinste sie breit: "Das war ein Engel, nicht wahr?"

"Du hast wahrscheinlich nur geträumt", sagte Isai nervös.

"Nein", sagte die Kleine bestimmt und sprang auf, um Isai in die Arme zuschließen, "und du bist auch einer." Wie bestimmt ihre Stimme klang. Isai nahm das Mädchen auf den Arm und überlegte eine kurze Zeit.

"Wie kommst du darauf, dass ich ein Engel sein könnte?", fragte er.

"Ich habe deine Flügel gesehen", sagte sie mit Blick auf ihre kleinen Finger, die an seiner Schulter spielten. "Als das Licht von dem Engel", sie deutete erneut gen Himmel, „auf dich gefallen ist,

155

konnte ich sie sehen. Wieso jetzt nicht?"

"Nun ja...", was sollte er sagen? Er wusste doch selbst nicht warum das so war. "Es darf keiner wissen, dass ich ein Engel bin, verstehst du?", erklärte er schließlich.

"Ah...", Naima legte sich einen Finger auf die Lippen und flüsterte, "es ist ein Geheimnis?"

"Genau, ein Geheimnis. Und deshalb darfst du es auch keinem verraten. Nicht einmal Ivy. Hast du verstanden?"

"Ja", Naima nickte, "Wer Geheimnisse verrät, bekommt nur Ärger, richtig?"

"Ja, genau", Isai musste lachen. Naima verstand so schnell. Sie war noch ein Kind, aber ein Kind mit viel Fantasie, die ihr dabei half, die Welt weniger unheimlich zu gestalten, als sie es in Wirklichkeit war. Isai beneidete sie dafür.

„Ich sag´ nichts", das kleine Mädchen zwinkerte Isai verschwörerisch zu. „Ich kann den Mund halten," Naima hielt sich die Hand auf den Mund und weitete die grünen Augen. Dann holte sie tief Luft, ließ die Hand wieder sinken und fragte: "Hat dein Freund Toni getötet?" Es klang weder schockiert noch ängstlich, eher so, als wollte sie es nur nebenbei erwähnt haben. Isai erschrak über die Banalität, mit der Naima diese Worte aussprach.

"Was?", fragte er sie entsetzt.

"Der Beutel", sagte Naima und hob die Schultern, „die Seele einer sterbenden Frau, hat der Engel gesagt. Toni war totunglücklich..."

Isai überlegte kurz ob er Naima erklären sollte, dass man, wenn man totunglücklich war, nicht zwangsläufig auch sterben musste.

Doch er verwarf es. Es war unsinnig zu glauben, dass Antonia die einzige kranke Frau in Italien sein konnte, aber jetzt da Naima es aussprach, erinnerte Isai sich auf dem kleinen Beutel in Jesus´ Hand "Antonia" gelesen zu haben. Er wusste nicht, warum er das für einen Moment verdrängt hatte, aber ja - Antonia war tot. Isai nickte.

"Ja", sagte er, "ja, vielleicht hast du recht."

"Mh... ich hab´ es gewusst. Deshalb habt ihr mich mitgenommen...", sie sah ihn aus ihren großen, grünen Augen an.

"Nein, nicht deshalb. Wir haben es nicht gewusst."

"Bin ich ein schlechter Mensch, weil ich nicht weinen muss?"

"Nein", Isai drückte die Kleine kurz an sich, "du musst nicht weinen, Naima. Das ist in Ordnung."

"Sie wollte es so", sagte Naima, "weißt du, sie hat immer nur geweint und wollte gar nicht mehr hier sein. Ist doch gut, wenn sie da ist, wo es ihr besser geht und ein anderer für sie leben darf, oder?"

Isai hatte das Mädchen unterschätzt. Naima wusste wohl mehr über den Tod, als mancher Erwachsener. Hatte Antonia das Leben am Ende wirklich so wenig zu schätzen gewusst? Wahrscheinlich hatte Naima recht. Isai hoffte auch, dass Naima richtig lag mit ihrer Theorie, dass nun eine andere Seele Antonias Platz auf der Erde einnehmen konnte. Eine noch sorgenfreie Seele, die das Leben genießen konnte.

Tapfere kleine Naima.

"Isai", sie flüsterte wieder und diesmal lief ihr doch eine kleine Träne die Wange hinunter, "wenn du wieder ein Engel bist und die

Toten besuchen gehst, kannst du dann Toni sagen, dass ich sie lieb habe?"

"Natürlich", versprach er und wischte ihr die Träne aus dem Gesicht. Sie lächelte. Isai selbst war zum Heulen zu Mute, aber die kleine Naima lächelte. Starke Naima. Sie gab ihm einen Kuss auf die Wange und strahlte ihn an, dass er für einen Moment dachte, auch sie würde ein Lichtschein umgeben. Und wie sie ihn so ansah, aus ihren leuchtend grünen Augen heraus, dachte er, dass er sie schon einmal irgendwo gesehen hatte. Vor langer Zeit. Als wäre sie ihm eine Vertraute.

Es war wieder einmal sehr heiß. Der Himmel war hellblau, und die Sonne brannte wie Feuer auf der Haut. Sie waren seit einigen Tagen in Pisa. Ivy hatte sich durch die Hotels gefragt auf der Suche nach ihrem Vater, doch bisherwar ihre Mühe ergebnislos geblieben.

Nun standen sie vor einer schmutzigen kleinen Absteige, kein richtiges Hotel, sondern eher eine Art Herberge. Dem Anschein nach wurden hier Zimmer an Touristen vermietet, die nicht besonders viel Geld hatten. Ivy konnte sich nicht vorstellen, dass ihr Vater hier wirklich untergekommen war, da ihre Eltern immer viel Geld besessen hatten. Es passte nicht zu den Goodales, aber nachfragen wollte sie dennoch.

Sie trat ein in den kleinen, dunklen Raum, der als Empfangszimmer diente. Isai und Naima warteten draußen. Nur Monster hatte mit ihr kommen dürfen. Er würde sie ein wenig trösten, falls sie wieder einmal enttäuscht werden sollte. Ivy drückte auf die schmierige Klingel auf dem Tresen, und eine Frau mit zotteliger, roter Mähne und einer Zigarette im Mund kam aus einer Hintertür. Sie trug ein Shirt ohne Ärmel, und man sah die zahlreichen Tätowierungen, die ihre Oberarme zierten. Trotz ein paar Falten und ihrem widerspenstigen Haar, dass sie mühevoll zu einem Zopf zusammengeflochten hatte, sah sie doch hübsch aus.

"Na, Mädchen. Was kann die alte Enrica für dich tun?", fragte sie mit einem freundlichen Lächeln im Gesicht. Auch wenn Enrica von sich behauptete alt zu sein, war sie bestimmt nicht älter fünfzig Jahre, dachte Ivy.

"Ich suche meinen Vater", sagte sie.

"Wer ist denn dein Vater, Liebes?"

"Samuel Goodale."

Enrica blätterte in einem großen Buch, das vor ihr auf dem Tresen lag und drückte ihre Zigarette in einem überquellenden Aschenbecher aus.

"Hm...", machte sie ein paar Mal und kratzte sich nachdenklich an der Nase. Gespannt, aber insgeheim doch ohne Hoffnung, sah Ivy ihr dabei zu. Monster streckte neugierig seinen Kopf über Ivys Schulter, und Enrica sah auf.

"Na, wer bist du denn?", die Frau streckte dem schnurrbärtigen Affen die Hand entgegen. Ohne zu zögern sprang er auf ihren Arm und versteckte sich in Enricas zerzaustem Haar. Ivy staunte über die Zutraulichkeit des Affen, doch Monster hatte sich selten in einem Menschen geirrt. Enrica musste ein gutes Herz haben.

„Das ist Monster", stellte Ivy ihren Begleiter vor.

„Hallo Monster", Enrica strich dem Affen übers Fell, „du bist aber ein schönes Tier." Monster keckerte zustimmend. „Entschuldige", fuhr die lächelnde Frau dann an Ivy gewandt fort und beugte sich wieder über das Buch, „Samuel Goodale... Moment..." Sie blätterte eine Seite um und ließ den Finger übers Papier gleiten. "Hier", sagte sie schließlich mit rauer Stimme ,und Ivy sog scharf die Luft zwischen den Zähnen ein. Konnte sie denn diesmal wirklich Glück haben?

"Samuel Goodale, Zimmer 689 - Hier die Treppe rauf, den Gang bis zum Ende durch und dann das letzte Zimmer auf der rechten Seite."

"Ist er wirklich hier?", jetzt da sie ihrem Vater so nah war, bekam Ivy es mit der Angst zu tun. Ihr Herz raste und ihr wurde sogar ein wenig schwindelig, "vielleicht ist er ja... unterwegs?" Oder vielleicht ist es gar nicht mein Vater, sicherlich ist er nicht der einzige Mann, der den Namen Samuel Goodale trägt, setzte Ivy in Gedanken hinzu.

"Nein, er ist heute noch nicht rausgegangen."

"Okay, danke... dann gehe ich mal nachsehen", Ivy schritt auf die schmalen Stufen zu, auf die Enrica gedeutet hatte. Sie sagte noch irgendetwas, das Ivy nicht verstand. Sie hörte das Blut in ihren Ohren rauschen und das laute Pochen ihres Herzens, sonst nichts. Beinahe hätte Ivy Monster bei der Aufregung vergessen, doch als sie sich umdrehte, um ihn zu rufen, sah sie, dass Enrica sich leise lachend mit ihm kabbelte. Monster hatte ihr die Zigarette weggenommen, die sie sich gerade hatte anstecken wollen. Ivy musste lachen.

"Kann ich ihn kurz bei dir lassen?", fragte sie und ahnte, dass Enrica sich darüber freuen würde.

"Ja, klar", sagte die zottelige Empfangsdame ohne aufzublicken, und Ivy trat vorsichtig und mit immer noch laut klopfendem Herzen die knarrenden Stufen hinauf.

Der dunkle Korridor war nicht mehr als ein schmaler Gang, der mit kahlen Glühbirnen beleuchtet wurde. Ein bisschen fühlte Ivy sich an Gepettos kahles Kämmerchen erinnert, das er eine Wohnung nannte, und ihre Brust füllte sich mit Wärme, bei dem Gedanken an ihren alten Freund.

Ivy fiel auf, dass die Zimmer nicht richtig nummeriert waren, die 1 lag neben der 34 und daneben lag Zimmer 111. Ein leises Lächeln stahl sich auf Ivys Lippen. Enrica gefiel ihr. Die Absteige war zwar schmutzig, aber mit der rothaarigen Frau hatte sie dennoch Charme.

Dann stand Ivy vor dem Zimmer mit der Nummer 689. Sie atmete tief durch und hob die Faust. Sollte sie anklopfen? Ihr Herz hämmerte jetzt so laut gegen ihre Rippen, dass sie dachte, ihr Vater müsste es drin im Zimmer hören. Durch das Fenster am anderen Ende des Korridors konnte sie unten auf der Straße jemanden husten hören. Naima. Die Kleine hustete viel die letzten Tage. Ivy dachte daran, später mit ihr zu einem Arzt zu gehen.

"Komm schon", sagte sie zu sich selbst, "klopf an!" Und dann tat sie es.

Eine dunkle Stimme rief von innen "Herein" und Ivy öffnete die Tür. Da saß er - auf einem kleinen Bett und guckte auf ein winziges Fernsehgerät, das auf der einen Seite des Zimmers auf einer Kommode stand.

"Bitte schließen Sie die Tür", grunzte Samuel, ohne auch nur einmal aufzusehen.

Ivy schloss die Tür. Schweigen. Nur das Rotieren des staubbedeckten Ventilators an der Decke war zu hören und die leise Stimme des Nachrichtensprechers aus dem Fernseher. Ivy räusperte sich, und endlich sah Samuel auf. Er riss ungläubig die Augen auf.

"Ivy?", plötzlich saß er kerzengerade auf der Bettkante.

Sie nickte, und ihr lief eine Träne übers Gesicht. Ihr Vater stand auf, kam auf sie zu und schloss sie in seine Arme. Wie lange und wie sehr hatte Ivy sich das gewünscht. Wie viele Jahre hatte sie gehofft, dass er sie einmal in den Arm nehmen würde, nur ein einziges Mal.

Doch jetzt, da er es endlich tat, fühlte sie sich nicht wohl dabei. Sie war froh, als er sie wieder losließ.

"Wo hast du bloß gesteckt?", Samuel stand vor ihr und hielt ihre Hände. Er sah besorgt aus. Besorgt, verwundert und verärgert. Er sah noch genau so aus wie Ivy ihn in Erinnerung hatte. Wenigstens beinahe. Er war alt geworden. Sehr alt. Sein Gesicht war faltig und sein sonst so gut gepflegtes schwarzes Haar war zerzaust und wurde allmählich grau. Ivy erschrak, als sie ihn genauer betrachtete. Er hatte abgenommen. Er war immer schlank gewesen ,aber jetzt... Er wirkte ausgemergelt und schwach.

"Es tut mir so leid", sagte Ivy. Samuel ließ ihre Hände los.

"Es tut dir leid?" Seine Augen begannen verdächtig zu glänzen. „Es tut dir leid? *Es tut dir leid?*", er schrie beinahe, "kannst du dir vorstellen, was für Sorgen wir uns gemacht haben? Ich und deine Mutter?"

Hatten sie das? Hatten sie sich wirklich gesorgt? Warum hatte er dann erst jetzt nach ihr gesucht? Jetzt, da sie erwachsen war?

"Das Kind weg, ohne auch nur eine Nachricht zu hinterlassen. Deine Mutter ist beinahe verrückt geworden vor Kummer. Die Presse hat sich das Maul über uns zerrissen." Sein Gesicht verzog sich zu einer wütenden Grimasse. „Samuel und Rachel Goodale, das erfolgreichste Standardpaar dieser Zeit - Rabeneltern", er wandte sich von ihr ab und fuhr sich durch das immer dünner werdende Haar.

„Das war es also?", Ivys Tränen liefen nun unaufhaltsam über ihre Wangen. „Rachel ist nicht verrückt geworden, weil sie sich um mich gesorgt, sondern weil die Klatschpresse schlecht über sie geschrieben hat?" Einen kurzen Moment standen sie sich gegenüber und starrten sich, über einen riesigen Scherbenhaufen hinweg, ungläubig an. Vorwürfe lagen in der Luft und zweierlei Enttäuschungen.

"Warum habt ihr nie nach mir gesucht?" Ivys Kinn zitterte. Ihr Vater wandte den Blick ab bevor er antwortete. "Wir mussten mit Bedauern feststellen, dass schlechte Schlagzeilen nicht unbedingt auch schlechte Werbung sind. Wir wurden zu mehr Veranstaltungen eingeladen, als jemals zuvor." Bedauern zeigte sich auf seinem Gesicht, als er seine Tochter wieder ansah. „Du musst verstehen, Ivy, es ging um unsere Existenz. Und da wir annahmen, dass du freiwillig abgehauen warst...", Samuel zuckte die Achseln.

„Wie konntet ihr euch da sicher sein?"

„Es kam schließlich nie ein Anruf mit einer Lösegeldforderung oder ein Erpresserbrief aus Zeitungsschnipseln", er lachte – schüttelte den Kopf. „Nun ja. Wir scheinen ja recht gehabt zu haben. Und jetzt habe ich dich ja endlich wieder." Samuel sagte dies ohne den leisteten Anflug von Reue.

In Ivys Brust regte sich etwas. "Es ging um eure Existenz? Ihr hattet mehr Geld als halb Britannien zusammen, und du willst mir erzählen, es ging um eure Existenz?" Ihre Hände zitterten. Sie wollte ihn schlagen, ihm die Schmerzen zufügen, die sie selbst fühlte. Sie wollte ihn anschreien, ihm sagen wie sehr er ihr weh tat, ihm sagen wie sehr sie ihn hasste, und wie sehr sie ihn liebte.

"Ich habe nach dir suchen lassen, Ivy", Samuel sah sie an, als wäre sie es, die sich schämen und sich vor Schuldgefühlen winden sollte.

"Von einem Privatdetektiv", zischte Ivy durch zusammengekniffene Zähne hindurch.

"Ja, ich habe eine Menge Geld ausgegeben, um zu erfahren wie es dir geht."

"Wieso habt ihr nicht die Polizei nach mir suchen lassen?" Natürlich hatte Ivy genau davor immer Angst gehabt, dass die Polizei sie finden und zurückbringen würde, doch jetzt, da sie wusste, dass ihre Eltern es nie auch nur versucht hatten, tat es weh.

"Nein. Wozu auch? Schließlich bist du abgehauen und nicht entführt worden", er lachte ein zweites Mal, kurz und hochnäsig.

"Wie konntet ihr euch da so sicher sein?", Ivys Stimme bebte, sie versuchte sich zusammenzureißen. Doch ihre Tränen konnte sie nicht zurückhalten. Samuel zuckte nur mit den Schultern. Ivy sah ihn flehend an "Papa, ich...", setzte sie an, doch er unterbrach sie.

"Jetzt komm mir nicht mit *Papa*", er drehte sich wieder weg, damit er sie nicht ansehen musste. Diesmal konnte Ivy nicht anders, sie explodierte.

"Es war euch doch immer egal was mit mir ist", schrie sie ihren Vater an, "es ging euch immer nur um das Geld und um eure

Karriere. Ich wollte dir eine zweite Chance geben, aber ich glaube es ist dir egal. Genauso wie ich dir immer egal gewesen bin."

"Ich? Eine zweite Chance? Du bist diejenige, die um eine zweite Chance bitten sollte. Wir haben immer viel Geld in dich investiert, und du läufst einfach weg und wirfst alles hin", entgegnete Samuel arrogant.

"Das war ich also für euch?", Ivy sagte dies leise, es war beinahe ein Flüstern, "du meinst ich habe euer Geld verschwendet? Nur weil ich anders werden wollte als du oder Mama?"

"Sag nicht Mama zu ihr. Du hast sie enttäuscht. Als du weggegangen bist, wollte sie nichts mehr von dir wissen. Sie hat dich gehasst", Samuel sagte dies mit Verachtung in jedem Wort.

"Ach ja?", Ivy rang nach Luft,"Ich habe sie auch gehasst." *Jetzt nicht wieder weinen Ivy, nicht jetzt.*

"Rede nicht so über deine tote Mutter", Samuel Goodale schrie so laut, das etwas Putz von der Decke rieselte.

"Oh doch, das tue ich. Ich war doch nie mehr für euch als ein Projekt. Ich wette, dass du mich nur gesucht hast, weil es eine gute Schlagzeile geben könnte, wenn nach dem Tod deiner Frau das verschwundene Kind plötzlich wieder zu ihrem liebenden Vater zurückkehren würde." Ivy lachte verächtlich. Sie hatte "deine Frau" gesagt, nicht "meine Mutter", und sie fühlte sich trotz allem schlecht dabei. Natürlich hatte sie sie nicht gehasst. Natürlich nicht. Sie war doch ihre Mutter. Jedes Kind liebte seine Mutter, oder nicht? Doch die Erkenntnis, dass sie recht behalten sollte, über das, was sie über ihre Eltern gedacht hatte, traf sie wie ein Schlag ins Gesicht. Die Geschichten der alten Hanna hatten nie so geendet.

Samuel jedoch machte keine Anstalten zu widersprechen, und Ivy wurde in ihrer Aussage nur bestätigt. Es gab kein *Happy End*. Sie fing trotz aller Beherrschung wieder an zu weinen. Sie wusste, dass sie recht hatte mit dem was sie gesagt hatte.

"Du widerst mich an", wieder flüsterte sie, jedoch nur damit die Stimme ihr nicht brach, "ich werde jetzt gehen."

"Nicht nötig", Samuel drehte sich weg, warf seine Sachen in eine Tasche und trat mit wütenden Schritten zur Tür, "ich werde gehen." Er riss die Tür auf, dass es sie fast aus den Angeln hob.

Er sah sie kurz an – ein Blick der alles sagen mochte, nur nicht 'ich hab dich lieb'. Zum Abschied sagte er nur: "Ivy."

"Mr. Goodale", war Ivys Erwiderung.

Und die Tür viel hinter ihrem Vater mit einem lauten Knall ins Schloss. Wie gelähmt stand Ivy da. Sie konnte selbst nicht sagen wie lange, doch dann ließen ihre Knie nach und sie brach unter ihrem eigenen Gewicht zusammen.

In den Armen eines Engels

Isai war das Warten leid gewesen und so war auch er, zusammen mit Naima in die kleine Unterkunft getreten und hatte nach Ivy gefragt. In genau diesem Moment war ein vor Wut schnaubender Mann die Treppenstufen heruntergepoltert, hatte Enrica die Zimmerschlüssel auf den Tresen geworfen und war durch die Eingangstür nach draußen auf die Straße verschwunden.

"Sie wollte zu diesem Mann", hatte Enrica, mit zur Tür erhobenem Zeigefinger, zur Antwort auf Isais Fragen erwidert und war noch vor ihm die schmalen Stufen hinauf gestolpert. In Zimmer 689 angekommen hatte sie Ivy schluchzend auf dem staubigen Teppich vorgefunden. Sie war auf das Mädchen zugestürzt und hatte es in die Arme geschlossen. Monster hatte immer noch auf Enricas Schulter gesessen.

Doch all das war nun einige Tage her. Isai, Ivy und Naima wohnten noch immer bei Enrica. Ivy sang auf dem Platz vor Pisas schiefem Turm, sie wollte genug Geld zusammen haben, bis sie wieder aufbrechen würden. Naima und Isai begleiteten sie. Naima war begeistert von dem Turm, der aussah, als hätte sich ein Riese daran den Fuß gestoßen.

Enrica hatte einen Arzt für das Mädchen gerufen, doch ihre Erkältung wurde mit jedem Tag schlimmer. Selbst die Medikamente, die der Arzt ihr gegeben hatte, brachten keine

Linderung. Ivy plagte das Gewissen, jedes Mal wenn Naima mit schmerzverzerrtem Gesicht zu husten begann. Schließlich war es ihre Schuld, dass die Kleine hatte auf der Straße schlafen müssen. Doch Enrica versuchte Ivy zu beruhigen, wenn sie ihren bedauernden und schuldbewussten Blick sah.

Ivy und Enrica verstanden sich gut. Sehr gut sogar. Und auch Monster schien Enrica fast genauso gern zuhaben wie Ivy. Enrica half Ivy über den Schmerz hinweg, der in ihrer Brust nistete, seit sie ihrem Vater gegenüber gestanden hatte. Und im Gegensatz zu Isai, nahm Enrica Ivy in den Arm.

In dieser Nacht, der Himmel lag klar aber dunkel über Pisa, verschlimmerte sich Naimas Zustand. Die Kleine bekam Fieber und weinte, da sie vor Schmerzen nicht schlafen konnte. Ruhig war es draußen, windstill und schon fast etwas zu leise für Italien. Ivy hatte den ganzen Abend mit Enrica zusammengesessen. Sie lachten und redeten über dieses und jenes. Sie hatten Mühe sich wieder zu beruhigen, wenn Enrica sich wieder einmal eine Zigarette anstecken wollte, aber Monster sie ihr aus dem Mund klaute und zerbröselte. Ein schöner Abend – unbeschwert und leicht.

Dann, als eine Kirchenuhr draußen Mitternacht schlug, rief Isai nach Ivy. Er hatte bei Naima gesessen und ihr Geschichten erzählt, um sie von dem Fieber abzulenken.

Nur wenige Sekunden nachdem er gerufen hatte, stand Ivy auch schon im Türrahmen. Naima murmelte etwas vor sich hin, was sie nicht verstehen konnte.

"Geht es ihr gut?", fragte sie besorgt und kam schnell näher ans

Bett heran.

Naima sah nicht gut aus. Sie war blass und der Schweiß saß ihr eiskalt auf der Stirn. Ivy kniete sich neben Isai. "Was sollen wir bloß tun?", Ivy war wieder den Tränen nah.

"Ich weiß es nicht", sagte Isai, "wir können nichts tun als abwarten."

Ja, er hatte recht. Der Arzt war diesen Abend schon dreimal dagewesen und hatte nach dem Mädchen geschaut, hatte ihr Medizin gegeben und Fieber gemessen, aber auch er hatte gesagt, dass kein Arzt noch etwas für sie tun könnte. Sie sollten einfach abwarten. Es war nur eine gewöhnliche Grippe, in ein paar Tagen würde es ihr schon besser gehen. Ivy hatte dennoch Angst um sie.

Den Rest der Nacht saß Ivy an Naimas Bett, hielt ihre Hand und strich ihr über die Wangen. Isai und Enrica guckten stündlich nach ihr und auch Monster lag mal eine Stunde unter Ivys und eine Stunde unter Enricas Haar.

Als es dämmerte und die Sonne mit ihren heißen Strahlen das Dunkel der Nacht fraß, regte sich Naima zum ersten Mal seit einigen Stunden wieder. Ivy war neben ihrem Bett sitzend eingeschlafen, und nur Isai, der am Fenster stand, sah was mit Naima geschah. Die Kleine sagte nichts, sie sah ihn nur aus ihren großen, grünen Augen an, die Isai so vertraut waren. Er konnte ihr ansehen, dass ihr Herz in einem falschen Rhythmus schlug. Er wusste, dass das, was jetzt passierte nicht sein durfte. Mit zwei Schritten kam er auf sie zu, er setzte sich auf die Bettkante.

"Naima! Nein!", flüsterte er. Doch Naima lächelte ihn nur schwach an. Er legte seine Hand auf ihre Brust, versuchte die Geister zu vertreiben, die in ihr erwachten und das kleine Herz aus dem Takt brachten. Er hatte doch gesehen, wie man es tat. Warum gelang es ihm nicht? Warum? Isai begann zu schluchzen. Er flehte Raphael an ihm seine Flügel wieder zurückzugeben, er wollte kein Mensch mehr sein. Er wollte ein Engel sein und Naima retten. Isai schrie beinahe, er flehte, er hörte Naimas Herz, er wollte ihr helfen. Sie konnte nicht sterben! Nicht jetzt!

Ivy wurde wach durch sein herzzerreißendes Schluchzen, und auch sie begann sofort zu weinen. Sie sah, auch ohne dass es ihr jemand sagte, dass Naima im Sterben lag. Ivy sprang auf, sie rief nach Enrica, sie sollte einen Arzt rufen, doch es war zu spät.

Naima hob langsam ihren Arm : "Guck mal, Isai", sagte sie mit schwacher Stimme, "da ist noch ein Engel." Und dann schloss Naima ein letztes Mal ihre grünen Augen.

Das einzige was Isai sah, war ein Schimmern und ein kleiner Beutel auf dem *Naima* geschrieben stand.

Ivy fiel in ein tiefes Loch. Es ging alles so schnell, dass sie es erst gar nicht begreifen konnte. Sie hielt den Körper von Naima in den Armen und weinte.

"Warum?", fragte sie immer wieder. Enrica und Isai versuchten sie zu beruhigen, doch sie hörte die Worte nicht, die sie zu ihr sagten. Sie weinte und weinte bis die Sonne hoch am Himmel stand, wog Naimas leblosen, immer kälter und kälter werdenden kleinen Körper und starrte ins Nichts.

Irgendwann begann sie leise vor sich hin zu singen. Isai kannte dieses Lied, doch aus Ivys Mund hörte es sich fremd und doch tausendmal schöner an.

Auch wenn er zuhörte und sich noch so sehr zwang ihre Worte zu verstehen, verstand er kein einziges. Er hörte nur ihre Stimme, die so von Trauer erfüllt war und immer wieder unkontrolliert zu zittern begann. Dennoch klang sie unbeschreiblich schön.

Das Lied war nicht traurig. Nicht die Worte, die Ivy sang, doch ihre Stimme war es.

Isai weinte. Ja, er weinte immer noch. Die Tränen liefen ihm still über die Wangen. Er hatte Naima so lieb gewonnen. *Lieb gewonnen*, wie sich das anhörte. Nein, es war mehr als das. Er vergas fast, dass er da war, anwesend, hier in diesem Zimmer. Vergaß, dass er einen Körper besaß, den man fassen konnte. Er lauschte. Er lauschte Ivys Stimme, die ihren Schmerz zum Fenster heraus trug und sie nichts fühlen ließ. Nichts. Nichts.

Sie sang davon, dass sie nicht mehr hören wollte, nicht mehr sehen, nicht mehr fühlen. Jemand sollte sie von ihrem Schmerz erlösen. Wie sie diese Worte über ihre Lippen brachte. Es klang wie ein Flehen. Wie ein Schrei, der von jedem gehört werden sollte.

Wie schwer sie sich fühlte. Der Schmerz sickerte durch jede Vene ihres Körpers und ließ sie schwer werden. Schwerer und schwerer. Dabei wollte sie doch schweben. Sie wollte leicht sein und davon fliegen, weit, weit weg. Jedenfalls war es das, was ihre Stimme sagte.

Sie schien Naima Mut machen zu wollen. Sie wollte ihr sagen, dass sie keine Angst haben brauchte, auch wenn Ivy selbst längst von ihr zerfressen wurde. Das Zimmer schien erfüllt von Traurigkeit. Selbst Monster saß einfach nur da. Mit starrem Blick, starr wie Naima.

"Jemand nimmt dich an die Hand", sang Ivy, "jemand, der dich versteht und deinen weiten Weg mit dir zusammen geht."

Ob wohl ein Engel gemeint war? Als Isai sich dies fragte, bemerkte er nicht, dass die Stimme verstummte. Stille. Nichts als Stille, die einem auf die Ohren drückt und einen zu ersticken droht.

Dann stand Ivy plötzlich auf. Sie rannte aus dem Zimmer. Isai lief ihr nach. Er hielt sie am Arm. So fest, dass er ihr weh tat. Er wollte sie nur trösten, aber ohne, dass er etwas sagte, begann sie ihn anzuschreien.

"Du hast es gewusst nicht wahr?", sie riss sich los, ihre Augen brannten, "Du hast es gewusst! Wer bist du? Woher kommst du? Sie ist wegen dir gestorben! Es ist deine Schuld!" Sie riss sich los. Sie wollte ihn schlagen. Heiße Wut floss so schnell durch ihre Adern, dass die Kälte, die eben noch in ihnen trieb, fast vergessen war. Sie wusste, dass er keine Schuld hatte, ja, das wusste sie. Doch in diesem Moment war es ihr egal. Sie wollte es einfach glauben. Mit Fäusten schlug sie auf Isai ein. Sie schlug gegen seine Brust, immer und immer wieder, und Isai... Isai ließ sie zuschlagen, immer und immer wieder. Das machte Ivy nur noch wütender. Sie wollte, dass er etwas sagte, wollte das er sie in den Arm nahm. Nur einmal. Doch er stand nur da. Er sah sie an mit Tränen im Gesicht und blutunterlaufenden Augen.

"Warum?", schrie sie immer und immer wieder ,"erklär es mir!"

Doch er schwieg.

Erklärungen

Erst als sich Ivy wieder beruhigt hatte, starr da saß, in eine Decke gehüllt und Enrica ihr eine Tasse Tee gebracht hatte, setzte Isai sich zu ihr und brach sein Schweigen. Monster saß mit unter der Decke und nur sein Kopf guckte mit wachsamen Augen hervor, um auf Ivy aufzupassen. Enrica verschwand rücksichtsvoll in der Küche.

Isai setzte sich auf einen Stuhl neben dem mottenzerfressenen Sofa, auf dem Ivy saß, und begann zu erzählen, ohne dass Ivy verstand warum er es plötzlich tat.

"Du hast mich, gefragt wer ich bin", sagte er ohne sie anzusehen und ohne eine Antwort abzuwarten redete er weiter, "du weißt ich bin Isai, aber ich bin nicht der, für den du mich hältst."
Für wen hielt sie ihn denn? Sie wusste doch selbst nicht was sie von ihm halten sollte, sie wusste nicht wer er war oder was er war, und so sehr sie sich die letzten Wochen bemüht hatte, darauf eine Antwort zu finden, war es ihr in diesem Moment völlig gleichgültig.

"So unglaubhaft das jetzt klingt, und vielleicht hältst du mich für verrückt, aber ich bin... ", er begann zu stottern, "ich bin... ich bin ein Engel!"
Ivy sah ihn nicht an, doch ihr Herz schien, das erste Mal, seit Naima gegangen war, wieder zu schlagen.

"Ich weiß das klingt alles merkwürdig und vielleicht hätte ich dir schon längst davon erzählen sollen, aber bitte Ivy, du musst mir glauben", er suchte ihren Blick. Diesmal war sie es, die es vermied ihn anzusehen.

"Es gibt sie also wirklich?", wieder rann Ivy eine Träne über die Wange.

"Ja", Isai nickte, er beugte sich vor, versuchte ihr in die Augen zusehen, doch sie beachtete ihn nicht. Wie weh sie ihm damit tat. Hatte sie das Selbe empfunden, wenn er sie nicht angesehen hatte?

"Es tut mir so leid, dass ich es dir nicht gesagt habe", er setzte sich neben sie auf das Sofa, "aber bitte glaub mir."

"Ich glaube dir", sagte Ivy leise und eine heiße Träne nach der anderen quoll aus ihren schönen, grünen Augen. "Ich wusste es! Ich habe es immer gewusst!", ihre Stimme wurde mit jedem Wort lauter und ihre Hände begannen zu zittern, "Du warst bei mir nicht wahr? Damals. Du bist bei mir gewesen, richtig?" Isai nickte. "Erzähl mir alles", sie sah ihn an, endlich, "alles was ich wissen muss, alles."

Und sie legte ihren Kopf in seinen Schoß, Monster sprang laut schimpfend davon, doch es kümmerte sie nicht. Ivy schloss die Augen und lauschte Isais Stimme.

"Du hast recht", begann er und strich ihr vorsichtig mit zwei Fingern über das braune Haar, "ich war bei dir. Damals. Du wärst beinahe gestorben. Du warst damals noch so klein, noch ein Baby. Ich habe auf dich aufgepasst. Danach war ich so oft bei dir, weil ich mich gesorgt habe. Als du älter warst... Du warst so traurig. Ich habe dir so oft zugesehen, wenn du mit deinen Puppen gespielt hast. Wenn du im Saal gestanden hast, auf Schuhen mit Absätzen.

Wie alt warst du als du deine ersten Absätze bekommen hast? Sechs?" Isai schüttelte den Kopf. „Wirklich glücklich hast du nur dann ausgesehen, wenn Hanna dir vorgelesen hat. Du hast auf ihrem Schoß gesessen oder neben ihr. Dann habe ich dich besonders gern beobachtet. Du hattest immer dieses Glitzern in den Augen, wenn du Hanna zugehört hast. Du hast die fernen Welten vor dir gesehen, von denen sie erzählte, das wusste ich." Isai und Ivy lächelten beide in wehmütiger Erinnerung. Ein Band, gesponnen aus Vergangenheit und Nostalgie verband sie für diesen Moment.

„Ich konnte dich einfach nicht alleine lassen... Ich hätte dir deine Traurigkeit so gern genommen, dir gezeigt wie schön das Leben sein kann. Du hast mir so viel bedeutet."

Glitzerte da eine Träne in Isais Augen?

"Ich weiß nicht ob es Zufall war, dass du mich gefunden hast, aber ich weiß, dass es kein Zufall gewesen sein kann, dass du einfach so mit mir mitgekommen bist. Du hast mich damals nie sehen können, weil ein Mensch einen Engel nicht sehen kann,"

oh doch, Naima konnte es,

setzte er in Gedanken hinzu, doch er sprach es nicht aus, "nur jetzt bin ich hier, als Mensch. Man hat mir meine Flügel genommen, weil ich... weil ich irgendetwas tun soll, von dem ich keine Ahnung habe was es ist... Ich habe immer auf diesen Moment gewartet, auf meine Prüfung, aber jetzt, da es soweit ist, weiß ich nicht was zu tun ist... und ich habe es auch nie gewusst. Es tut mir leid, dass ich dich da mit reingezogen habe." Eine kurze Pause entstand als beide schwiegen. Dann sagte Isai: „Aber ich bin froh, dass du bei mir bist."

"Naima wurde geholt oder?", sprach Ivy und ihre Stimme versagte beinahe, "von einem von euch? Warum?" Sie begann am ganzen Leib zu zittern, Isai fühlte es. Sie tat ihm so leid. "Ja", sagte er, "Ja, ich denke schon."

"Warum?"

"Jemand hat mir mal gesagt, dass jeder Tod seinen Grund hat."

"Und welcher war es? Warum musste sie sterben? Warum?" ,Ivy fühlte sich so leer. So leer, als wäre sie schwerelos.

"Ich weiß es nicht." Schuld nagte an Isai. Er konnte selbst nicht sagen warum, aber er fühlte sich schuldig an Naimas Tod, nur weil er ihr nicht hatte helfen können. Nicht so, wie Jesus es bei Ivy damals getan hatte.

Während Ivy so da lag und ihm schluchzend ihre Nägel ins Bein bohrte, wurde der Schmerz den Isai über das schlechte Gewissen fühlte, beinahe körperlich. Es breitete sich in ihm aus, wie dunkler Rauch und er konnte es nicht aufhalten. *Er* hatte sie da hinein gezogen. Sie war wegen *ihm* mitgekommen. Um ihm zu helfen. Wegen *ihm* hatte Naima auf der Straße schlafen müssen und wegen *ihm* war sie krank geworden und gestorben. Wegen *ihm* litt Ivy. Nur wegen ihm. Es war alles seine Schuld. Vielleicht war er schon immer unfähig gewesen als Engel. Er hatte damals einfach schon zu sehr an Ivy gehangen. Er hätte sie nicht um Hilfe bitten dürfen. Das hätte er nicht tun sollen. Es war alles seine Schuld, einfach alles.

Die Macht der Engel

Jesus betrachtete den kleinen Engel, der vor ihm saß und sich staunend über das Gefieder strich. Strahlend weiße Federn, so weich und zart. Sie hatte ihn noch nicht bemerkt, war noch zu fasziniert von dem, was ihr gerade widerfahren war. - Sie war gestorben.

„Hallo Naima", sprach er sie schließlich an und beugte sich zu ihr hinunter. Das Mädchen sah auf, schaute ihn entgeistert an. Dann klärte sich ihr Blick, als sie Jesus erkannte.

„Du bist Isais Freund", sagte sie. Jesus nickte und streckte die Hand nach Naima aus.

„Komm mit mir, Naima, ich muss dir eine Geschichte erzählen." Naima stand auf, ergriff Jesus´ Hand und ließ sich von ihm aus dem Zimmer führen, in dem sie gesessen hatte und von dem sie nicht wusste, wie sie hinein gekommen war.

Sie traten auf einen Korridor, an dessen Seiten in regelmäßigen Abständen Engelsskulpturen standen und riesige Kerzen brannten.

Sie blieben vor einer der Statuen stehen. Einem Engel, hoch gewachsen und schlank - beinahe hager, das Haar schulterlang und das Gesicht schmal und spitz.

„Wer ist das?", fragte Naima.

„Das, Naima, ist Erzengel Michael", gab Jesus ihr zur Antwort und Naima zog scharf die Luft zwischen den Zähnen ein. Sie kannte die Geschichten. Die aus der Bibel, die über Engel und Teufel, über gute und schlechte Menschen.

„Ist er tot?", fragte Naima weiter und Jesus ging in die Knie, damit er dem Mädchen in die Augen sehen konnte.

„Dieser Michael ist tot", sagte er, „und dennoch lebt er noch. Ich möchte dir seine Geschichte erzählen, Naima. Würdest du sie gern hören?"

Naima nickte und der Engel erzählte.

„Es war in einem Jahr, von dem niemand mehr weiß, welches es genau war. Es liegt schon zu lange zurück. Länger als je ein Mensch oder gar so mancher Engel zu denken vermag. Raphael regierte zusammen mit den Erzengeln Gabriel Makon und Michael Araboth die Stadt in den Wolken...", er machte eine weite Bewegung mit dem Arm, die den Marmorpalast einschliessen sollte, „...und das Leben auf der Erde. Sie versuchten das Leben zu erhalten, wie es einmal gedacht war von Menschen gelebt zu werden."

„Was meinst du damit?", unterbrach ihn der kleine Engel, „Wie war das Leben denn gedacht, gelebt zu werden?"

„Das Leben ist ein Geschenk, Naima. Was erwartet man denn von jemandem, dem man etwas schenkt?"

„Das er dankbar ist und sich freut?! Und gut mit dem Geschenkten umgeht", sagte das kleine Mädchen weise, und Jesus nickte. „So ist es. Doch leider sind nur wenige Menschen dankbar für das, was ihnen gegeben wurde", fuhr er fort. „Und obwohl jeder der Engel den Ehrgeiz hatte, ihren Aufgaben gerecht nachzukommen, gingen ihre Vorstellungen dessen immer weiter auseinander, eben weil ihnen keine Dankbarkeit entgegen gebracht wurde. So ist es leider. Dankbarkeit - sie ist eine Schuld. Jeder von uns hat sie, aber nur die Wenigsten, ich möchte gar behaupten, kaum einer, ist bereit sie abzutragen. Michael war peinlich genau darauf bedacht, die Menschen zu lehren, ihr Blut zu schätzen. Es ist ihr Lebenselixier und dennoch vergiessen sie das der anderen, als bedeute es ihnen nicht das Geringste. Gabriel, der Herr über Gefühle, Emotionen und das Unterbewusstsein war, versuchte den Menschen ihre Ängste zunehmen. Er versuchte ihre Gefühle zu leiten, sodass sie keinen Hass mehr verspüren sollten. Doch sie wurden immer eigensinniger und ängstlicher."

„Warum?", warf Naima eine erneute Frage ein und blickte ihn aus großen Augen an.

„Vielleicht lag es daran, dass einer von ihnen irgendwann aufhörte an das Gute im Menschen zu glauben." Jesus zuckte die Achseln. „Aber genau weiß das niemand."

„Du meinst, dass es die Schuld der Engel war, dass die Menschen sich zum Negativen änderten?", sagte das Mädchen und wusste nicht, woher ihr Verständnis für die gesprochenen Worte kam und die plötzliche Gabe, sich wie ein Erwachsener ausdrücken zu können.

„Nein, das glaube ich nicht", sagte Jesus, „doch ich weiß, dass sie selbst es glaubten und Raphael es auch heute noch tut. Aber zurück zur Geschichte: Michael war es leid für etwas einzutreten, das aussichtslos schien. Er gab es auf, für die Menschen zu kämpfen. Er hatte es satt ihnen zu helfen, immer und immer wieder und doch nichts dafür zu bekommen.

Die Zeiten in denen ein Mensch nichts fürchten brauchte, sollten nicht länger andauern. Wenn jemand aus seinem Handeln keine Konsequenzen ziehen muss, macht ihn das unberechenbar, mächtig. Und es ist wohl kein Geheimnis, dass Macht einen verändert. Ob man es nun will oder nicht. Menschen sind zu schwach um sich dem zu widersetzen. Seither hatten sie versucht die Menschen wieder auf den richtigen Weg zu bringen, doch gelang es ihnen nur bei wenigen. Und irgendwann hatte Michael es satt. Er tat, was man von ihm verlangte, doch tat er es ohne Herz. Raphael und Gabriel wussten zwar, dass etwas nicht stimmte, doch sie ahnten nicht, dass ihr Freund sie und das was sie taten, aufgegeben hatte. Sie dachten sie würden mit der Zeit schwächer werden und so beschlossen sie etwas zu erschaffen. Sie erschufen die *Macht der Engel*. Mit der Macht konnten sie verlorenen Seelen eine zweite Chance geben, ihnen erlauben, die Welt aus einer anderen Perspektive zu betrachten, um ihren Kurs zu ändern, wenn sie es denn wollten.

Raphael und Gabriel ahnten nicht, dass Michael wieder von neuem Ehrgeiz gepackt wurde, und bereits neue Pläne schmiedete, die den ihren zwar ähnlich waren, jedoch in eine gänzlich andere Richtung verliefen.

Als die Menschen mit ihren eigenen Gedanken nicht mehr zurecht kamen, in allem etwas Böses sahen und sich ihre Welt in schwarz und grau malten, war es für die Engel an der Zeit zu handeln. Die Menschen hatten vergessen, woran sie denken konnten um zu verstehen, verloren, woran sie sich klammern konnten, um Halt zubekommen. Sie lebten in Ungewissheit und die Angst davor machte sie verrückt.

Die Engel benutzten ihre Macht, um Licht zu säen. Jeder Mensch hatte fortan einen erneuten Versuch sein Leben zu leben um ein neues Ziel anzuvisieren.

Auch Michael tat dies. Er stellte die Weichen seines Lebens neu und auch die vieler auf Erden. Sein Herz wurde schwarz, schwarz wie das Blut, das ihm nun, da er den dunklen Weg gewählt hatte, so fremd durch die Venen rann. Ihm dürstete es nach Macht. Er allein wollte die Menschheit beherrschen und willkürlich töten und Leid erschaffen. Die Menschen würden schon noch sehen, was ihnen ihre Undankbarkeit, ihre Unfähigkeit zu sehen, was man für sie geleistet hatte, einbringen sollte.

Raphael und Gabriel wollten Michael bekehren, ihm helfen wieder klar zusehen, doch es misslang ihnen. Raphael nahm Michael seine Flügel, er wollte ihn nicht töten, doch seine Gutmütigkeit war ein Fehler. Michael tötete Gabriel und ist seither hinter der *Macht* her, um auch Raphael eines Tages umbringen und die Welt beherrschen, die zweiten Chancen verteilen zu können, wie er es für richtig hält. Er war der Anfang der Schatten. Er scharrte über die Zeit immer mehr Gefolgsleute um sich und ließ die Menschen töten und Dinge tun, die sie selbst sich nie zugetraut hätten. Sie lebten immer mehr im Nichts, mit der Leere in ihren Köpfen, die ihnen Dinge befiehlt, die sie sich selbst zerstören lässt.

Es gibt viele Geschichten über die *Schatten*, doch niemand weiß, was von dem, was man sich erzählt, erfunden ist und was der Wahrheit entspricht."

Italien, 17. Jahrhundert

Der Gedanke daran, dass sie ihn verraten hatte, nagte an seinem
Verstand. Woher hätte er auch wissen sollen, dass sie wegen ihm
gestorben war? Woher sollte er wissen, wenn auch kein anderer
es wusste, dass sie keinen Sinn mehr im Leben gesehen hatte,
weil sie gewusst hatte, dass sie niemals mit ihm zusammen sein
würde?

Enzo lebte viele Jahre allein. Er hasste die Menschen, die alle
gleich waren. Er hasste jeden einzelnen und er hasste sich selbst.
Vielleicht hasste er sich selbst von allen am meisten. Nein, am
meisten hasste er Sabina. Sabina, die ihn so geliebt hatte. Der
Hass zerfraß ihn von innen. Er nagte an seinen Eingeweiden, biss
ihm ins Herz, immer und immer wieder. Er schlug seine Fangzähne
in ihn hinein und saugte alles Gute aus ihm heraus.

Als Enzo es leid hatte - alles so leid hatte wie noch niemals zuvor,
und er sterben wollte - nur noch sterben wollte, da begann seine
Welt der Gleichgültigkeit zu weichen.

Wie es sich anfühlte? Er wusste es selbst nicht. Er wusste nur,
dass er nicht sterben konnte. Er wusste es von dem Moment an,
an dem er sich den Tod am meisten wünschte. Es gab
Geschichten über Menschen die starben, nur weil sie es wollten.

"Wenn man etwas wirklich will und wirklich daran glaubt, dann geht es in Erfüllung", hatte einmal jemand zu ihm gesagt. Jemand der ihm völlig egal war. Jemand, den er vergessen hatte, der ihm nichts bedeutete. Dass es Sabina gewesen war, die das zu ihm gesagt hatte, wusste er nicht mehr.

Es gab Menschen, deren Herzen einfach aufhörten zu schlagen, weil der Kopf es ihm befahl. Doch Enzo wusste, dass es bei ihm nichts nützen würde. Er erinnerte sich plötzlich an eine von Sabinas Geschichten, auch wenn er nicht mehr wusste, dass Sabina es war, die sie ihm erzählt hatte.

"Wenn der Kopf vergisst zu lieben, dann stirbt das Herz, aber der Mensch existiert weiter."

Die Jahre kamen ins Land und gingen wieder, sie rannten über die Welt hinweg, als wären es Minuten. Enzo lag einfach nur da. Vergraben vom Laub der Vergangenheit. Er stand erst wieder auf, als ihm etwas klar wurde: Das Herz in seiner Brust war kalt geworden, es war wie zu Eis erstarrt, es schlug leise, kaum merklich vor sich hin, wie eines, dass dem Tode so nah war, dass es drohte in dessen knorrige Arme zu fallen. Und Enzo wusste, wenn er auch nicht wusste woher, dass er unsterblich war. Er war mächtig wie kein anderer lebender Mann auf Erden. Er war der Auserwählte, dem die Welt gehörte. Und das erste Mal seit vielen, vielen Jahren bewegte er sich wieder. Enzo stand auf, klopfte sich den Staub der Jahre von seinen Kleidern, atmete den Geruch des Grabes ein, der ihn umgab, da er Jahr für Jahr dagelegen hatte, wie ein Toter. Und zum ersten Mal seit langer Zeit hob und senkte sich seine Brust, als er atmete. Er lebte. Er lebte als einziger Mensch auf Erden wirklich. Er allein wusste, was es hieß zu leben und er allein wusste, das Leben Macht bedeutete.

Ihm gehörte die Welt.

Enzo lebte mit den Menschen, die die Zeit mit sich brachten, tötete wahllos, nur um seine unendliche Macht zu spüren und tat anderen weh, nur zum Zeitvertreib. Er hasste; alles und jeden, auch sich selbst. Doch er lebte, er lebte nicht weil es ihm gefiel, sondern weil er es musste. Er lebte mit den anderen und spielte mit ihren Schicksalen, als wäre er Gott. Nicht dass es ihm Freude bereitete was er tat, er tat es aus Langeweile und weil sein hasserfülltes Herz es ihm befahl, und er lachte nur um andere einzuschüchtern, nie aus Freude.

Er überlebte so viele. Und sein Hass wuchs, als nährte er sich an den Leichnamen derer, die er zu Tode gebracht hatte. Er wuchs und wuchs auch wenn Enzo nicht wusste warum. Es interessierte ihn auch nicht. Er fragte nicht nach, er wollte nichts wissen, er hasste einfach nur. Er hasste und er lebte. Die Zeit verstrich und ließ Erinnerungen verblassen, nicht jedoch Enzos Hass.

Er hatte keine Ahnung. Keine Ahnung davon, dass nicht er die Macht hatte über Leben und Tod zu herrschen. Es waren andere. Die Schatten, die ihm folgten.

Ob er verrückt war? Ja, er war verrückt. Doch - Unsterblich heißt nicht unverletzlich!

Und, nein!, unsterblich war er nicht, auch wenn er selbst es glaubte.

Enrica

Der Tag verging und als die Nacht sich wie eine Decke über Pisa legte, saß Ivy wieder mit Enrica zusammen. Ivy erzählte ihr von Naima. Von der Zeit, die sie mit ihr verbracht hatte und wie sehr sie die Kleine geliebt hatte. Ivy weinte nicht mehr. Ihre Tränen waren erschöpft, doch die Trauer über den Verlust saß noch tief. Tief in Ivys Brust und drückte ihr auf das Herz, dem das Schlagen immer schwerer fiel. Enrica sah sie an aus ihren gutmütigen Augen, wie es sonst nur eine Mutter tat. Es tat gut, doch den Schmerz konnte sie ihr nicht nehmen.

"Hör zu, Ivy", sagte Enrica, als Ivy gerade zu Bett gehen wollte und nahm sie bei der Hand, "ich habe einmal eine Tochter gehabt." Enrica zog ein zerknülltes Foto aus ihrer Hosentasche, aus dem heraus ein blondes Mädchen zu ihnen hinauf lächelte und hielt es Ivy hin.

"Maria war alles für mich, doch wir hatten nicht viel Geld und es ging uns nie sehr gut."

Ivy und Enrica setzten sich wieder. Bevor sie weitersprach griff sie noch einmal in ihre Hosentasche und holte ein kleines hölzernes Kreuz hervor. Sie strich mit dem Daumen darüber und legte es dann Ivy in die Hand und umschloss sie mit der ihren.

"Ich wusste nicht was sie tat, um mir zu helfen, und ich habe es auch nie von ihr erfahren."

Gespannt lauschte Ivy Enricas rauer Stimme.

187

"Weißt du, in Siena, wo wir damals gelebt haben bist du heilig, wenn du den Namen Maria trägst." Ihre Augen glitzerten.

Enrica stand in der Küche an der Spüle, als sie die Schritte im Hausflur hörte. „Maria?"

„Ja, Mama?"

Sie trat, den Spülschwamm noch in der Hand, in den Türrahmen und sah in den Flur. Ein Mädchen, schlank und blond, hockte da und zog sich die Schuhe an. „Willst du nochmal raus?"

„Ja", Maria richtete sich auf und zog das Haarband aus ihren Haaren, sodass diese glänzend über ihre schmalen Schultern fielen. Enrica betrachtete ihre Tochter - wann hatte sie begonnen das Kind, dass sie noch war, aus ihrem Aussehen zu verbannen? Ihre Lippen waren rot angemalt, unter ihrer Bluse zeigte sich der erste Ansatz eines Busens.

„Hast du mal auf die Uhr gesehen?", Enrica sah auf die Standuhr an der Wand, „draussen ist es dunkel." Maria verdrehte die Augen.

„Mama bitte, fang jetzt nicht wieder damit an! Ich bin dreizehn Jahre alt."

„Eben", argumentierte Enrica, „Kinder in deinem Alter gehören nicht mehr auf die Straße."

„Ich bin kein Kind mehr, Mama!"

Seit wann redete Maria in einem solchen Ton mit ihr? War das die Pubertät? Enrica seufzte. Vielleicht musste sie langsam loslassen?

„Aber komm nicht zu spät nach Haus", wagte sie einen Versöhnungsversuch, trat zu Maria und drückte ihr einen Kuss auf die Wange. Verärgert wandte das Mädchen sich ab.

„Ich schlafe bei Julia", sagte sie und verschwand durch die Haustür. Zurück blieb ein zarter Geruch nach Parfum, der noch für wenige Sekunden in der Luft hing. Für einen kurzen Moment blieb Enrica stehen und starrte vor sich hin. Sie sog den Duft des Parfums ein und wusste nicht, ob sie lachen oder weinen sollte. Sollte sie sich freuen, über das Erwachsenwerden ihrer Tochter? Oder es unheimlich finden? Enrica schüttelte den Kopf und ging zurück in die Küche. Während sie sich wieder an den Abwasch machte, verfiel sie ins Grübeln.

Vor nicht einmal zwei Wochen war Enrica sich noch sicher gewesen, dass Maria, trotz zunehmendem Herumgezicke, immer noch ihr kleines Mädchen war.

Enrica hatte, in jener Nacht vor fast vierzehn Tagen, wach gelegen. Zunächst hatte sie nicht sagen können, was sie geweckt hatte, doch dann hatte sie das leise Wimmern gehört, dass aus dem Zimmer ihrer Tochter zu kommen schien. Zunächst hatte Enrica gedacht, dass sie noch träumte, doch das Schluchzen und Jammern hatte angedauert, war sogar noch etwas lauter geworden. Unsicher war Enrica aufgestanden. Wann hatte sie Maria das letzte Mal weinen sehen? - Als ihr Vater die Familie verlassen hatte, vor sechs Jahren. Wie alt war Maria da gewesen? Sieben. Sieben Jahre alt. Seither hatte sie nicht mehr geweint. Die Gewissheit war für Enrica in diesem Moment wie ein Schlag in die Magengrube. Sie hatte schon des Öfteren gedacht, dass sie ihrer Tochter zu viel aufbürdete, in dem sie mit ihr über ihre Sorgen sprach. Erst war es der Kummer über den Verlust ihres Mannes, Marias Vaters, gewesen. „Warum hat er mich verlassen?", hatte

Enrica ihre siebenjährige Tochter immer und immer wieder gefragt.

Bin ich denn ein so schlechter Mensch?

Nein Mama! Du bist wunderbar!*, war jedes Mal die Antwort gewesen, die Maria ihr gegeben hatte. Tränen hatte es ihr ins Gesicht getrieben, wenn ihre Mutter dies fragte, und die kleine Maria hatte Enrica über das zottige Haar gestrichen, um sie zu trösten.*

Mit den Jahren hatte sich die Trauer gelegt, und andere Probleme waren in den Vordergrund getreten. Geld war eines der Beständigsten.

Maria war elf Jahre alt gewesen, als sie ihre Mutter gebeten hatte, ihr zum Geburtstag neue Schuhe zu kaufen. Enrica war in Tränen ausgebrochen. Es tut mir leid, mein Schatz. Ich kann dir keine Schuhe kaufen. Ich bin froh wenn ich Eier und Mehl kaufen kann, für einen Geburtstagskuchen.

An diesem Tag musste Maria bewusst geworden sein, wie schlecht es um die Mutter stand. Finanziell im Ruin, immer den Tränen nahe, weil das unvorhergesehene Weggehen ihres Mannes seine Spuren hinterlassen hatte.

Hatte Maria an jenem Tag eine Entscheidung getroffen?

All dies war Enrica durch den Kopf gegangen, als sie ins dunkle Zimmer ihrer Tochter getreten war. Sie hatte sich geschämt für ihre Schwäche. Hatte ihre Tochter sie halten müssen?

„Maria", hatte Erica geflüstert, „Schatz, was hast du denn?"

Maria hatte geschluchzt, sich im Bett aufgesetzt.

„Mama, kannst du dich zu mir legen?"

Eine Träne der Rührung war Enrica über die Wange gelaufen, doch dank der Dunkelheit, hatte Maria sie nicht gesehen.

Jetzt lächelte Enrica bei dem Gedanken an jene Nacht. Bei dem Gedanken, an die dreizehnjährige Maria, die schon so erwachsen und doch noch so klein und verletzlich war, die sich an ihre Mutter gekuschelt hatte. In ihren Armen schluchzend eingeschlafen war. Enrica wusste bist jetzt nicht, warum ihre Tochter überhaupt geweint hatte. Hätte sie nachfragen sollen? Nein – Maria hätte von sich aus erzählt, wenn sie hätte darüber reden wollen. Oder? War es normal, dass man sich als Mutter so viele Gedanken machte? Oder wussten andere Mütter intuitiv, was sie tun mussten?, was das Richtige war? Enrica fragte sich oft, ob sie eine schlechte Mutter war. Konnte man eine schlechte Mutter sein, obwohl man sein Kind über alles liebte? Ging das?

Bestimmt ging das. Unwillkürlich dachte Enrica in diesem Moment an eine andere Situation. Zwei Tage waren seither erst vergangen. Zwei Tage, in denen Enrica sich geschworen hatte, mehr auf ihre Tochter zu achten. Zwei Tage, in denen Enrica sich beinahe sicher war, dass sie eine schlechte Mutter sein musste. Enrica hatte an die Badezimmertür geklopft. Sie war vom Einkaufen gekommen und hatte ein Handtuch benötigt, da es draussen in Strömen geregnet hatte und ihr das Wasser nur so aus den Haaren getropft war. Hinter der Tür hatte sie das Rauschen der Dusche hören können. Seit wann schloss Maria sich ein wenn sie im Bad war?

„Maria?", Enrica hatte noch einmal an die Tür geklopft, „Maria! Mach doch bitte kurz die Tür auf."

Drinnen war das Wasser ausgedreht worden. „Mama, kannst du jetzt nicht noch zehn Minuten warten?", war es genervt zurückgekommen.

„Ich will doch nur ein Handtuch", hatte sich Enrica entrüstet, „ich werd dir schon nicht im Weg stehen, wenn du dich anziehst."

„Moment", hatte Maria gereizt entgegnet. Eine kurze Pause war entstanden, dann hatte der Schlüssel im Schloss geknackt und die Tür war aufgegangen. Maria hatte, nur in ein Handtuch gewickelt, vor ihrer Mutter gestanden. Das blonde Haar nass, wie das von Enrica, das Gesicht so kindlich ohne die rote Farbe auf den Lippen.

„Ist was?", hatte Maria gereizt gefragt, als ihre Mutter sie für wenige Sekunden angestarrt hatte. Enrica hatte lächelnd den Kopf geschüttelt und sich ein Handtuch aus dem Regal gezogen. Stolz hatte ihre Brust geschwollen - Ihre Tochter war ein so wunderschönes Mädchen. Ungeduldig hatte Maria mit den Fingern an der Tür getrommelt, um ihrer Mutter zu verstehen zu geben, dass sie unerwünscht war. Enrica hatte sich losgerissen, und gerade das Bad verlassen wollen, da hatte sie den blauen Fleck an Marias Hals entdeckt.

„Oh Gott, Maria", Enrica war einen Schritt auf ihre Tochter zugetreten und hatte das nasse Haar zur Seite gestrichen. „Was ist passiert? Hat dir jemand wehgetan?"

Verärgert und etwas zu heftig hatte Maria die Hand ihrer Mutter weggeschlagen.

„Geh jetzt endlich", hatte sie Enrica aufgefordert und zur Tür gedeutet. Doch Enricas Sorge war geweckt worden. „Sag doch, Kind. Hat dich jemand angefasst? Oder hast du dich mit Julia

gestritten? Erzähl doch... „

„Mama! GEH! Geh einfach!" Maria hatte geschrien, lauter als es nötig gewesen war. Dann hatte sie ihre Mutter hinaus in den Flur geschoben, die Tür ins Schloss geknallt und abgeschlossen.

Verwirrt und besorgt hatte Enrica noch eine Minute da gestanden und auf das Holz der Tür gestarrt.

Viel später erst, war ihr in den Sinn gekommen, dass der Fleck an Marias Hals nicht durch Gewalt entstanden sein könnte. Hatte Maria einen Freund? Wieso erzählte sie so etwas nicht? Enrica hatte sich vorgenommen ihre Tochter darauf anzusprechen, wenn sie sich beruhigt hatte. Doch die Stimmung, war bis zu diesem Abend frostig geblieben.

Jetzt, da Maria aus dem Haus war, stahl sich ein Lächeln auf Enricas Gesicht. „Ich schlafe bei Julia." Es ist doch in Ordnung, Schatz, warum sagst du deiner Mutter nicht einfach die Wahrheit?!

Jedes Mädchen verliebte sich irgendwann. Warum war es Enrica nicht schon früher aufgefallen? War sie eine so schlechte Mutter, dass sie nicht bemerkt hatte, dass ihre Tochter mit einem Mal zu strahlen schien? Oder war das Strahlen des Verliebtseins, dass ein junges verliebtes Mädchen normaler Weise umgab, bei Maria überhaupt nicht da gewesen? Enrica seufzte. Noch mehr Fragen – noch mehr Zweifel.

Als am nächsten Morgen, früh die Klingel schellte, dachte Enrica, Maria habe ihren Schlüssel vergessen. Sie warf sich einen Morgenmantel über und trat barfuß zur Tür, bereit ihre Tochter zu einem gemeinsamen Frühstück zu überreden, um endlich alle Fragen aus dem Weg zu räumen. Doch vor der Tür stand kein

blondes Mädchen. Zwei Männer in Uniform. „Signora Marini?" Die
Männer stellten sich vor, hielten Enrica ihre Dienstausweise hin.
„Ja?!", Enrica war verunsichert. Es waren keine gewöhnlichen
Carabinieri, es musste etwas Schlimmes passiert sein.
„Bitte ziehen Sie sich etwas über. Wir müssen Sie bitten uns zu
begleiten."
Erinca befolgte ihre Anweisungen. Die Männer fuhren mit ihr in
Richtung Krankenhaus.
„Signora Marini", begann der ältere der beiden Männer, „ich
denke, ich erzähle Ihnen am besten jetzt schon was passiert ist."
Enrica nickte.
„Es wurde in der Nacht ein Mädchen gefunden. Einer der
Anwohner meinte, es könnte sich um Ihre Tochter handeln."
„Meine Tochter?", Enrica hatte es befürchtet. Sie schlug die
Hände vors Gesicht und versuchte die Tränen zurück zu halten,
die ihr in die Augen schossen. Ihr Herz begann zu hämmern. So
laut, dass Enrica ihre eigenen Worte kaum verstehen konnte. „Was
ist mit ihr? Geht es ihr gut?"
Der Mann, der sich auf dem Sitz vor ihr umgedreht hatte, um sie
anzusehen, schien nach Worten zu suchen. „Nun sagen Sie
schon", Enricas Kinn begann zu zucken, die Nase verdächtig zu
kribbeln, „was ist mit ihr?"
Der Mann schüttelte den Kopf. „Nun, zunächst wissen wir ja nicht
einmal mit Sicherheit, dass es wirklich Ihre Tochter ist. Deshalb
möchte ich Sie bitten, vorerst Ruhe zu bewahren." Er drehte sich
wieder in seinem Sitz um und sah durch die Windschutzscheibe
nach draußen. Enrica lehnte sich auf der Rückbank des Wagens

zurück und versuchte sich auf ihren Atem zu konzentrieren. Maria. Oh Gott, Maria. Bitte lass es ihr gut gehen. *Enrica faltete die Hände und blinzelte, damit die Tränen verschwanden. Das Auto steuerte direkt auf das örtliche Krankenhaus zu. Die erste Träne bahnte sich ihren Weg.* Bitte, bitte, lass es Maria gut gehen. *Die zwei Männer stiegen aus, nahmen die verstörte Enrica in ihre Mitte und betraten das Krankenhaus. Es war noch früh. Ausser ein paar Krankenschwestern hielt sich niemand in den Gängen auf. Die drei Besucher stiegen in einen Fahrstuhl, niemand sagte ein Wort. Als sie ausstiegen und nach links abbogen, erhaschte Enrica einen Blick auf die Schilder, die den Besuchern und Patienten die Richtung in die verschiedenen Bereiche des Krankenhauses wiesen. Enrica blieb stehen. Für einen Moment hörte ihr Herz auf zu schlagen.* „Sie führen mich in die Leichenhalle?", *ihre Stimme klang hysterisch,* „meine Tochter ist tot? Nein, das muss eine Verwechslung sein. Meine Tochter ist nicht tot. Ihr geht es gut, sie..." *Ihre Begleiter versuchten sie zu beruhigen.* „Signora, bitte schreien Sie doch nicht so. Niemand weiß, ob es wirklich ihre Tochter ist. Bitte versuchen Sie Ruhe zu bewahren."

„Sie ist bei einer Freundin. Sie lebt. Das kann nicht sein. Bitte, ich möchte jetzt nach Hause gehen. Meiner Tochter geht es gut." *Sie hatte nicht bemerkt, dass die Männer sie rechts und links am Arm hielten. Enrica war mit einem Mal aschfahl im Gesicht geworden. Sie hatten Angst, sie würde jeden Moment umkippen, hyperventilieren, einen Nervenzusammenbruch erleiden. Die Männer hatten Mühe die aufgebrachte Frau wieder zu beruhigen. Erst nach einer viertel Stunde hatte Enrica sich wieder gefangen.*

Ihr Atem ging ruhig, doch ihr Herz arbeitete im Akkord und in ihrem Gesicht blieb jede Farbe verschwunden.

Dann standen sie zu viert vor einem metallenen Tisch. Ein Tuch verdeckte was darauf lag. Enricas Begleiter hielten sie noch immer fest, ein Arzt in Kittel, mit einem Klemmbrett in der Hand stand ihnen gegenüber und sagte etwas. Doch in Enricas Ohren rauschte das Blut, sie verstand keines seiner Worte. Dann schlug der Arzt vorsichtig das Laken ein Stück zurück, so dass Marias Gesicht frei lag. Hätte man Enrica nicht festgehalten, sie wäre auf die Knie gestürzt. Sie zitterte am ganzen Leib. Die Tränen liefen unaufhaltsam, und ihre Schreie hallten von den kahlen Wänden wider. „NEIN. NEEIIN!!! OH GOTT, NEIN", rief sie immer und immer wieder, bis ihre Kräfte sie verließen. Das Gesicht ihrer Tochter brannte sich in ihr Gedächtnis, grau und starr. Das Gesicht eines Kindes, das Gesicht einer jungen Frau. Das Gesicht ihrer Tochter. Ihrer geliebten Tochter. Die Augen geschlossen, als würde sie schlafen, doch sie würde nie wieder aufwachen. Nie wieder in den Armen ihrer Mutter liegen, nie wieder genervt über ihre Fragen die Augen verdrehen. Sich nie wieder einen Kuss ihrer Mutter von der Wange wischen. Wie lange standen sie da? Enrica, der Arzt und die beiden Männer, die sie hielten? Nach einer endlos langen Zeit schob jemand wieder das Laken vor Marias Gesicht. Enrica versuchte sich zu fassen.

„Was ist passiert?" flüsterte sie.

„Setzen Sie sich erst einmal", das war der Mann rechts von ihr. Sie führten Enrica zu einem Stuhl, ließen sie endlich los. Die Frau sackte in sich zusammen.

„Es tut mir leid, Signora Marini. Keine Mutter sollte ihre Tochter überleben", der Blick des Doktors war voller aufrichtigem Mitleid. Er griff nach Enricas Hand.

„Sagen Sie mir was passiert ist", flehte Enrica ihn an und zitterte, dass es ihr den Schweiß auf die Stirn trieb.

Der Mann vor ihr wandte den Blick ab, ließ ihre Hand jedoch nicht los. „Sie ist... Man hat...", versuchte er zu erklären. Enrica fuhr ihn an: „Nun sagen Sie es schon. Meine Tochter ist tot. Nichts was Sie jetzt sagen, kann mich mehr erschüttern, als die Tatsache, dass ich gerade in das tote Gesicht meiner dreizehnjährigen Tochter gesehen habe."

Der Arzt schluckte. „Man hat ihr die Kehle durchgeschnitten."

Enrica rutschte vom Stuhl, schrie erneut schmerzerfüllt auf. Sie vergrub ihr Gesicht in den Händen. Weinte. Würde dieser Schmerz je wieder gehen?

„Warum?", schluchzte sie, „Warum meine kleine Maria?"

Bei diesen Worten tauschten die beiden Männer, die Enrica gebracht hatten, einen vielsagenden Blick. Nun war ihnen einiges klar. Enrica sah ihre Blicke nicht, sie würde erst viel später erfahren, wo man Maria gefunden hatte, und dass sie wegen ihres Namens hatte sterben müssen.

"Eines Tages standen zwei uniformierte Männer vor meiner Tür. Ich müsste mit ihnen kommen, sagten sie. Maria... sie war ein Mädchen der Nacht... sie... das... das ist für eine Maria nicht erlaubt," Enrica sah Ivy an mit soviel Liebe in ihrem Blick, dass es Ivy beinahe unangenehm war. "Es gibt Menschen, die Jagt auf

Mädchen wie sie machen, und da sie als Maria eine schwere Sünde begangen hatte, haben sie sie dafür bezahlen lassen."

Ivy griff nach Enricas Hand.

"Verstehst du, Ivy, auch ich habe einen sehr geliebten Menschen verloren, doch ich habe mich dennoch nicht aufgegeben. Natürlich traure ich. Jeden Tag. Doch ich glaube, dass Maria nicht gewollt hätte, dass ich vergesse zu leben."

Ivy konnte sich nicht vorstellen, dass Enrica, die so lebensfroh und gutmütig war, einmal einen so schweren Verlust erlitten hatte, wie auch sie. Es fiel ihr schwer zu glauben, dass die unsichere, traurige Frau, von der Enrica ihr gerade erzählt hatte, sie selbst einmal gewesen sein sollte.

"Woran hältst du dich?", fragte Ivy sie, voller Bewunderung für ihre Stärke, "Was gibt dir eine solche Kraft?"

"Gott!"

"Gott?", Ivy glaubte nicht an Gott und sie konnte sich nicht vorstellen, dass etwas, das gar nicht existierte, einen Menschen so viel halt geben konnte, wie es bei Enrica der Fall war. Ob auch Antonia sich immer an Gott gehalten hatte?

Die Kerze auf dem Tisch zwischen ihr und Enrica flackerte auf, als Isai den Raum betrat.

"Ivy, Gott ist nicht das wofür du ihn hältst", sagt er, als hätte er ihre Gedanken gelesen, "Gott ist vielmehr ein Hilfeschrei, etwas, das dir Kraft geben kann, wenn du es nur willst."

"Als ich von Marias Tod erfahren habe, war ich natürlich am Boden

zerstört, aber ich bin aufgestanden", sagte Enrica, „Vielleicht das erste Mal in meinem Leben. Für sie. Damit sie nicht umsonst gestorben ist!" Enrica stand auf und ging um den Tisch herum. Sie nahm Ivy in den Arm. Wie eine Mutter ihre Tochter und Ivy spürte, dass sie recht hatte.

"Ich bin allein, seit Maria fort ist", sagte sie ohne Ivy loszulassen,"aber nicht, wenn ich an etwas glaube, dass auf mich achtet."

"Du meinst, so etwas, wie einen Engel?", Ivy warf einen Blick auf Isai. Er nickte.

"Ja", entgegnete Enrica, "ich glaube fest daran, dass es Engel gibt, und dass sie auf mich acht geben. Auf mich, Maria und auch auf Naima."

"Ich glaube nicht an Engel", Ivy lächelte, "ich weiß, dass es sie gibt."

Enrica zwinkerte ihr zu. "Und glaub mir, irgendwann werde ich Maria wiedersehen, und du Naima!"

Sie strahlte, genau wie Isai. Ivy wusste nicht ob es Enricas Wärme war, oder die Gewissheit, dass es wirklich etwas wie einen Gott gab und jemanden, der auf sie achtete, wie Isai es getan hatte, das ihr beinahe zärtlich das Herz wärmte und sie wieder frei atmen ließ. Im Schein der Kerze musterte Ivy für einen Moment gedankenverloren Enricas tätowierte Arme. Kreuze und Engel waren darauf zusehen, betende Hände. Mit soviel Liebe gestochen, wie nur ein Künstler vermag es zutun. Und selbst ein Schriftzug, der das Wort *Maria* formte.

"Isai", Ivy sah ihn an. Sie sah ihn plötzlich mit anderen Augen und glaubte fast seine Flügel sehen zu können. "Isai", sagte sie, "lass uns morgen nach Rom fahren." Der Engel nickte und Enrica wirkte plötzlich traurig. Ivy wandte sich der wilden Frau zu. "Ich werde Monster bei dir lassen, dann bist du nicht so allein und wenn Isai und ich zurück kommen, werde ich bei dir bleiben."

Enrica lächelte. "Gut", und sie fischte Monster aus einem Korb mit Kartoffeln, in dem er geschlafen hatte und streichelte ihm das Kinn.

Im Vatikan

Ivy hatte nicht einmal bemerkt, dass die Straße, die sie gerade entlanggegangen waren, zu Ende war, da stand sie auch schon mitten auf dem Petersplatz. Er lag da, umrahmt von hohen Säulen, die ein schweres Dach trugen auf dem Steinfiguren standen, als wachten sie über diesen Platz, der rund war wie der Mond. Ein Brunnen stand darauf, doch den konnte man jetzt nicht sehen. Es wimmelte nur so von Menschen. Es waren Touristen, denen der Schweiß die noch blassen oder schon braun gebrannten Nasen heruntertropfte und die in rot- gelb- blauen Uniformen umherlaufenden Wachen – die Schweizer Garde. Außerdem waren hier natürlich auch diese lästigen Souvenirhändler, die der wie besessen fotografierenden Menge Kreuze und Postkarten aufquatschen wollten. Hier und da bahnten sich auch zwei oder drei Nonnen ihren Weg durch die Menge. In blauen Gewändern und weißer Kopfbedeckung gingen sie zielstrebig von A nach B, dabei immer wieder etwas Unverständliches vor sich hinmurmelnd und das Kreuz haltend, das von ihrem Gürtel hing.

Eine breite Treppe, auf der anderen Seite des Petersplatz´, führte bis zu den Türen eines riesigen Gebäudes hinauf. Dem Vatikan.

Hunderte, ach was, tausende Touristen drängten sich durch einen Eingang an der rechten Seite, die Schlange schien endlos. Wohl oder übel mussten Ivy und Isai sich anstellen, denn einen anderen

Weg in den Vatikan gab es jetzt nicht. Stunde um Stunde verstrich, in denen Isai und Ivy nur langsam näher an die Eingangstür gelangten und mit jeder Minute müder wurden. Schweigend standen sie nebeneinander in der brütenden Hitze und Ivy legte kurz erschöpft ihren Kopf gegen Isais Schulter. Erst, als die starken Sonnenstrahlen, die der Mittag mit sich brachte, verschwunden waren, betraten sie endlich die angenehm kühle Eingangshalle des Vatikanmuseums. Sie kauften an einem Schalter zwei Eintrittskarten, gingen durch die Sicherheitsabsperrung, in dem sie neugierig von mürrisch dreinblickenden Wachen gemustert wurden und standen dann mitten im *Musei Vatikani*.

"Und wie geht´s jetzt weiter?", fragte Ivy den unentschlossen dastehenden Isai.

"Ich weiß nicht genau", er schaute zu der hohen Decke hinauf, die über und über mit wunderbaren Bildern bemalt war. Bis ins kleinste Detail zeigte sie Engel, die sterbende Menschen in Armen hielten und sie vor dem Teufel beschützten. Ein Engel, ein sehr großer, hielt einen Zettel in Händen. Isai wusste nicht warum, aber plötzlich fiel im die Karte in seiner Hosentasche wieder ein, er hatte sie die ganze Zeit dabei gehabt, jedoch keinen Gedanken an sie verschwendet. Nun zog er sie aus der Tasche, und da, wo noch vor einigen Tagen Raphaels Nachricht gestanden hatte, stand nun, in verblasstem Rot, folgendes:

Jeder kann dir einen Weg weisen, doch woher weißt du, welcher der richtige für dich sein wird? Ricotto vielleicht. Wohin wird dein Weg dich führen? Hinab! Es mag sich falsch anfühlen, auch wenn dein Herz dir sagt, dass dein Gefühl manchmal trügt.

Was sollte das heißen? Wer oder was war Ricotto? Isai wusste nicht, was das zu bedeuten hatte. Unwillkürlich strich er mit seinem Zeigefinger über die feinen Narben in seiner Handfläche, die die Karte ihm hinein geschnitten hatte, und als er wieder an die Decke blickte, war der Engel mit dem Zettel verschwunden.
Er spürte Ivys Blick. Sie sah ihn fragend an. "Und? Was nun?", ihre Stimme klang gereizt.
    „Ich weiß es nicht", entgegnete Isai ruhig und hielt Ivy den Zettel hin.
Sie runzelte die Stirn. „Was soll das heißen?"
Isai holte Luft um zu versuchen ihr zu erklären, was er selbst nicht wirklich begriffen hatte, da kam eine Gruppe Touristen vorbei, die von einem Mitarbeiter des Museums angeführt wurde. Auf dem Schild, das an seinem Hemd befestigt war, stand: "Ricardo Ricotto".

„Sieh mal", Isai deutete auf Ricardo Ricottos Brust. Doch Ivy schien nicht zu verstehen.

„Was ist mit ihm?"

"Komm Ivy! Wir gehen mit ihnen mit", sagte Isai, der ein Teil seines Puzzles gefunden zuhaben schien und zog Ivy an der Hand hinter der Gruppe her.

Sie zuckte nur mit den Schultern und folgte ihm, obwohl sie nicht genau verstand, warum er ausgerechnet jetzt eine Führung mitmachen wollte. Was sie jedoch wusste, war, dass er es ihr in diesem Moment nicht erklären würde.

Eine geschlagene halbe Stunde trotteten sie hinter Ricardo Ricotto und seiner Gruppe gelangweilter Touristen her. Sie hatten so ziemlich alles gesehen, bemalte Decken, die so hoch waren wie die im Marmorpalast, alte Bibeln und Kreuze hinter gläsernen Türen, Nonnen, die hinter langen Tischen in den Korridoren standen und viel zu teure Rosenkränze verkauften. Alte in Stein gehauene Skulpturen, und große steinerne Kästen von denen Isai nicht wusste, ob es Badewannen oder Särge waren. Hätte er auch nur eine Minute dem zugehört, was Ricardo Ricotto mit monotoner Stimme und genervtem Gesichtsausdruck von sich gab, hätte er es vielleicht gewusst, aber es war ihm letztendlich auch egal.

Ivy gähnte, gerade wollte sie Isai fragen, wie lange sie sich das noch antun musste, da flüsterte er ihr ins Ohr, "Komm mit!", und er nahm sie bei der Hand und führte sie von der Gruppe weg in einen schmalen Korridor. Dieser führte in einen großen Saal, in dessen Mitte ein riesiges Loch klaffte. Eine Art Wendeltreppe führte an der Wand entlang in die Tiefe und endete in dunkler Ungewissheit. Das

Geländer der Treppe war reich verziert, wie alles in diesem Gebäude, doch es wirkte nicht annähernd so prunkvoll und beeindruckend, wie der Rest des Vatikans. Diese Treppe konnte Raphael gemeint haben. Hinab!, stand in der Nachricht. Hinab. Es gab keinen anderen Weg hinab. Bisher jedenfalls hatten sie keinen anderen ausmachen können. Oder war *hinab* metaphorisch gemeint?

"Da müssen wir runter?", Ivy schluckte.

"Ich fürchte schon", entgegnete Isai knapp und stand auch schon auf der ersten Treppenstufe. Ausgetreten und kalt war sie. Eine eisige Kälte kroch in Isais Füße und verbreitete sich in seinem ganzen Körper. Auch ihm war nicht ganz wohl zu Mute, doch er ließ sich nichts anmerken.

"Komm", er winkte Ivy und ging ihr voraus hinab in die Dunkelheit. Sie hatte ihn schnell eingeholt und griff nach seiner Hand. Gemeinsam stiegen sie immer tiefer in die, mit jeder Stufe kälter werdenden Schwärze. So unwohl Isai sich auch fühlte, er wusste, dass er auf dem richtigen Weg war. Eine leise Stimme in seinem Kopf verriet es ihm. Stufe um Stufe traten sie hinab. Schweigend. Vielleicht war es verboten in diesen Teil des Museums vorzudringen. Außer ihnen war hier niemand. Ivys Herz hämmerte laut in ihrer Brust. Sie hatte Angst, dass es sie verraten würde. Langsam gewöhnten ihre Augen sich an die Dunkelheit und als sie endlich erkannten, was da unter ihnen lag, endete die Treppe. Ein schmaler Korridor, schwarz und kalt, lag vor ihnen. Eine einzige Tür lag ganz am Ende und durch einen kleinen Spalt leuchtete ein schmaler Lichtstrahl.

Sie hörten Stimmen. Dunkle Stimmen. Sie passten auf groteske Weise in diese Umgebung. Es waren zwei oder drei Stimmen. Sie stritten miteinander. Langsam, ohne einen Laut von sich zugeben schlich Isai näher. Ivy wollte ihn zurückhalten, doch er funkelte sie nur protestierend an und sie folgte ihm widerwillig. Sie zuckten zusammen, als hinter der Tür ein lauter Knall ertönte. Es klang, als hätte jemand einen Stuhl oder gar etwas Größeres an die Wand geworfen.

"Aber Campione", sagte eine raue um Verzeihung heischende Stimme.

"Nichts aber, ich kann das nicht mehr hören", donnerte eine zweite Stimme, die klang, als stammte sie aus den tiefsten Tiefen aller Abgründe.

"Wie lange sollen wir denn noch warten? Es kann doch nicht so schwer sein das Geheimnis der *Macht* zu lüften. Raphael benutzt sie ständig. Zu oft für meinen Geschmack. Es wird Zeit, dass wir dem ganzen ein Ende setzen! Warum schafft ihr es nicht, das Rezept ausfindig zu machen? ", er flüsterte diese Worte beinahe, aber dadurch wirkten sie nicht weniger bedrohlich.

Ivy zog ängstlich an Isais Arm: "Lass uns umkehren", bat sie mit vor Angst zitternder Stimme, doch Isai trat noch einen Schritt mehr auf die Tür zu. Er wollte lauschen. Hatte er das richtig verstanden? Rezept? Raphael? Waren sie tatsächlich am Ziel angekommen?

Wer immer da hinter dieser Tür saß, wollte Raphaels Rezept.

„Von was für einem Rezept reden sie?", flüsterte Isai und Ivy zuckte die Achseln. Dann weiteten sich ihre Augen: „Glaubst du, es geht um das Rezept aus den Büchern? Das zum konservieren der dunklen Seelen?"

„Dann hat Raphael dieses Rezept?", sagte Isai mehr zu sich selbst als zu Ivy. Sie schwiegen beide wieder, als durch die Tür abermals etwas zu vernehmen war.

"Herr, wir haben alles in unserer Macht stehende getan", meldete sich eine weitere Stimme zu Wort, "wir wissen nicht, wo das Geheimnis liegt!"

"Ich kann euch sagen wo das Geheimnis liegt!", knurrte der Zweite, "Raphael muss das Rezept vernichtet haben. Ich wette, er hat es sich eingeprägt und die Aufzeichnungen verbrannt. Er ist schlau. So besitzt er alleine die Macht."

Wer auch immer hinter dieser Tür war, musste zu den Schatten gehören, von denen Isai und Ivy gelesen hatten. Was aber sollte Isai nun tun, da er sie gefunden hatte? Worin bestand seine Aufgabe?

„Und was sollen wir jetzt tun?", fragte die erste Stimme.

"Wie dumm seid ihr eigentlich?", brüllte der Zweite erneut auf, "wir müssen die jüngste konservierte Seele finden, die Raphael zurück ins Leben geschickt hat, ihr wisst genau von wem ich spreche. In seinem Blut steckt die geheime Formel. Findet ihn und wir werden das Rezept schon bald selbst verstehen."

"Campione", das war wieder der Dritte, "Wir haben doch gesagt, dass er nicht aufzufinden ist, wir haben den gesamten Marmorpalast und das ganze Himmelreich mehr als Hundertmal durchsucht, aber es fehlt jeder Spur. Das einzige, was von ihm geblieben ist, ist diese Statue."

Der Zweite lachte laut und freudlos auf, "die Statue, ja natürlich! Ihr dämlichen Mottenköpfe!", er erhob seine Stimme erneut zu einem bedrohlichen Brüllen, "hat euch denn niemand gesagt, dass er längst nicht mehr so aussieht? Es ist seine menschliche Gestalt!"

"Aber... aber Herr", meldete sich der Erste leise, "die Statue trägt Flügel."

Der Zweite knurrte laut auf, "natürlich hat sie Flügel, sie dient als Andenken einer himmlischen Seele, auch wenn er damals gewiss nichts himmlisches an sich hatte! Ihr erinnert euch doch an ihn? An Enzo?", seine Stimme wurde leiser, „er ist hier ganz in der Nähe, ich spüre es. Findet ihn, damit ich euch nicht in Stücke reisse!"

Wieder knallte es, als würde jemand einen Stuhl zerschlagen und hastige Schritte ertönten. Isai blieb fast das Herz stehen, was wenn sie aus der Tür traten, vor der er und Ivy standen und lauschten? Sie konnten sich hier nirgends verstecken.

Doch die Schritte entfernten sich und eine Tür am anderen Ende des Zimmers fiel ins Schloss. Sie atmeten erleichtert auf. "Komm", flüsterte er und schlich den Korridor zurück auf die Treppe zu.

„Raphael hat dich hierher geschickt stimmt´s?", keuchte Ivy, die ganz außer Atem war, als sie endlich das obere Ende der Treppe erreichten. „Erzengel Raphael?"

Isai nickte.

„So sehr ich auch die ganze Zeit gezweifelt habe", gestand Ivy, „aber ich fürchte, dass diese Geschichten", sie zog die gestohlene Seite aus *Die Mythen des Vatikan* aus ihrem Rucksack, „eben nicht nur Geschichten sind."

„Du glaubst also, was dort steht?"

„Hast du denn gerade nicht zugehört?"

„Doch, das habe ich", sagte Isai, der von plötzlichen Zweifeln übermannt wurde, „aber vielleicht waren das auch nur irgendwelche Spinner. Wer sagt, dass es wirklich die Schatten waren?"

Ivy sah ihn eindringlich an. „Wenn es wirklich Engel gibt, so wie du behauptest, Isai, warum sollte es denn dann nicht auch Schatten geben?"

Sie hatte vermutlich recht. Doch wusste Isai nicht, weshalb sie so aufgeregt war. Er konnte nicht sagen, was sie als nächstes tun sollten. Ivy packte ihn am Arm. „Verstehst du denn nicht, Isai? Deine Prüfung, das ganze Geheimnis um die Schatten und dem Rezept zur Konservierung von dunklen Seelen. Deine Aufgabe wird es sein, die letzte konservierte Seele ausfindig zu machen, bevor die Schatten es tun. Du sollst die Zusammensetzung des Rezepts wahren."

Isais Blick erhellte sich mit einem Mal. Sie hatte recht. Sie musste einfach recht haben.

„So jedenfalls würde alles einen Sinn machen", gestand er. „Aber wie sollen wir diese Seele finden?"

Resigniert ließ Ivy die Schultern hängen. „Das weiß ich nicht. Na, klasse. Kaum haben wir das eine Rätsel gelöst, stehen wir auch schon vor dem nächsten."

Italien, 17. Jahrhundert

Ein Schatten hatte sich über Enzo gelegt. Schon vor langer Zeit. Er konnte ihn spüren. Fühlte, dass er ihn leitete, ihm die Wege aufzeigte, die er gegangen war und noch gehen würde, fühlte, dass er ihn immun machte gegen den Schmerz der Welt. Er wusste nicht, dass es einer der Erzengel war, der ihn begleitete. Der ihn bekehren wollte, sich aber von seiner Schwärze anstecken und inspirieren ließ, um dann doch anderen Pfaden zu folgen. Ohne diesen Schatten wäre er nur ein einfacher Mensch gewesen, doch mit ihm war er etwas größeres, mächtigeres. Etwas, dass sein Gewissen eingetauscht hatte für die Ewigkeit. Eine Ewigkeit, die dunkel und furchtbar vor ihm lag und nie enden würde, ihn in Verzweiflung stürzte, die er in seinem totem Herzen zu Hass verwandelte.

Enzo und der Schatten. Sie waren Verbündete. Zwei, die sich gegenseitig stark machten und gemeinsam den dunkelsten Pfad erkundeten, den ein jeder bisher gemieden hatte.

Die alten Wegbegleiter des Schattens waren es, die dem Schrecken ein Ende bereiteten. Sie spürten sie auf, stellten sie zur Rede, kämpften für eine gute Wendung. Jede Seite erlitt Verluste, doch beide blieben sie bestehen und sie wussten genau, dass es ein weiteres Treffen geben musste, um endgültig einen Sieger hervorkommen zu lassen.

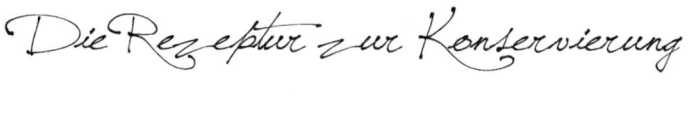

Die Rezeptur zur Konservierung

zerrissener Seelen

Die Engelsburg war wunderschön. Ivy hatte schon von ihr gehört, doch hier gewesen war sie noch nicht. Sie lag nicht allzu weit entfernt vom Vatikan. Es würde nicht mehr lange dauern, bis die Sonne untergehen würde, dachte Ivy, als sie die Burg erreichten. Einen roten Streifen zog der brennende Planet bereits hinter sich her und hing, unschuldig in blutrotem Licht badend, am Horizont. Eine Brücke führte über einen Fluss, in dem dunkelgrünes Wasser trieb. Ivy war etwas enttäuscht, dass es keinen Burggraben gab, aber die Schönheit der Brücke entschuldigte, dass sie nur über den Fluss und nicht über einen geheimnisvollen Abgrund führte. Auf Sockeln stand alle paar Meter ein steinerner Engel, sie schienen einen hinein geleiten zu wollen, in die Burg, die Ivy sich ebenfalls eindrucksvoller vorgestellt hatte. Dennoch hatte sie kaum Zeit enttäuscht zu sein, denn obwohl die Burg nichts weiter war, als ein einfaches Bauwerk, groß und rund, aber ohne besondere Zinnen oder Türme, war sie doch wunderschön und direkt etwas unheimlich. Aber vielleicht lag es auch einfach daran, dass Ivy wusste, dass sich in ihr das Nest der Schatten befand.

Nach ihrem Besuch im *Musei Vatikani* hatten Isai und Ivy sämtliche Büchereien und Bibliotheken in ganz Rom durchstöbert.

Tagelang waren sie auf der Suche gewesen. Auf der Suche nach Antworten. Wer war die Person, von der die Schatten gesprochen hatten? Nach Isais Wissen, stand im marmornen Palast nur eine Statue, dessen Vorbild noch am Leben war. Nämlich die von Raphael, und diese sah genauso aus, wie das Engelsoberhaupt selbst. Wen also suchten den Schatten? Wo hielt sich die jüngste konservierte Seele auf? Wie konnten sie sie finden? Wie die Schatten davon abhalten, sich ihres Blutes zu eigen zu machen? Doch auf keine dieser Fragen fanden sie eine Antwort. Nicht einmal einen Hinweis. Keinen kleinen Wink, keine zarte Spur – Nichts. Doch was sie fanden, war eine weitere Geschichte über die Schatten.

Im Haus der Engel kann man sie finden. Umgeben von steinernen Feinden, den Wesen, denen ihr Meister einst zugehörig war. Hieß es. Ivy und Isai hatten sich die Köpfe darüber zerbrochen, was das heißen mochte, doch schließlich war Isai die Engelsburg eingefallen.

„Im Haus der Engel", hatte er rezitiert, „es muss die Engelsburg gemeint sein."

Doch Ivy hatte den Kopf geschüttelt. „Aber in den anderen Geschichten heißt es, dass sie unter dem Vatikan hausen '...tief in den Katakomben des Heiligtums...', '...unter den gesegneten Mauern des Vatikans...', weißt du noch?"

„Du hast recht, dahin haben sich die Schatten laut Legende verkrochen", hatte Isai zugegeben, „aber wer sagt denn, dass sie sich nicht ausgebreitet haben können? Seit Jahrhunderten gibt es einen geheimen Tunnel, der den Vatikan mit der Engelsburg verbindet. Den Papst hat man so früher in Sicherheit bringen können, wenn der Vatikan angegriffen wurde. Wieso sollten nicht auch die Schatten diesen Weg kennen?"

Ivy hatte ihn daraufhin mit weit aufgerissenen Augen angesehen. „Woher weißt du das alles?", hatte sie gefragt und Isai hatte lächelnd auf eines der vielen dicken Bücher gedeutet, die kreuz und quer vor ihnen ausgebreitet gelegen hatten.

Also hatten sie sich auf den Weg zur Engelsburg gemacht. Als sie die Brücke überquerten bemerkte Ivy, dass Isai die Steinfiguren eingehend musterte. Sie konnte nicht wissen, dass sie ihn zum wiederholten Male an sein Zuhause in den Wolken erinnerten. Einer der Engel hielt ein großes Kreuz in den Armen, als hätte er schwer zu tragen an seinem Glauben, an dem, was ihn für immer beschützen sollte. Bis vor wenigen Tagen hätte Ivy diesen Gedanken lächerlich gefunden, doch heute dachte sie, sie würde viel mehr Last auf sich nehmen, um von Gott beschützt zu werden.

Umso näher sie der Burg kamen, desto eindrucksvoller wurde sie. Mit jedem Schritt schien sie zu wachsen und erst jetzt erkannte Ivy die alten Steine, die das braune Gemäuer zusammen hielten. Und das schon seit vielen vielen Jahren. Ivy atmete ehrfurchtsvoll ein und staunte über den fesselnden Bann, der von den kalten Mauern ausging. Lampen beleuchteten die Wände der Burg. Wenn die Sonne erst einmal untergegangen war, musste der Anblick der Engelsburg atemberaubend sein. Auf der Burg, dem Himmel so nah, wie Isai es in diesem Moment gerne gewesen wäre, stand ein einziger Engel im Rot der untergehenden Sonne. Er zog sein

Schwert aus der Scheide, bereit zum Kampf.

Es war ein Leichtes in die Burg zu gelangen. Eintrittskarte kaufen, anstellen und schon waren sie in ihrem Inneren. Hier drinnen war es nicht annähernd so schön wie im Vatikan und Ivy bereute, dass sie die Schönheit dort nicht wahrgenommen und sie bewundert hatte, als sie Gelegenheit dazu gehabt hatte. Schweigend und mit einem nervösen Kribbeln im Bauch, schlichen Ivy und Isai durch die steinernen Gänge der Burg. Durch die schmalen und durch die breiten Gänge. Doch keine Spur von den Schatten.

Erst als kein einziger Tourist mehr ihren Weg kreuzte und die Lampen, die zu beiden Seiten der Gänge hingen und so gar nicht zum Rest der Burg passen wollten, erloschen, hörte Ivy etwas. Eine Tür, die schnell zugezogen wurde und einen Schlüssel, der sich im Schloss drehte. Isai hatte es wohl auch gehört, denn ohne ein Wort schlich er in die Richtung, aus der die Geräusche kamen. Eine Treppe führte hinab in die Grabkammer der Burg. Isai und Ivy waren schon einmal da unten gewesen, vor einer halben Stunde oder einer ganzen. Dennoch erkannten sie diesen Gang erst auf den zweiten Blick wieder. Jetzt, da die Lichter aus waren, wirkte der Gang viel bedrohlicher, als noch vor einigen Minuten. Ivy warf noch einen Blick zurück in den dunklen Korridor, aus dem sie gerade gekommen waren, dann folgte sie Isai hinab in die Grabkammer.

Als sie in die kalte Krypta traten, lief es Ivy eiskalt über den Rücken. Sie war sich zu hundert Prozent sicher, das der eine Torbogen vor einer Stunde noch zugemauert gewesen war, genau wie die anderen, die im Schatten still und unheimlich dastanden. Jetzt jedoch war er offen. Sie kniff Isai in den Arm, und er holte erschrocken Luft.

"Was ist?", entfuhr es ihm.

"Da!", Ivy deutete auf den Torbogen und Isai schüttelte es.

"War der nicht vorhin noch zu?", er konnte das Blut in seinen Ohren rauschen hören. Sein Herz arbeitete auf Hochtouren. Ohne ein Antwort von Ivy abzuwarten trat er in den schwarzen Gang, der hinter dem steinernen Bogen lag.

Ivy zögerte kurz. Isai sah sich nach ihr um: "Du musst nicht mitkommen, wenn du nicht willst", sagte er. Er wusste, dass sie mitkommen würde, auch wenn er insgeheim hoffte, sie würde hier bleiben und auf ihn warten. Was, wenn ihr etwas zustieß? Ivy schüttelte den Kopf und griff nach seiner Hand. Wenige Meter tasteten sie sich durch die Dunkelheit, dann sahen sie ein schwaches Licht aufflackern. Sie folgten ihm. Ivy zitterte am ganzen Leib, sie wollte nicht an das denken, was sie erwarten würde, wenn sie endlich die Lichtquelle erreichten. Sie dachte nur daran, dass Isai bei ihr war und alles gut werden würde, auch wenn sie das Gefühl hatte, sich selbst zu belügen.

Sie traten immer tiefer hinein in die Eingeweide der Burg und immer tiefer hinab in ihr Herz. Es wurde mit jedem Schritt kälter. Doch das Licht wurde mit jedem Schritt heller.

Dann endlich, standen sie vor einer schweren Holztür. In einem Kerker hätte diese sich auch gut gemacht, fand Ivy. Die Tür stand einen Spalt auf und Licht fiel auf den steinernen Boden. Sie lauschten. Nichts. Nicht das leiseste Geräusch, kein Flüstern, kein

Füße-scharren. Isai hielt die Luft an und stieß die Tür auf.

Sie standen vor einer riesigen Halle, oder besser gesagt, einer Höhle. Hier musste einmal ein wilder Kampf statt gefunden haben, oder ähnliches, denn überall lagen Felsbrocken. Kerzen standen hier und da auf dem Schutt herum und auf der gegenüberliegenden Seite, war eine kleine Nische in die Wand geschlagen worden. Ein steinender Sockel stand darin und darauf lag eine Phiole auf einem königsblauen Brokatkissen.

"Ist das Blut?", flüsterte Isai. Er sah sich in der Höhle um. Die Luft war rein. Leise schlichen er und Ivy auf den Sockel zu. Sie stiegen über Steine und halb abgebrannte Kerzen und standen in wenigen Sekunden vor der Wandnische.

"Bedeutet das, dass sie ihn gefunden haben?", Isai starrte die Phiole an, als hätte sie ihn hypnotisiert.

"Worauf wartest du? Nimm sie mit!", Ivy versuchte ihn zur Eile zu drängen, sie wurde noch nervöser, als sie es eh schon war. Wenn der Inhalt der Phiole wirklich aus Blut bestand, hieß das vermutlich, dass die Schatten die konservierte Seele gefunden hatten. Sie hatten sein Blut – das Rezept und somit die *Macht* gefunden und in ihren Besitz gebracht.

Isai warf einen schnellen Blick über seine Schulter und griff dann nach dem kleinen Fläschchen, um seine Hand dann mit einem lauten Fluch wieder zurück zuziehen.

"Psst", machte Ivy und Isai hielt ihr anklagend die Finger vors Gesicht. Drei große Brandblasen pochten auf seinen Fingerkuppen.

Ein kaltes, schadenfrohes Lachen hallte durch die Höhle.

Isai fuhr herum. Er kannte dieses Lachen. Er hatte es schon einmal gehört. Vor nur wenigen Stunden im Vatikan. Vor ihm stand, im Schein der Kerzen, an die kalte Wand gelehnt, ein Schatten. Ein Mann mit langen pechschwarzen Haaren und hagerem Gesicht. Es schien zu leuchten in der Dunkelheit, so blass war es. Das Lachen verstummte. Der Schatten schaute erst Isai, dann Ivy an.

"Gut gemacht", sagte er mit eisiger Stimme, "du hast die Macht der Engel gefunden."

Er trat auf sie zu. Ein grausames Lächeln umspielte seine schmalen Lippen und seine schwarzen Augen funkelten. Er trug einen schwarzen Anzug und hohe Stiefel. Mit einer schnellen Handbewegung warf er seinen Umhang zur Seite und unter ihm kamen große Flügel zum Vorschein. Sie waren nicht wie die eines Engels, sie waren dunkel und glichen denen eines Nachtfalters.

"Meine Männer waren zu einfältig um dich zu finden", er kam noch näher heran und Isai stellte sich schützend vor Ivy, "aber ich habe mich nicht geirrt. Ich wusste, dass du von allein zu uns kommen würdest." Der Schatten lachte erneut laut auf, "und wie ich sehe, hast du deine Gefühle an dein menschliches Leben verschenkt", er zog eine Schnute, "du arme, schwache Seele."

Isai ballte seine Hände zu Fäusten, "wovon redest du?", fragte er fest und versuchte sich seine Angst nicht anmerken zulassen.

„Davon, dass du zu mir gebracht hast, worauf ich so lange Zeit sehnsüchtig gewartet habe."

„Ich muss dich leider enttäuschen", entgegnete Isai, „ich habe nichts bei mir."

Die Augen des Schatten funkelten amüsiert. „Was führt dich denn hier her, mein Junge?", fragte er abfällig.

„Ich folge Raphaels Hinweisen."

"Raphaels Hinweisen?", der Schatten lachte noch lauter. Er stand jetzt wenige Meter vor Isai und Ivy.

"Raphael", der Schatten spuckte Isai diesen Namen geradezu vor die Füße, "verstehst du denn nicht? Raphael hat dich reingelegt. Du bist jetzt ein Mensch, Isai, er hat dir deine Flügel geraubt."

"Du lügst!", Isai presste diese Worte hervor und hoffte, dass der Schatten seine Unsicherheit nicht spürte. Insgeheim dachte er doch dasselbe.

"Wo sind deine Flügel, Isai?" ein rotes Blitzen zog durch die Pupillen des Schatten, er wurde zornig, "Raphael hat sie dir genommen, wie er auch meine genommen hat! Und du bist so naiv zu glauben, dass er sie dir wieder geben wird? Raphael hat nicht die Macht dazu. Ich allein bin in der Lage jemandem neue Flügel zu verleihen." Er breitete seine Mottenflügel aus.

Raphael hat auch ihm die Flügel genommen? Wer ist er, Isai? Kennst du ihn?

"Mein Name ist Michael Araboth", sagte der Schatten, als hätte er Isais Gedanken gelesen.

"Der dritte Erzengel", flüsterte Ivy hinter seinem Rücken.

"Genau der", bestätigte Michael Araboth.

"Das kann nicht sein. Du lügst. Michael und Gabriel sind tot!", behauptete Isai. Schrilles Lachen. "Tot? Ja, wirklich? Erzählt Raphael das? Gabriel ist tot, ich habe ihn umgebracht und glaub mir, dasselbe hätte ich mit Raphael getan, wenn er mir nicht die Flügel und somit meine Macht genommen hätte!" Er fuhr sich mit dem Zeigefinger über die Wange.

"Die Narbe", Isai sagte es mehr zu sich selbst als zu Michael.

"Ja, die Narbe. Ich war es, der sie ihm zugefügt hat. Ich war es, der stark genug war, um einem Engel ein Wundmal zuzufügen. Nicht, dass Raphael nicht in der Lage wäre das zu tun."

"Raphael würde so etwas nie tun", schrie Isai und wusste selbst nicht warum er sich dem so sicher war.

Vergeude deine Loyalität nicht an den Falschen, Isai.

"Würde er nicht? Und wer bitte, hat dir die Narben auf deinem Rücken verpasst? Sag´s mir, Isai."

Er hat recht! Raphael ist das gewesen. Bist du dir sicher, dass er sie dir wiedergeben wird, Isai? Weißt du überhaupt, ob er es kann?

"Raphael hat aus dir einen Menschen gemacht. Er hat zugelassen, dass du dieses Mädchen getroffen hast, wo er doch wusste, dass du eine Schwäche für sie hattest. Er hat zugelassen, dass du fühlst wie ein Mensch und somit immer einer bleiben wirst. Glaub mir, Isai, Raphael ist der Feind."

Isai schüttelte den Kopf. "Nein!"

"Raphael hat dich verbannt, wie er es schon mit mir getan hat. Raphael ist Schuld, dass es zu einem Kampf kam, in dem Gabriel starb und Raphael allein trägt die Verantwortung für all die sterbenden Menschen auf dieser Erde. Ich jedoch würde niemanden sterben lassen. Ich habe eine Widerstandsbewegung ins Leben gerufen, die bereit ist für das Recht auf Himmel und Erden zu sterben. Ich bin der Gute. Glaub mir, Isai, ich bin das Opfer und versuche nur alles wieder in Ordnung zu bringen. Ich kann dir neue Flügel schenken, ich kann dafür sorgen, dass deine Freundin unsterblich wird."

Isai dachte an Naima.

> *Stimmt das? Kann Michael dafür sorgen, dass niemand mehr sterben muss? Du weißt nicht, was damals wirklich geschehen ist. Vielleicht stimmt das, was Michael sagt.*

"Hör nicht auf ihn!", flüsterte Ivy Isai ins Ohr.

Er konnte nicht nachdenken, geschweige denn überhaupt irgendetwas tun, da schrie Michael auf und dutzende von Schatten kamen hinter Felsen und aus Türen hervor und stellten sich in einem Halbkreis um Isai und Ivy.

Sie saßen in der Falle.

Enzo

"Ist er das?", fragte einer der Schatten, und Isai erkannte die Stimme. Auch er war einer derer, die er im Vatikan belauscht hatte. Michael nickte, aber wandte seinen Blick nicht von Isai ab.

"Wer bin ich denn, nach eurer Meinung?", er sah Michael genau in die Augen.

"Wer du bist?", Michael lachte erneut auf, "sag bloß, Raphael hat dir nicht einmal das erzählt?"

"Nein, was?"

Michaels Blick schien ihn festzunageln. Isai konnte nicht wegsehen, es war wie mit dem Blick Raphaels. Michaels Augen weiteten sich. Ein stechender Schmerz bohrte sich urplötzlich in Isais Kopf. Er kniff die Augen zusammen, presste sich die Hände an die Schläfen und krümmte sich. Seine Knie schienen zu zerbersten, als sie auf den Felsboden schlugen und zu bluten anfingen. Isai hörte Ivy schreien, spürte ihre zitternden Hände auf seinem Gesicht und hörte das Gelächter der Schatten.

Dann stand er in einem Raum. Ein hell erleuchteter, wie einer aus dem Marmorpalast. Er war klein, kaum größer als eine Kammer. Isai griff sich an den Kopf, der Schmerz hatte nachgelassen, ein leichtes Drücken konnte er noch vernehmen, doch es war auszuhalten. War er tot? Er hob seine Hände um sie zu mustern. Nein, er hatte noch einen Körper - alles war in Ordnung. Er drehte sich um seine eigene Achse, um sich in dem Raum umzusehen in dem er sich befand. Da, ein Spiegel hing an der strahlend weißen Wand. Er trat darauf zu. Für einen Moment schloss er die Augen, weil der Schmerz hinter seiner Stirn erneut hart pochte und als er sie wieder öffnete, erstarrte er. Er blickte in den Spiegel. Sah sich selbst ins Gesicht, aber der, dem er in die Augen sah, war nicht er. Der Mann im Spiegel war etwas kleiner als er, muskulöser, er hatte längeres Haar, auch wenn es sich nur um wenige Zentimeter handelte. Es war genauso dunkel wie das seine, aber irgendwie fremd. Auf seiner Stirn prangte eine Narbe, sie gabelte sich wie ein Zweig. Und auch wenn die Augen, in die er sah, die seinen waren, waren es doch nicht seine eigenen Gesichtszüge. Seine Wangenknochen traten deutlicher hervor und überhaupt... Doch, je länger er in das fremde Antlitz sah, desto vertrauter kam es ihm vor. Er kannte dieses Gesicht... Er hatte es schon einmal gesehen, aber wo? Die Statue. Ja, genau – die Statue im Korridor des Marmorpalastes. Sie war ihm nie aufgefallen. Nie in der ganzen Zeit... bis auf dieses eine Mal... damals, als er von Raphael verbannt worden war.

Er wusste nicht woher die Gewissheit plötzlich kam, aber er wusste, dass sein Name nicht Isai war, sein Name war... Enzo. "Enzo", flüsterte Michaels Stimme in seinem Kopf, "Enzo", immer wieder und wieder, "Enzo"... und dann fühlte Isai etwas. Eine Welle von Hass schwappte in ihm über. Er hasste. Er hasste so sehr. Alles und jeden. Sein Herz schmerzte, der Hass fraß es auf. Er presste sich die Hände auf sein jämmerlich schlagendes Herz und genoss es dennoch. Er genoss den Schmerz, der ihm plötzlich so vertraut vorkam, und er genoss es zu hassen. Wieder fiel er auf die Knie, die Wände um ihn herum färbten sich schwarz, als hätte man sie in Tinte getränkt, und vor seinem inneren Auge sah er Bilder. Bilder, die ihm so fremd und doch so bekannt waren. Da war Sabina, der Hass, die Menschen, die er gequält hatte, der Hass, die vielen längst vergangenen Jahre, die drei Erzengel, die ihn bekehren wollten, der Hass, Raphael, der ihm seinen Körper nahm, Michael, der seinen Hass teilte und der Hass selbst...

Eine Hand legte sich vorsichtig auf seine Schulter und riss in zurück in die Wirklichkeit. Isai lag auf den Knien. Warm rann ihm das Blut die Schienbeine hinab. Die Schatten waren zurückgewichen, nur Michael stand noch da, wo er eben noch gestanden hatte.

"Steh auf Isai", sagte eine vertraute Stimme und Isai sah auf, um zu sehen wer hinter ihm stand. Raphael, alt und geheimnisvoll, stand da, mit der Hand auf Isais Schulter, von der etwas unheimlich Beruhigendes ausging. Hastig stand Isai auf, Ivy trat von hinten auf ihn zu und griff erneut nach seiner Hand, "Alles in Ordnung?", fragte sie besorgt.

Isai nickte, auch wenn es nicht der Wahrheit entsprach. Michael lachte wieder sein hämisches Lachen.

"Was willst du, alter Mann, gegen mich und meine Armee von Schatten ausrichten?"

Michael und seine Männer bemerkten nicht, dass, wie aus dem Nichts, immer mehr Engel mit blitzenden Schwertern hinter ihnen auftauchten und sich immer näher schlichen.

"Enzo weiß was du getan hast, er wird sich mir anschließen und die Macht wird mein sein!"

"Enzo existiert nicht mehr, Michael, seine Macht wird dir nicht zu nutze sein, weil er längst tot ist", entgegnete Raphael ruhig.

"Du kannst nicht töten, was unsterblich ist!", Michael senkte seine Stimme zu einem bedrohlichen Zischen.

"Und dennoch habe ich es getan. Enzo war nicht unsterblich! Auch, wenn er selbst es geglaubt hat. Nur sein Geist war es, wie es unser aller Geist ist. Er lebt in den Erinnerungen der Verbliebenen weiter. Ich habe ihm eine zweite Chance gegeben, damit er wiedergutmachen kann, was er damals angerichtet hat. Ich habe ihm sein Leben genommen, um ihm ein besseres zu schenken. Doch die Seele in seinem Körper ist noch immer die Gleiche."

"Also lebt sein Geist weiter. Der Junge da ist Enzo!"

"Nein, er besitzt Enzos Geist, aber sein Unterbewusstsein hat längst einen eigenen, einen besseren entwickelt und Enzo zur ewigen Ruhe geschickt."

"Dann gibst du also zu, Enzo getötet zu haben?"

"Nenne es wie du willst. Ich werde es nicht leugnen. Ich habe Leben geschaffen, wo es nur Hass gab. Isai hat mit Enzos Geist gelernt zu lieben und ihn somit erlöst."

"Aber es war letzten Endes dein Werk und nicht das des Jungen!", Michael fuhr mit seinen Fingern über den Griff seines Schwertes, das unter seinem Umhang hervorblitzte.

Raphael lächelte: "Ja Michael, wenn du es so willst, habe ich Enzo getötet und vielleicht hätte ich dasselbe mit dir tun sollen."

Die letzten Worte schrie er beinahe und gerade, als er seinen Satz beendet hatte, zog Michael sein flammendes Schwert und schlug auf Raphael ein. Doch der alte Engel war schnell, auch wenn man es ihm nicht zutraute, und so zog auch er sein Schwert und parierte Michaels Angriff mit erstaunlicher Leichtigkeit. Ein lautes Klingen hallte durch die Höhle, als die Schwerter aufeinander schlugen und im selben Moment griffen die Engel an. Ein Kampf entbrannte zwischen Engeln und Schatten und Isai stand einfach nur da. Ivy versuchte ihn davon zuziehen, doch er reagierte nicht auf ihr Drängen und Flehen. Er war wie in Trance. Die eben gesprochenen Worte wollten in seinem Kopf einfach keinen Sinn ergeben.

Er war Enzo? Der einzige Mensch, der je so gehasst hatte, dass er beinahe unsterblich gewesen war?

Der Kampf

Ein ohrenbetäubender Lärm hallte durch die Luft. Durch das Echo, dass von den Wänden widerhallte, klang jeder Schlag, jeder Schrei und jeder Todesseufzer tausendmal lauter, als er es ohnehin gewesen wäre. Schneeweiße Federn flogen, Blut spritzte, lief in Strömen über die Höhlenböden und tropfte von den Steinen. Ein heilloses Durcheinander war entbrannt und keiner dachte an etwas anderes, so schien es, als ans Töten.

Doch Isai stand einfach nur da, unsichtbar für die Kämpfenden. Ivy zerrte an seinem Arm, doch er blieb stehen. Er stand da als wäre er aus Stein. Eine Statue. Genau wie die im Marmorpalast. Die, die Enzo darstellte, ihn darstellte. Er starrte auf das Durcheinander des Kampfes. Er sah die großen Engel, die den Titel Bewacher oder Beschützer trugen, er sah Raphael und er sah Jesus, der gerade mit seinem Schwert nach einem der Schatten stach und sich mit der freien Hand eine Wunde hielt, die Quer über seiner rechten Seite klaffte. Blut, heller als das eines Menschen, sickerte durch seine Kleider und tropfte ihm von den Fingern. Doch Isai nahm es kaum wahr. All das, was sich wie ein Alptraum vor seinen Augen abspielte. Er fühlte nichts. Er regte sich nicht. Er sah wie Jesus dem Schatten das Schwert durch den Leib rammte und schwarzes Blut sein Schwert benetzte. Schwarz wie Tinte, schwarz wie der Hass. Nur wenige Meter hinter Jesus kämpfte Michael gegen zwei der Beschützer. Isai hörte wie Michael Jesus etwas zurief. Wie durch Watte drang die kalte Stimme des Schattenoberhaupts an sein Ohr.

"Das war der Falsche", rief er, "die mit den weißen Flügeln musst du töten, Jesus!"

Jesus sah ihn mit wutverzerrtem Gesicht an : "Oh, nein!", schrie er Michael entgegen, "ich gehöre nicht zu euch!"

Isai wusste nicht, was das zu bedeuten hatte, aber es war ihm auch egal. Er stand einfach nur da. Still und starr, als wäre er zu Eis gefroren. Kalt und erstarrt wie das Herz Enzos.

Ivy war auf die Knie gegangen, sie weinte, zog an seiner Hose, flehte ihn an, er solle endlich davonlaufen, doch er wollte nicht. Er war es nicht wert, mit ihr davonzulaufen. Sie sollte laufen, er hatte sie schon in genug Schwierigkeiten gebracht. Sie sollte weglaufen. Er wollte sie anschreien, damit sie endlich lief und sich in Sicherheit brachte, doch er brachte kein Wort heraus. Minutenlang stand Isai einfach nur da, Minuten die ihm wie Stunden vorkamen, und er beobachtete das blutige Treiben, das sich vor seinen starren Augen abspielte.

Erst, als ihn jemand unsanft anrempelte, schien sein Kopf wieder klar zu werden. Michael hatte ihn zur Seite gestoßen, war auf die Nische in der Wand zu gerannt, hatte die Phiole an sich genommen und rannte nun durch das Getümmel hindurch zu der Tür, durch die Ivy und Isai zuvor gekommen waren. Isai packte Ivy bei der Hand, zog sie so schnell vom Boden hoch, dass sie vor Schmerz aufschrie und rannte mit ihr zur Tür. Ohne dass er wusste wohin er lief, eilte er durch die kalten Gänge der Engelsburg. Durch die Dunkelheit hallten die Schritte Michaels und Isai versuchte ihnen zu folgen. Er zerrte Ivy hinter sich her, ohne zu wissen, was ihn erwarten würde, sollte er Michael wirklich einholen. Doch dann, ganz plötzlich verstummte das Hallen von Michaels Schritten und Isai blieb stehen. Er ließ Ivy keine Zeit um durchzuatmen, denn schon im nächsten Moment rannte er weiter. Er wollte Michael finden. Und er würde ihn finden. Nach einigen Sekunden fand er sich im Freien wieder. Die Burg lag hell erleuchtet da, in der sonst so schwarzen Nacht und Isai hörte das Klappern von Pferdehufen. Schnell drehte er sich um seine eigene Achse, um zu sehen von wo das Geräusch kam.

Da - Michael galoppierte auf einem Friesen durch die Nacht, mit wehendem Umhang und entschlossenem Blick. Das schwarze Pferd jagte am Tor der Burg vorbei und war schon auf halbem Weg über die Brücke, da rief Isai:

"Bleib stehen, Michael. Hast du nicht etwas vergessen?"

Als der schwarze Reiter nicht reagierte rief er noch etwas lauter: „Das Blut in der Phiole ist für dich nicht von Nutzen, aber ich hab, wonach du suchst!"

Als er dies sagte, riss Ivy sich von seiner Hand los. „Was redest du da, Isai?", flüsterte sie und Angst stand in ihrem Gesicht. Er sah sie nicht an, reagierte jedoch auf ihre Frage.

„Vertrau mir. Ich habe das Rätsel endlich gelöst, ich habe das Rezept!", versuchte er zu erklären, doch Ivy verstand nicht.

„Das kann nicht dein Ernst sein", sagte sie dann, jetzt etwas lauter und sie schlug sich unbeholfen die Hände vor den Mund. Sie hatte Angst. Ungläubig starrte sie von ihm zu Michael. Dieser zügelte sein Pferd. Er drehte um und ließ den Friesen langsam auf

Isai und Ivy zugehen. Seine Hufschläge hallten so laut in dieser Nacht, dass Isai sich noch lange an dieses Geräusch erinnern konnte. Jahre später schreckte er manchmal aus dem Schlaf, weil er dachte, das Klappern der Hufe zu hören, wie er es in diesem Moment so deutlich tat. Der Wind griff Michael in das schwarze Haar und riss an seinem Umhang.

"Du hältst dich für besonders klug, nicht wahr?! Enzo?", rief der Erzengel zu ihm herüber, "Doch du bist nicht halb so schlau, wie du denkst."

"Vielleicht hast du recht", entgegnete Isai und etwas blitzte in seinen Augen, das Ivy zu Tode erschreckte.

"Du weißt also, wonach ich suche? Woher?", trotz der fragenden Worte, klang Michaels Stimme sicher.

"Du willst mein Blut. Danach hast du gesucht!", Isai trat mutig einen Schritt auf Michaels Pferd zu, anmutig stand es da, im Licht der Scheinwerfer glitzerte sein Fell. Es schnaubte ungeduldig.

"Das ist richtig", gestand Michael, "Ich habe nach dir gesucht, weil deine Seele konserviert ist und du die Rezeptur in dir trägst, die mir die Kraft verleiht, nach der ich mich schon so lange sehne. Doch jetzt brauche ich dich nicht mehr. Ich habe die Phiole. Mit ihrem Inhalt werde ich die Zusammensetzung selbst lüften und mir damit die Macht verschaffen, zerrissenen Seelen neues Leben einzuhauchen. Dann endlich, wird jeder das in mir sehen, was ich schon immer gewesen bin: der mächtigste Erzengel von allen!" Seine Stimme klang entschlossen, dieses Mal war es Isai der lachte.

Und es klang genauso kalt und freudlos, wie vorhin bei Michael:

"Du? Der mächtigste Erzengel? Raphael ist der mächtigste Erzengel, den es je gegeben hat! Er bestimmt über Leben und Tod, er hat dir deine Flügel genommen, dich verbannt, und er allein herrscht über die Macht, verletzten Seelen eine zweite Chance zu geben!"

"Nein!", Michael schrie so laut auf, das Ivy neben Isai zusammenzuckte und sein schwarzes Pferd nervös auf der Stelle tänzelte, "die Menschen regieren sich und die Welt selbst, sie können den Tod beherrschen, wenn sie es wollen, sie töten völlig willkürlich. Und du bist dumm, wenn du das nicht verstanden hast! Sie sind der Feind, und Raphael...", er zog spöttisch eine Augenbraue in die Höhe,"Raphael unternimmt nichts dagegen, er ist schuld, dass die Dinge ihren grausamen Gang nehmen, so wie sie es heute tun. Er mag vielleicht mächtig sein, aber *er* ist böse, Enzo, böse wie du!"

Isai sagte nichts. Er schüttelte nur leicht den Kopf.

Stimmt das, Isai? Stimmt es, was er sagt?

Das stimmte nicht, nein dass konnte nicht stimmen.

"Ich... Enzo, höre genau zu! Ich, Michael Araboth bin der mächtigste Engel den es je gegeben hat! Ich habe es als Einziger geschafft, mich meiner Flügel zu entledigen. Der Flügel und somit der großen und drückenden Verantwortung, die sie mit sich bringen. Ich allein! Im Gegensatz zu den anderen Flügelträgern bin ich frei zu tun, was mir allein von Nutzen ist. Ich brauche nicht an all die Anderen zu denken. Ich bin frei! Ich lebe! Raphael wird es nie so weit schaffen."

"Hörst du dir eigentlich selbst zu?", Isai griff erneut nach Ivys

Hand, weil sein Mut ihn verlassen wollte, doch sie zog sie rasch weg, damit er sie nicht fassen konnte. Sie begriff nicht, was um sie herum geschah. Sie wusste selbst nicht, warum sie nicht das Weite suchte.

„Du hast deine Flügel nicht abgelegt" fuhr Isai fort, „sie wurden dir genommen! Und zwar von Raphael. Es mag sein, dass die Verantwortung, die ein Engelsleben mit sich bringt manchmal drückend ist. Doch ist es für die Meisten von uns ein Geschenk. Wir können helfen, unterstützen, begleiten und beschützen. Doch jemand wie du wird diese Gabe nie zu schätzen wissen."

Wir? Wer sind wir, Isai? Gehörst du denn wirklich dazu?

Isai wusste nicht warum er sich dem, was er sagte so sicher war, aber sein Tonfall war so überzeugend, dass es wohl jeder geglaubt hätte. Selbst Ivy tat es.

"Du irrst dich, Enzo. Aber... sei es drum. Es gibt noch eine weitere Gabe, mit der ihr *Engel* alle gesegnet seid!" Das Wort *Engel* spuckte Michael Isai geradezu vor die Füße, so als hätte er *Ratten* gesagt. Er führte sein Pferd ein paar Schritte näher zu ihm heran und zog etwas aus seiner Brusttasche. In der Phiole in seiner Hand spiegelte sich das Licht der Scheinwerfer. „Und zwar mit der Gabe der Dummheit!", rief er und öffnete die Phiole mit einer Bewegung seines Daumens und verschüttete den Inhalt, während er mit der anderen Hand blitzschnell sein Schwert zog. Sei Pferd machte in beinahe dem selben Moment einen weiteren Schritt auf Isai zu, so dass Michael nur seinen Arm ausstrecken musste, um ihn zu berühren. Alles geschah so schnell, dass Isai nicht reagieren konnte. Michael packte ihn am Kragen mit der Hand in der er auch das geöffnete Fläschchen hielt, mit der anderen machte er eine weite Bewegung, so dass er die Klinge seines Schwerts über Isais Wange ziehen konnte. Als Isai realisierte, was da gerade geschah, war es schon zu spät; Das Blut aus dem Schnitt in seinem Gesicht tropfte in die Phiole und so sehr sich Isai gegen Michaels Griff auch aufbäumte, konnte er sich erst losmachen, als das Gefäß in der Hand des Schattens bereits bis zur Hälfte gefüllt war. Michael steckte sein Schwert zurück in die Scheide und wendete lachend sein Pferd. „Du denkst, du kannst mich aufhalten?! Du bist wie ein Trottel in meine Falle getappt, Enzo!", rief er. Michael stieß seinem Pferd die Sporen in die Seiten und raste mit ihm in die Dunkelheit davon. Er lachte sein unheimliches Lachen, als die Nacht ihn verschluckte. Das Klappern der Hufe wurde leiser und gerade, als Isai dachte es würde in der nächsten Sekunde verstummen, drang ein panisches Wiehern an seine Ohren. Isai lauschte. Was war geschehen? Sein Herz raste.

Er hat die Rezeptur der Macht, Isai! Du hast sie
ihm gegeben!

Er und Ivy sahen sich erschrocken um. Sie zitterte. Dann ertönte von irgendwoher ein dumpfer Aufschlag, gefolgt von Hufschlägen, die sich nun tatsächlich in der Dunkelheit davon machten. Isai rannte ins Dunkel. Da, vor ihm auf dem Boden lag etwas. Es regte sich nicht. Konnte es denn möglich sein? Vorsichtig trat er näher heran. Ivy hielt ihn jetzt am Arm fest, sie wollte ihn zurückhalten, doch er ging weiter.

Vor ihm lag Michael. Mit einem Schwert in der Brust. Reglos. Seine Augen starrten ins Nichts und aus seinem Leib rann schwarzes Blut. Aber wie...? Isai schnellte herum. Wer war das gewesen? Suchend blickte er in der Dunkelheit umher, doch er konnte niemanden entdecken. Ohne ein Wort deutete Ivy auf das Dach der Burg und als Isai ihrem ausgestrecktem Arm mit dem Blick folgte, sah er es auch. Auf der Engelsburg stand Jesus. Er stand neben der Steinfigur mit dem Schwert und regte sich nicht. Klein und verloren sah er aus. Jesus musste sein Schwert von dort aus auf Michael hinab geworfen haben. Aber wie war das möglich? Wie konnte er solch eine Kraft aufgebracht haben, um es so weit zu werfen? Isai öffnete gerade seinen Mund um nach seinem Freund zu rufen, da fiel Jesus. Er fiel vom Dach. Beinahe wie in Zeitlupe. Er fiel ohne ein Laut von sich zugeben oder auch nur zu versuchen, seine Flügel zu spreizen. Er fiel, als wäre er unfähig seine Flügel auszubreiten, als wäre er tot.

"NEIN!", Isai schrie, doch bevor er zu der Stelle laufen konnte, an der Jesus in nächster Sekunde aufkommen würde, trat Raphael aus der Burg und ließ ihn Jesus beinahe vergessen. Raphael sagte seinen Namen. Nicht laut, doch Isai schien er wie ein Schrei. Er drehte sich zu dem Erzengel um und erstarrte. Die Narbe auf seiner Wange blutete und einer seiner Flügel stand in einem merkwürdigen Winkel von seinem Körper ab. Ein paar Federn waren versengt. Hieß es nicht, dass er unverletzlich war? Isai rannte zu Raphael, blieb vor ihm stehen, ohne zu wissen, was er tun sollte. Der Erzengel fiel auf die Knie.

„Raphael", Isai zitterte, „geht es dir gut? Kann ich etwas für dich tun?"

Die Stimme des Oberhaupts war leise und dünn, als er zu antworten versuchte. „Nein... Es wird gleich vorbei sein... ich...", er atmete schwer, nach beinahe jedem Wort musste er eine kleine Pause machen und tief Atem holen. „Isai, du musst... Michael... er reißt mich mit..."

Isai verstand nicht. Er fasste Raphael an der Schulter, als dieser weiter in sich zusammen sackte. Sein Rücken hob und senkte sich mit jedem schweren Atemzug, den er tat.

„Was soll ich tun? Sag mir, wie ich dir helfen kann", flehte Isai. Er bemerkte nicht, dass Michael sich hinter ihm regte. Er war vollends durcheinander. Sein Herz schlug ihm bis zum Hals und hallte unerträglich laut in seinen Ohren wider. Er hatte nicht bemerkt, dass auch Ivy zu ihnen getreten war und erschrak fürchterlich, als sie sich zu Wort meldete:

„Isai, der Schatten", sagte sie und berührte ihn am Arm, damit er sich umdrehte und sah, was sie sah. Doch Isai war zu aufgebracht. Er versuchte nun Raphael auf die Beine zu ziehen, doch es wollte ihm einfach nicht gelingen. Er würde doch jetzt nicht wirklich sterben, oder? Er konnte nicht sterben! Er war doch Raphael, der Erzengel Raphael. Doch seinem Zustand nach zu urteilen, würde ihn das nicht davon abhalten, hier vor der Engelsburg in Rom seinen letzten Atemzug zu tun, fürchtete Isai.

„Michael", presste Raphael heraus.

„Was ist mit ihm?", fragte Isai, seine Worte überschlugen sich, „er ist tot Raphael."

„Nein... er muss...", flüsterte Raphael.

„Nein, Isai, nun sieh doch!", rief Ivy. Und endlich drehte Isai sich um.

„Er lebt noch", fuhr Ivy aufgeregt fort, „was ist, wenn Raphael mit 'er reißt mich mit' meint, dass er ihn mit in den Tot zieht?" Sie sahen sich an, voller Angst und Ratlosigkeit. „Was sollen wir tun?", fragte Isai und zu seiner Erleichterung antwortete Raphael laut und deutlich. „Er muss leben oder sterben, aber dann schnell. Ansonsten zieht er mich Sekunde für Sekunde tiefer mit in sein Leiden."

Als Isai noch überlegte, was zu tun war, setzte Michael sich im Schutz der Dunkelheit unbemerkt auf. Das Schwert ragte immer noch aus seiner Brust und nur ein schmerzerfülltes Röcheln verriet, dass er noch nicht tot war. Erschrocken drehten sich Engel und Menschen um. Michael war schwach und dem Tode näher, als es je ein Schatten gewesen war.

Es war Ivy, die mit entschlossenen Schritten auf Michael zu trat, das Schwert, das in seinem Leib steckte am Schaft packte und mit einer ruckartigen Bewegung noch tiefer in sein Fleisch trieb.

"Sie wird sterben, Enzo", Michaels Stimme klang kalt und in seinem Hals gluckerte etwas, das nur Blut sein konnte. Michael klammerte sich an die letzten Sekunden seines Lebens. Er wusste, dass er sterben würde, aber er würde das Mädchen mit in den Tod reissen.

„NEEEIIIN", schrie Isai und rannte auf die beiden zu, obwohl er tief in seinem Inneren wusste, dass es ohnehin zu spät war.

"Netter Versuch, Raphael", sagte der Schatten noch, „aber du wirst mich nie kriegen!" Und sein Herz hörte auf zu schlagen. Die

Augen des dunklen Engels leuchteten für den Bruchteil einer Sekunde rot auf, als sein Körper erzitterte. Dann blieb er reglos liegen und Ivy brach neben ihm, unter ihrem eigenen Gewicht zusammen. Isai konnte sie gerade noch halten, bevor sie hart auf dem Brückenboden aufschlug. Er hielt den reglosen Körper in seinen zitternden Händen. Panik schnürte ihm die Kehle zu und ließ ihn nicht denken. Er wusste nicht was er tun sollte, er sank auf die Knie und starrte das leblose Gesicht an, dass er doch so liebte. Raphael atmete kurz und schnell, doch er konnte sich, trotz seiner Schwäche ein Stück aufrichten, so dass er Isai und Ivy sehen konnte. Der alte Engel musste hilflos mit ansehen, wie die Beine des Menschen Isai nachließen, er in sich zusammensackte, das Mädchen im Arm, bis sie beide am Boden waren, und reglos liegen blieben. Während das Leben aus ihnen heraus sickerte, kehrte es in seinen Körper zurück und Raphael stellte sich langsam auf. Er drückte sein Kreuz durch und hob seinen Kopf, so wie es sich für einen stolzen Engel gehörte. Er würde leben, weil Ivy Michael getötet hatte. Sie würde den Preis für die Verbindung, die zwischen den drei Erzengeln bestanden hatte, zahlen müssen, nicht er. Nicht dieses Mal. Er trat langsam zu den leblosen Körpern, die dort vor ihm in der Nacht lagen. Er beugte sich hinunter, strich Michael das schwarze Haar aus dem Gesicht. Der Zweite seiner Verbündeten, der gegangen war. Rasch fuhr der Erzengel sich mit den Fingern über die Wangen. Sie waren wie immer. Keine zweite Narbe. Kein weiteres Mal, dass den Verrat an seinen Brüdern bezeugte. Er wandte sich ab und betrachtete die beiden Menschen. Isai war nicht der Erste in der Geschichte der Menschheit, der einfach aufhörte zu leben, nur weil er selbst es wollte. Doch er war der erste Engel, dem es gelungen war, jemanden so zu lieben, dass er starb, nur weil das Herz dieser einen Person nicht mehr schlug.

Isais Entscheidung

Isai schlug die Augen auf. Er lag in seinem Bett im Marmorpalast. Einen merkwürdigen Traum hatte er da eben geträumt. Er war ein Mensch gewesen. Auf der Erde hatte er gelebt, für mehr als einen ganzen Monat. Er musste schmunzeln. Was hatte er da noch getan? Hatte er etwas gesucht? Er schloss für einen Moment die Augen, um sich die Details seines Traumes wieder ins Gedächtnis zurufen. Vergeblich. Nichts. So sehr er auch in seinem Unterbewusstsein kramte, es wollte ihm nicht mehr einfallen. Na ja, so war das mit den Träumen; sie kamen unbemerkt im Schutz der Nacht, schlichen sich ins Gedächtnis und verschwanden genauso lautlos und geheimnisvoll, wie sie gekommen waren. Nur manchmal blieben winzige Fetzen vor dem inneren Auge kleben und man konnte sie sich noch einige Zeit anschauen, bis sie verblassten und schließlich in Vergessenheit gerieten.

Isai fuhr erschrocken hoch, als jemand gegen seine Tür klopfte.

"Herein!", rief er hinaus und stand rasch auf. Er rieb sich den Schlaf aus den Augen und spritzte sich etwas Wasser aus der Waschschüssel ins Gesicht. Dann drehte er sich zu seinem Besucher um. Zu seinem großen Erstaunen stand Raphael im Türrahmen. Was wollte er? Raphael hatte ihn noch nie besucht. Er hatte eigentlich mit Jesus gerechnet.

"Guten Morgen", sagte Isai und senkte respektvoll seinen Blick.

"Guten Morgen", erwiderte Raphael und drehte sich auf dem

Absatz um, mit zwei Fingern winkte er Isai hinter sich her, dann hielt er kurz inne.

"Und...", er wandte sich noch einmal um, "...lass das", er machte ein Gesicht, als hätte er einen beissenden Geruch in der Nase, "ich bin derjenige, der sich verneigen sollte!"

Was? Hatte Isai sich verhört? Oder war Raphael nun doch schon so alt, dass er etwas durcheinander war? Vielleicht wurde er vergesslich? Dennoch folgte Isai dem Engelsoberhaupt widerspruchslos durch die marmornen Korridore des Palastes. Der alte Engel sagte lange Zeit kein Wort. Er schlenderte nur ziellos durch Gänge und Zimmer, und sah sich interessiert um. Isai wusste nicht was das zu bedeuten hatte, und er gab es schließlich auf, sich darüber den Kopf zu zerbrechen und so widmete er seine Gedanken wieder dem Traum, den er letzte Nacht gehabt hatte. Er erinnerte sich an einen kleinen Affen, der einen weißen Schnurrbart trug. Was war mit dem Affen? Hatte er nicht jemandem gehört? Ja. Aber wem? Gedankenverloren trottete Isai hinter Raphael her, der die Statuen zu beiden Seiten ausgiebig musterte. Vor einer besonders muskulösen Figur blieb er stehen. Er besah sich dessen Gesicht, als suchte er darin nach Etwas. Vielleicht nach einem besonderen Ausdruck oder einem Makel, der auf dem ersten Blick nicht zu entdecken war. Isai besah sie sich ebenfalls und seine Eingeweide begannen plötzlich zu brennen. Er kannte dieses Gesicht. Es war das Enzos. Es war *sein* Gesicht.

"Das... das", stotterte Isai. Er schluckte. "Das bin ich!"

"Nein", entgegnete Raphael ruhig, "das...", er deutete auf die Statue neben Enzo, "... bist du."

Isai erstarrte. Raphael hatte recht. Isai hatte diese Statue noch nie gesehen, sie musste neu sein. Sie glänzte wie frisch poliert. Das Gesicht dieser Figur war ihm vertraut. So vertraut wie kein zweites, es war dasselbe Gesicht, dass er jeden morgen im Spiegel sah. Sein Gesicht. Und plötzlich viel Isai alles wieder ein: die *Macht der Engel*, Ivy, Michael, der Kampf. Es war kein Traum gewesen.

"Verzeih mir, Isai", Raphael sah ihn nicht an, "es war nicht meine Absicht. Du hast gewiss eine Menge Fragen. Frage ruhig. Ich werde dir alle beantworten, sofern es mir möglich ist."

"Ich will alles wissen", sagte Isai ohne zu zögern, "erzähl mir alles, was du weißt. Ich weiß nicht, wo ich zu fragen anfangen soll."

"Am besten man beginnt am Anfang", sagte Raphael weise und zwinkerte Isai zu. Der Erzengel setzte seinen Spaziergang durch den Marmorpalast fort und begann zu erzählen.

„Weißt du, Isai, man sagt ja, dass jeder eine zweite Chance verdient. Und so ist es auch. Die meisten bekommen sogar eine. Viele noch zu Lebzeiten, andere erst nach ihrem Tod. So wie auch du."

Verständnislos sah Isai den alten Engel an und dieser fuhr unbeirrt fort: "Es ist nicht weiter ein Geheimnis. Du warst Enzo, und das weißt du jetzt. Enzo war so vom Hass zerfressen und von Leid getränkt, dass er für unser Zutun unempfänglich war. Wir konnten ihm keinen neuen Weg weisen, weshalb wir eurer Seele, nach seinem Tod Zeit gaben. Zeit um sich zu regenerieren, Zeit um zu vergessen. Wir haben sie konserviert und ihr, als wir sie für bereit hielten, ihre zweite Chance gegeben." Raphael hielt kurz inne und kratzte sich über seine vernarbte Wange, "Jedoch muss jede Seele erst einmal begutachtet werden. Wir mussten sehen, ob sie ihre Altlasten wirklich beiseite gelegt hatte und uns davon überzeugen, dass keine Facette ihrer alten Finsternis geblieben war. Deshalb deine Prüfung."

"Meine Prüfung? Ivy?", fragte Isai.

"Ja. Sie war deine Prüfung. Und nicht nur sie, außerdem mussten wir dich irgendwie mit deiner Vergangenheit konfrontieren. Es kann ziemlich unangenehm sein, wenn man diese fremde Stimme in seinem Kopf mit sich trägt, man aber niemals erfährt von wem sie stammt. Einige haben darunter ihren Verstand verloren."

Der Erzengel hielt kurz inne und schaute aus einem der riesigen Fenster, die wie große Bilder an der Wand hingen. Draußen zogen dicke Wolken vorbei und die Sonne schien warm auf den kalten Boden des Marmorpalastes.

"Die Angst des Vorstandes war jedoch, dass genau das geschehen würde, was nun auch geschehen ist, würde ich dich in deine Prüfung und somit auf die Erde schicken."

„Was?", fragte Isai, „Das die Schatten nach mir suchen würden?"

Raphael nickte. „Deshalb habe ich dich versucht in ihr Geheimnis einzuweihen, dir Spuren gelegt, damit du verstehst. Michael wollte seit Zeiten genau das, was ich bei dir getan habe. Neue Wege aufzeigen. Jedoch in eine andere Richtung, wie du dir denken kannst. Doch dafür fehlte ihm das Rezept. Doch er und ich waren immer noch auf eine Art miteinander verbunden, sodass er ahnen konnte, würde ich jemanden, dem die geheime Formel durch die Adern fließt, hinunterschicken. Er spürte es an meiner

Unsicherheit."

Als Raphael weiter ging, erstarrte Isai für einen Moment. Dann rannte er ihm voraus. Vor ihm, in einem von Kerzen erleuchteten Gang, stand eine weitere neue Statue. Jesus.

"Jesus", flüsterte Isai den Namen seines Freundes. Dann fragte er an Raphael gewandt: „Was ist mit ihm? Kann ich ihn sehen?"

"Nein, ich denke nicht", sagte Raphael mit bedauernder Stimme und in seinen Augen glitzerte es verdächtig.

"Er ist tot. Du weißt es, Isai. Du hast gesehen, wie er von der Burg stürzte."

"Ja", Isai erinnerte sich. Er schluckte, Tränen liefen ihm über die Wangen, "aber... warum? Ich versteh es nicht."

"Es gibt Dinge über Jesus, die niemand wusste. Nicht einmal du, als sein bester Freund",

Raphael legte ihm mitfühlend die Hand auf die Schulter.

"Und was soll das gewesen sein?", Isai wusste nicht ob er wütend war. Er glaubte es für einen kurzen Moment, aber selbst wenn er es wirklich war, hätte er nicht einmal gewusst, gegen wen er seinen Zorn hätte richten sollen.

"Jesus ist vor vielen Jahren zu uns gekommen, als Spion."

"Als Spion? Für wen?", die Trauer um seinen besten Freund ließ Isais Stimme zittern.

"Jesus ist ein Nachkomme Michaels.", Raphael deutete auf eine Statue neben der Jesus´ und Isai erkannte Michael. "Er wurde zu uns geschickt, um Enzo zu finden. Sein Hass hatte Michael fasziniert, er glaubte von seiner Schwärze profitieren zu können. Und Jesus ist es tatsächlich gelungen zu finden, was er suchte.

Auch wenn er selbst nie gewusst hat, das du es warst. Ich habe Jesus damals von der *Macht* erzählt. Alles. Die Geschichte von Michael, Gabriel und mir, von der Rezeptur und neuen Wegen. Und Jesus sah ein, dass das, was Michael tat, falsch war. Also hat er sich uns angeschlossen - Seinen zweiten Weg eingefordert."

Liebevoll, wie der Vater seinen Sohn, betrachtete Raphael Jesus´ versteinertes Gesicht.

"Jesus allein war in der Lage Michael zu töten, da er der einzige war, der Tropfen seines Blutes in sich trug."

"Aber er hat Michael nicht getötet", entgegnete Isai, "Michael hat noch gelebt, nachdem Jesus von der Burg gestürzt war, vielleicht lebt er immer noch.", bei dem Gedanken musste er schlucken. Konnte das wirklich sein? War es möglich, dass Michael noch lebte?

"Glaub mir, Isai", beschwichtigte ihn Raphael, „Michael ist tot. Jesus und Ivy, ...sie haben ihn getötet." Er atmete tief ein und schloss für einen kurzen Moment seine Augen, als schmerzte ihn die Erinnerung.

„Aber du hast recht, er hat noch gelebt, als Jesus stürzte. Doch er wäre auch ohne Ivys Zutun gestorben. Nur hätte es seine Zeit gebraucht, aber er wäre gegangen, und mit ihm alle Schatten, die er erschaffen hat. Also auch Jesus. Sie waren alle nur stark, solange ihr Herr es war."

"Heißt das, Jesus war noch nicht tot, als er stürzte?"

"Ich versuche mir vorzustellen, dass er durch den Aufprall gestorben ist, und sich nicht noch minutenlang gequält hat, wie Michael es musste."

War da so etwas wie Mitleid in der alten Stimme? Trauer?

"Aber wieso hat niemand von uns gewusst, wer Jesus war?"

"Gewusst nicht, nein. Aber geahnt haben es viele. Du weißt, dass Jesus vielen hier unsympathisch, ja sogar unheimlich war."

Das stimmte. Jesus war nie wirklich beliebt gewesen. Genau wie er selbst. Doch Isai hatte immer gedacht, dass es daran lag, dass er sich ständig in Schwierigkeiten brachte. Täglich hatte er für Unruhe gesorgt. Als Isais Nase zu kribbeln begann, versuchte er seine Gedanken in eine andere Richtung zu lenken.

"Wärst du mit ihnen gestorben, wenn Ivy es nicht frühzeitig beendet hätte?", fragte er.

Raphael öffnete die Tür zu dem Saal, in dem die vielen Karten an der Wand hingen, von denen er eine Isai in die Hand gedrückt und ihn somit auf die Erde geschickt hatte.

"Ja, vielleicht", Raphael fuhr sich mit der Hand über die Brust, genau da wo sein Herz schlug. Dann fuhr er fort: "Durch unsere Verbindung konnte er mich verletzlich machen, mir meine Kraft entziehen. So wie er es einst auch bei Gabriel getan hat", Raphael atmete tief ein und aus,"weißt du, was das Schlimmste daran ist? Dass er Gabriel getötet hat, meine ich?"

Isai schüttelte beschämt den Kopf.

„Gabriel, hatte die Macht über Gefühle, Emotionen und Unterbewusstsein der Menschen", erklärte Raphael. „Doch nach seinem Tod konnte er ihnen nicht mehr zur Seite stehen und konnte ihnen somit den Sinn des Lebens nicht mehr nahebringen. Und ohne Sinn, gibt es kein Leben."

"Worin liegt der Sinn?"

"Das muss jeder für sich selbst herausfinden. Aber eines steht fest: es lohnt sich zu leben und ein jeder verdient es. Jeder ist dazu geboren, um etwas zu prägen und sei es nur, einen einzigen anderen Menschen."

Isai verstand was Raphael ihm zu erklären versuchte.

„Verstehst du, Isai?", der Alte sah ihm eindringlich in die Augen,"Michael wollte, dass die Menschen ihren Glauben nur noch als Ausrede benutzen. `Wenn ich glaube, dann komme ich in den Himmel`, so sollten sie denken. Aber diese Weltanschauung ist so viel mehr. Ich muss nicht töten, um schlecht zu sein, es genügt schon, wenn ich nur daran denke jemanden umzubringen. Der Glaube soll den Menschen helfen zu verstehen, dass sie nicht alleine sind. Solange jemand glaubt, gibt es auch etwas oder jemanden, der hinter ihm steht und über ihn wacht, so wie wir es tun." Raphael holte wieder tief Luft: "Es gibt einen Moment in jedem Leben eines Menschen, in dem er sich entscheiden muss: `Will ich leben? Oder will ich sterben?` Michael wollte zwar, dass sie sich für das Leben entscheiden, aber nicht für die Art Leben, die es Wert ist gelebt zu werden. Nehmen wir zum Beispiel Ivys Freund Gepetto. Als er noch jung war, war er dem Alkohol verfallen und es gab einen Moment, in dem er betrunken auf der Straße saß. Er fror erbärmlich, hatte kein Dach über den Kopf und fragte sich, ob er überhaupt noch einen Sinn in allem sehen konnte. Er wusste, dass er zwei Möglichkeiten hatte: Er konnte so weiter machen wie bisher und irgendwann jämmerlich von der Erde gehen, oder aber sein Leben in die Hand nehmen, etwas daraus machen und es in allen Zügen geniessen. Und genau das hat er getan. Michael wollte, dass die Menschen nicht mehr an diesen Punkt gelangen und einfach nur vor sich hinleben. Nicht des Lebens wegen, nein, nicht weil sie es wirklich wollen, nur weil sie eben keine andere Wahl haben. Ihr Geist wäre gestorben, noch bevor ihr Körper es getan hätte. Enzo erging es nicht anders." Verwirrende Worte. Wahre Worte.

"Wie war es dir möglich, mich aus Enzos Geist zu erschaffen?", diese Frage brannte bereits auf Isais Zunge, seit er die Statue gesehen hatte, die Enzo darstellte, doch er hatte sich bisher nicht getraut sie auszusprechen.

"Das war gar nicht so schwer", sagte der Alte und setzte sich seufzend auf einen der vielen Stühle, die im Saal standen.

"Ich besitze die *Macht der Engel*", er zwinkerte Isai zu. "Stell es dir so vor. Jemand besitzt eine Bibel, weiß jedoch nichts damit anzufangen, da er nicht an Gott glaubt und lässt sie irgendwo in einem der hintersten Winkel seines Kellers einstauben. Doch dann kommt eine Nonne, die sich seine Bibel ausleiht und diese Nonne richtet ihr ganzes Leben danach und würdigt sie, was der alte Besitzer nicht getan hat, weil er nie verstanden hat, was in ihr steht. - Versteh mich nicht falsch, ich unterstütze nicht alles was in der Bibel geschrieben steht, aber ich denke, so kannst du meine Beweggründe nachvollziehen."

Isai nickte, "eine Frage habe ich noch."

"Frag ruhig", Raphael strich sich wieder mit der Hand über seine vernarbte Wange. Wie alt und zerbrechlich er aussah, wie er so dasaß. So klein in diesem großen Saal.

"Was geschah mit Naima? Warum musste sie sterben?"

"Nun, jeder Mensch lebt aus einem bestimmten Grund, wahrscheinlich hatte sie ihre Aufgabe des Lebens bereits erfüllt. Es hatte nichts mit einer Strafe zu tun. Für niemanden."

Isai verstand nicht was der Alte ihm damit sagen wollte und sah ihn verwirrt an.

"Du weißt es", Raphael lachte ihn an wie jemand, der weiß, was andere nicht wissen, "du warst doch schon dabei, als Jesus Seelen sammelte. Wir nehmen nur die, die alles erledigt haben, die anderen können wir vor dem Tod retten. Obwohl...", er fuhr sich mit der Hand über den Nacken, „retten so klingt, als wären sie in Gefahr. Der Tod ist keine Gefahr. Er kann Geschenk und Erlösung sein, vielleicht eine zweite Chance."

In diesem Moment ging die Tür zum Saal auf und ein kleiner Engel kam herein. Isai hatte noch nie einen so kleinen Engel gesehen. Man sagte, dass ein Kind der Verantwortung eines Engels nicht gewachsen war.

Erst als der kleine Engel näher kam, breitete sich in Isai ein warmes Kribbeln aus. Er glaubte nicht, was er da sah. Naima lief Isai entgegen. Sie strahlte wie eh und je. Isai liefen die Tränen über das Gesicht, als er Naima in die Arme schloss. Raphael stand auf und nickte Isai lächelnd zu. Naima. Sie war wieder da. Isai küsste die Kleine, drückte sie, fuhr ihr durch das lange Haar und küsste sie wieder. Er sah ihr in die Augen und jetzt erst wurde ihm schlagartig bewusst, warum ihm Naimas Augen so bekannt waren. Grüne, wunderbare Augen. Es waren die Ivys. Naima war Ivys Tochter. Wieso war es ihm vorher nie in den Sinn gekommen? Sie war ihr Ebenbild!

Raphael lächelte und seine Falten gruben sich noch tiefer in sein Gesicht,

"Hat Ivy dir nie von Alex erzählt?"
Er trat einen Schritt auf Isai und Naima zu und fasste den kleinen Engel bei der Hand.

"Isai", Raphaels Miene wurde wieder ernst, "du hast uns Engel geprägt und deine eigene Geschichte geschrieben. Du hast als einziger von uns je gelernt so zu lieben und zu leben wie ein Mensch, und dass ist das Einzige, worin wir Engel den Menschen nicht überlegen sind. Den Meisten zumindest nicht. Und deshalb frage ich dich: Willst du an meiner Seite regieren? Willst du ein Erzengel werden und in die Geschichte eingehen? Du hast die Chance etwas zu verändern. Du hast die Macht eine neue Zeit anbrechen zu lassen und die Welt vielleicht wieder in Ordnung zubringen."
Isai schwieg. Die Wucht dieser Worte traf ihn wie ein Schlag. Er hätte sie als Kompliment auffassen sollen, doch er fühlte sich schlecht.

"Nein", sagt er und schüttelte den Kopf, "ich will wieder ein Mensch sein. Ich will zurück auf die Erde. Ich will zu Ivy." Und seine Augen füllten sich mit Tränen bei dem Gedanken an sie. War es richtig, wenn er zu ihr zurückging? Oder war er, da er Enzos Geist in sich trug, es der Welt schuldig sich für die Menschen einzusetzen?

"Ich hatte gehofft, dass du das sagen würdest", Raphael strahlte, "Ivy braucht dich. Sie ist für uns, für dich gestorben, aber deine Bereitschaft mit ihr zu gehen, hat ihr dennoch das Leben gerettet.

Du hast wirklich verstanden, worum es im Leben geht. Um das, was dir am Herzen liegt. Und wenn du wirklich etwas ändern sollst, dann kannst du das auch als Mensch."

Endlich

Ivy lebte nun schon lange Zeit mit Enrica zusammen. Sie hatten eine kleine Wohnung mitten in Rom, von deren Balkon aus man die Kuppe des Vatikans sehen konnte. Es ging ihnen gut. Enrica hatte ihre Herberge verkauft und sie und Ivy arbeiteten nun in einem Hotel. Sie verdienten nicht viel, doch es genügte zum Leben. Enrica hatte sogar das Rauchen aufgegeben, da es zu kostspielig geworden war. Jedes Mal, wenn sie sich eine Zigarette anstecken wollte, kam Monster angesprungen und nahm sie ihr weg und selbst, wenn sie es mal geschafft hatte sich eine anzustecken, machte der Affe solange Lärm, bis sie sie wieder ausgedrückt hatte.

Ivy lebte nicht länger auf der Straße und es gefiel ihr doch besser, als sie gedacht hatte. Zwar war sie nun weit weg von Gepetto, aber ab und zu kam er sie besuchen, wenn er gerade in der Gegend war um Antiquitäten zu verkaufen, oder auch einfach nur um sie zu sehen. Er war sehr bestürzt gewesen, als er erfahren hatte, dass Naima tot war. Er hatte die Kleine nicht gut gekannt, aber schließlich hatte er Ivy aufgenommen, als Naima nur ein Glitzern in den Augen ihrer Mutter gewesen war und irgendwie hatte er sich selbst als Großvater gesehen. Ivys Zuversicht hatte ihn überrascht. Sie hatte ihm nichts von Engeln und Schatten erzählt, da sie wusste, er würde ihr sowieso nicht glauben. Aber über Naimas Tod hinwegtrösten konnte sie ihn, mit ihren neugewonnenen Ansichten dennoch.

Er dachte, dass es an Enrica lag, das Ivy sich so gut fühlte und er liebte die zottelige Dame dafür, dass er seiner Ivy solch eine Kraft gab. Gepetto war fest der Überzeugung, Ivy wäre es noch nie besser gegangen. Doch er irrte sich. Ivy vermisste Isai. Sie fühlte sich leer, wenn sie an ihn dachte. Es war eine andere Leere, als die, die Naimas Ableben ihr ins Herz gerissen hatte, aber ihr dennoch sehr ähnlich. Ivy wusste, dass sie ihn nie wieder sehen würde und versuchte sich damit abzufinden. Aber sie litt dennoch darunter. Wie sehr, wusste nur sie allein. Manchmal dachte sie, dass Isai nur ein Traum gewesen war. Etwas, das einfach ihrer Fantasie entsprungen war. Doch immer dann, wenn sie verträumt auf dem Fensterbrett saß und in den Himmel starrte, fragte Enrica: „Denkst du schon wieder an diesen merkwürdigen Kerl von damals?" Und Ivy wusste, dass sie Isai meinte. Sie und Enrica konnten nicht dieselbe Fantasie gehabt haben, es hatte ihn wirklich gegeben. Oder?

Eines Abends, als Ivy und Enrica noch einen Spaziergang durch die mit jeder Nacht wieder wärmer werdenden Straßen Roms machten, traute Ivy ihren Augen nicht.

Monster war ihr von der Schulter gesprungen und lief mit hocherfreutem Geschnatter auf jemanden zu, der ihr sehr bekannt vorkam. Aber nein, das konnte nicht sein. Ihre Augen spielten ihr einen Streich! Doch ihr Herz blieb stehen, als er auf sie zutrat. Sie konnte nicht sagen, ob er anders aussah, ob er sich verändert hatte seit sie ihn das letzte Mal gesehen hatte, denn die Tränen verschleierten ihr die Sicht.

Er kam auf sie zu, immer näher und näher und sagte kein Wort. Mit jedem Schritt, den er näher kam schlug ihr Herz schneller, sie wollte laufen, ihm entgegen, doch ihre Füße waren wie festgefroren. Dann, endlich, stand er vor ihr. Er sah sie an, mit diesen wunderbaren braunen Augen, von denen sie so lange geträumt hatte. Sie lächelte. Das Herz schlug ihr bis unters Kinn und sie rang nach Worten. Doch sie wusste nicht welche die Richtigen waren. Und endlich, endlich nahm er sie in seine Arme. Zum ersten Mal um sie nie wieder loszulassen.

Danke

Danke an alle, die mich unterstützen. Das sind an erster Stelle natürlich meine Familie, Mama und Papa, Christina und David, Hanna, Ralf und Sabine und alle anderen aus der Sippe Petersen/Scholz/Pöschl.

Danke auch an Dieter Gösling, Holzi, Thomas Brückner, den Kulturring Handewitt, den Meister Christian Lempertz und Lemmi natürlich. Danke auch Jamie Ford, für die stundenlangen Autofahrten, in denen wir unsere Ideen ausgetauscht haben. Ich hoffe, dein erstes Buch lässt nicht mehr lange auf sich warten.

Ich kann mich gar nicht oft genug bei euch allen bedanken. Die Erwähnung in meiner Danksagung ist da mit Sicherheit noch nicht genug, aber immerhin ein Anfang.